I0660223

LES

DERNIERS NUMIDES

PAR

J. TERSON

PARIS

SANDOZ ET FISCHBACHER

G. FISCHBACHER, SUCCESSEUR.

RUE DE SEINE, 33

1879

LES DERNIERS NUMIDES

80 Y² 2419.

Châteauroux. — Typographie et Stéréotypie A. Nuret et Fils.

LES
DERNIERS NUMIDES

PAR

J. TERSON

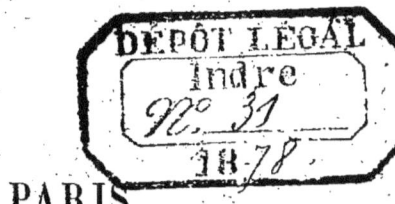

DÉPÔT LÉGAL
Indre
N° 31
1878

PARIS

LIBRAIRIE SANDOZ ET FISCHBACHER

33, RUE DE SEINE, 33

1879

A

MES ANCIENS CO-TRANSPORTÉS EN ALGÉRIE

(1848-1851)

SOUVENIR FRATERNEL.

J. TERSON.

AVANT-PROPOS [1]

I

Après une heureuse traversée, la frégate qui nous avait pris à son bord dans la rade de Brest — où nous avions passé je ne sais plus combien de mois à bord du ponton *la Guerrière*, au nombre de six cents, — après nous avoir procuré le plaisir de la traversée du détroit de Gibraltar, jeta l'ancre sur la plage africaine, en vue de Bône, qui s'épanouit coquettement au fond d'une anse paisible. C'est là que la Seybouse [2] porte à la mer le tribut de ses eaux, à travers les bois d'oliviers, de chênes verts et de gracieux bouquets de myrthe et de laurier-rose se pressant sur ses bords comme pour s'y rafraîchir quand souffle le siroco.

Tandis que nous gravissions le monticule sur le faîte duquel est construite la nouvelle Kasbah, on nous indiquait de la main et nous pouvions distinguer vers le sud, à peu de distance de la ville, deux mamelons recouverts d'oliviers où se montrent quelques ruines informes de l'ancienne Hippone (*Hippo-regius*)

---

1. N'ayant qu'un rapport très indirect avec *les Derniers Numides*, mais dont la lecture ne déplaira peut-être pas aux personnes qui s'intéressent à la prospérité de notre colonie algérienne.

2. Le *Rubricatus* de Ptolémée et peut-être aussi le *Muthul* de Salluste.

— célèbre métropole où régna spirituellement le grand saint Augustin. Le souvenir de son puissant apostolat, quoique affaibli comme la voix d'un écho lointain, s'est perpétué jusqu'à nos jours par la tradition même des Berbères mahométans. Ce pieux souvenir animant pour ainsi dire les vieux ossements de cette antique cité, l'on semble entendre une voix solennelle comme la mort inviter les visiteurs à méditer sur l'inanité des choses de la vie...

Deux ans plus tard nous quittions la Kasbah de Bône et nous étions dirigés pédestrement vers Lambessa — mieux Lambèse selon M. L. Renier, — par onze ou douze jours de marche, à travers l'ancien royaume des Massinissa, des Jurgurtha, des Juba, des Ptoloméée, après la mort duquel, cette partie de la Numidie devint province romaine.

A chaque instant nous changions d'horizon, tant le pays est accidenté. Partout, le long de cette route, à travers monts et vallées, nous rencontrions des ruines, parfois encore imposantes, d'aqueducs, de villas, de cités, de temples, de voies publiques, de mausolées, évidemment marquées au coin de la civilisation romaine, qui laissa dans ces contrées, comme dans toutes les parties du monde alors connu, de si profondes traces de sa puissance!

Pendant ce trajet plein d'incidents et quelquefois de poésie, nous marchions, pour ainsi dire, entre deux civilisations, entre deux mondes : la civilisation romaine, la dernière et la plus haute expression des sociétés anciennes, dont l'organisation politique et théogonique ont eu pour résultat et pour corollaire l'esclavage; et la civilisation moderne qui, quoique encore tout empreinte des fausses institutions du passé, ne porte pas moins dans son sein — par ses grands et vivifiants principes de liberté, d'égalité et de fraternité — un ordre nouveau, lequel aura pour conséquence la fin des guerres ou la pacification universelle.

Je voyais, dans un avenir rapproché, l'Algérie reprendre son ancienne importance agricole et justifier, sous certains rapports, sa fabuleuse fécondité, sous la main d'une administration intelligente et à la fois énergique et juste.

A travers ce prisme séducteur, tout ce qui frappait nos regards, hommes et choses, terre et ciel, m'intéressait vivement, si bien qu'oubliant que j'étais prisonnier [1].... et tout ce que j'avais souffert dans les prisons de Cherbourg, de Belle-Isle-en-Mer et de Brest, je retrouvai enfin le calme et la sérénité de l'âme et m'attachai au sol africain.

De là, mon ardeur à rechercher tout ce qui pouvait se rattacher à l'histoire de l'Afrique septentrionale, à fouiller dans les ruines de Lambœsis, de Thamugadiss et de leurs environs, dès qu'il me fût permis de les visiter; de là enfin cette grande présomption qui me pousse, malgré le sentiment de mon insuffisance, à publier le résultat de mes investigations.

Aussi bien, peut-être aurais-je ajourné indéfiniment cette publication [2], si une de nos célébrités dans la science archéologique, à qui j'avais soumis quelques essais sur *les ruines de Lambœsis*, ne m'eût encouragé par la réponse dont elle voulut bien m'honorer — quoique ou peut-être, parce que détenu? — et où elle me disait entre autres choses : «..... J'ai lu

1. Je n'ai jamais su au juste pourquoi j'avais été transporté.
2. Commencée à Lambèse et finie à Constantine vers 1856.

» avec un vif intérêt votre manuscrit.... J'aurais bien
» quelques observations à vous faire, notamment sur
» votre discussion relativement au véritable nom de
» Lambèse.... Permettez-moi de me borner à vous
» remercier de nouveau et à vous engager à continuer
» des études qui, outre qu'elles sont pour vous une
» précieuse source de distractions, produiront, je
» n'en doute pas, de très utiles résultats pour la con-
» naissance des ruines de l'antique *Lambœsis*, et du
» pays au milieu duquel elles sont situées.

   » Agréez, je vous prie, Monsieur, etc.,

              » L. RENIER. »

II

EXTATIQUE RÉTROSPECTIVE.

Un jour, au sortir de la détention, d'où je venais
de prendre le repas du soir avec les détenus de ma
section, je regagnais la solitaire maisonnette située à
quelques minutes nord-est de l'ancien camp romain,
et que le général Desvaux, alors colonel de spahis,
m'avait permis d'habiter.

Seul, dans cette retraite, je pouvais m'y livrer paisiblement — sauf le concert peu harmonieux des chacals et les cris des oiseaux de nuit — à la coordina-
tion et à la traduction des nombreuses inscriptions
que je recueillais dans les vastes ruines de *Lambœsis*,
Verecondia, *Thamugadıs*[1], etc.

La lune se montrait à l'horizon, au-dessus des

---

1. Appelées, la 1re *Tezzoouth*, la 2e *Marcouna*, la 3e *Thimgath*,
par les Arabes de la contrée.

hauteurs boisées de la chaîne de l'Aurès (l'*Auras* des Romains) qui borne à l'est et au sud-ouest le plateau lambésien.

En passant auprès d'un vaste édifice encore debout et assez bien conservé, auquel on donne le nom de *Prœtorium*, et qui se trouve vers le centre du camp romain — dont nous parlerons plus loin — il me vint la pensée d'y entrer et d'aller m'y inspirer de la vue des statues et des pierres épigraphiques que les détenus, sous la direction de M. Toussaint, capitaine du génie [1], ont réunies et arrangées avec soin dans cet espèce de musée à ciel ouvert — que je soupçonne avoir été un temple consacré à quelque divinité par la piété de la *troisième légion Augustine* [2].

Le silence de la nuit, le calme de la nature extérieure, les reflets de l'astre argenté, projetant sa vague clarté sur ces majestueuses ruines, tout m'invitait à la méditation...

La tête découverte, je m'assis sur une pierre tumulaire, dans l'axe même du monument et des deux principales portes du camp.

Placé suivant l'orientation des ouvertures cintrées et pratiquées dans les quatre murs de l'édifice, j'avais devant moi toute l'ancienne cité de Lambœsis, avec l'arc de l'empereur Sévère, situé entre la ville basse et la ville haute; à ma gauche s'élevait la porte triomphale de l'empereur Commode, et un peu plus loin, dans la même direction, la *Vallée des tombeaux;* à droite, ma vue errait dans une plaine, bornée au sud-ouest par les versants septentrionaux de l'Aurès, vers le fond de laquelle sont gisants au milieu d'un

1. Mort pendant la guerre de Crimée.
2. *III Legio Augusta.*

autre ancien camp, dit *Camp des auxiliaires*, les colossaux tronçons d'une colonne qui dut être superbe, à voir ses restes imposants ; j'avais enfin derrière moi une ancienne voie romaine dans la direction de Constantine (antique *Cirta*), et la moderne Batna, située dans la longue vallée du *Krour-Renaïa*, qui conduit vers le Tell.

Au milieu de ces augustes ruines je laissais mes yeux papillonner à leur gré sur les objets environnants, tandis que mon esprit était plongé dans cet état sans nom, où l'on ne peut dire si l'on sommeille ou si l'on est éveillé.

Par l'effet, sans doute, de l'impression que la vue des statues et des monuments antiques produisit sur mon imagination, le présent disparut, et je me trouvais transporté, comme par un changement à vue, dans les temps où vivaient et florissaient Lambœsis et l'Afrique ancienne et le monde romain (*orbis romanus*). Porté plus loin encore sur l'aile de la pensée et, devançant les époques de la destruction et même de la fondation de Carthage, j'assistai à l'arrivée des peuplades qui les premières vinrent habiter la *Verte* [1].

Quelques jours après, comme je me disposais à confier au papier le souvenir de cette extatique vision, le commandant de la détention m'annonça ainsi qu'à plusieurs autres détenus notre internement pour la ville de Constantine, non moins riche que Lambœsis en souvenirs historiques.

---

1. C'est sous cette appellation que les poètes Arabes désignent l'Afrique septentrionale ou l'Algérie proprement dite.

III

UNE SOIRÉE CHEZ UN DESCENDANT DE LA NATION NUMIDE.

J'étais déjà depuis plusieurs mois à Constantine, quand le surlendemain d'une conversation que j'avais eue avec un israélite de mes amis et quelques Arabes qui parlaient français, M. S... m'ayant aperçu sur la place du Palais où j'écoutais la musique militaire, vint à moi et me dit :

— Êtes-vous content de l'entretien que je vous ai procuré avec Adji-Ben-Tekfaraïh?

— Très content ; et je suis bien aise de vous voir, mon cher ami, pour vous dire que toutes les fois que vous pourrez me procurer le plaisir de converser avec cet Arabe, à l'esprit et aux manières distinguées, vous me rendrez heureux.

— Je suis justement chargé par Tekfaraïh de vous inviter à une soirée mi-arabe, mi-française, qu'il se propose de donner, quelque peu à votre intention, je le sais, et où, si je ne me trompe, il sera question de Moul-el-Saa...... si toutefois sa proposition vous est agréable.

— Parfaitement ; mais il faut que vous me disiez auparavant qui est donc cet homme dont l'érudition en fait d'histoire et d'archéologie, jointe à sa grande modestie, témoignent d'un esprit supérieur.

— Vous ne vous trompez pas, Tekfaraïh est un esprit hors ligne parmi les Arabes ou plutôt parmi les Berbères de notre contrée. A une connaissance approfondie des langues anciennes, il joint une philosophie qui l'élève au-dessus des préjugés du vulgaire, et un sentiment religieux qui n'a de mystique que la forme ou certains mots consacrés par l'usage et dont il ne se sert, dit-il, que comme d'un *anayâ*[1] ou sauf-conduit pour faire des excursions dans le domaine religieux. C'est par ce moyen, ajoute-t-il, qu'il évite de heurter les croyances et qu'il *sauve le fond par la forme.*

Tekfaraïh ne cache pas que c'est en France qu'il a trouvé les philosophes les moins imbus de préjugés, et au commerce desquels il doit de s'être livré à l'étude de la philosophie de l'histoire et du développement progressif des sociétés humaines.

Pour compléter ce que je sais touchant le noble Tekfaraïh, je dois ajouter qu'il est encore poète et qu'enfin ce jeune spahis, que vous avez pris pour un français, est son fils Mohammed, qu'il a élevé ainsi que sa fille Yamina à l'européenne. Vous remarquerez, au reste, dans son intérieur, un mélange assez harmonieux des coutumes arabes et françaises, ce qu'il appelle « un mariage entre l'Orient et l'Occident ».

Le lendemain, conduit par M. S..., je me rendis dans le quartier arabe où est située la demeure d'Hadji-Tekfaraïh. Cette habitation de très médiocre apparence, vue extérieuremeut, me frappa dans son intérieur, par une certaine ressemblance de distribution des appartements avec les anciennes maisons romaines.

Au milieu d'une vaste cour carrée, entourée d'une

---

1. Quand l'*anayâ* est délivré par un chef de tribu ou par tout autre personnage civil, il a le caractère et les effets d'un passeport ; tandis que s'il est accordé par un marabout, il a un caractère religieux dont les effets sur les Mahométans sont bien plus puissants et plus avantageux pour celui qui en est porteur.

double colonnade de marbres de diverses couleurs, mais pâlies par les années, formant deux galeries couvertes et superposées l'une à l'autre, on voit un petit parterre dont les arbustes et les fleurs sont distribués avec goût, et qui, à travers une certaine négligence pleine de charme, respire à l'instar des beautés orientales une douce volupté.

Dans un bosquet d'orangers et de grenadiers touffus et respectés par la serpe, jalouse des développements naturels, l'on entrevoit une fontaine de marbre blanc, au frontispice de laquelle sont gravés en caractères arabes sur une urne en bas-relief ces deux mots : « Aïn Zéïna » (fontaine Zéïna), en mémoire de la femme de prédilection de Tekfaraïh, qui mourut en donnant le jour à Yamina, sa fille unique.

L'entrée de l'appartement était éclairée par deux lanternes-lustres aux verres multicolores et de forme arabe très élégante.

A la vue des babouches rangées à droite et à gauche sur le tapis du vestibule, nous comprîmes que la réunion devait être assez nombreuse.

Le *négro* qui nous conduisait nous apprit, sur les quelques questions que lui adressa M. S..., que c'était une réunion de famille exclusivement composée de parents et d'amis de son maître, et que nous y verrions même plusieurs *moukères* (femmes arabes), ce qui était déjà une innovation hardie et un grand pas de fait vers la civilisation européenne.

La salle de réception était couverte de riches tapis, et tout autour de la partie supérieure, en forme d'hémicycle, régnaient des divans bas avec de moelleux accoudoirs pour la commodité des Arabes et quelques fauteuils destinés aux personnes qui préféraient s'asseoir à l'européenne.

Les femmes étaient groupées entre elles, d'un côté, et les hommes de l'autre, avec toute la nonchalance orientale, mais aussi dans des attitudes pleines de grâce, surtout chez les plus jeunes.

Au foyer de l'hémicycle le vénérable Tekfaraïh fumait son chibouque, tandis que, placée un peu plus bas, à sa droite, la belle Yamina, sa fille, accompagnait sur une espèce de lyre antique, que je présume être la *cithare* des Hébreux et des Égyptiens, quelques couplets du Koran que chantaient ou plutôt psalmodiaient en chœur les fidèles croyants.

Mais avant d'introduire le lecteur au sein de cette réunion, je veux reproduire une conversation qui, sous forme de dialogue, venait d'avoir lieu entre Hadji-Ben-Tekfaraïh et un sien parent lequel a nom Messaoud, et cela à l'occasion même de l'invitation que le chef de la maison m'avait faite.

IV

DIALOGUE ENTRE UN ARABE PARTISAN DE LA CIVILISATION FRANÇAISE ET UN ARABE IMBU DES PRINCIPES RELIGIEUX DE SA NATION.

Interlocuteurs :

Tekfaraïh. — Messaoud. — Les assistants.

Tekfaraïh.

Je suis d'autant plus heureux de te voir, mon cher Messaoud, que je croyais qu'à l'exemple d'Achille, tu ne voulais plus sortir de ton gourbi, afin de ne plus t'exposer à revoir les Français, encore moins ceux d'entre les Arabes qui, comme moi, osent se dire leurs amis !

Messaoud.

Ne te réjouis point, ô Tekfaraïh, car je viens pour la dernière fois, afin de te reprocher, au nom d'Allah et de notre saint Prophète et en présence de notre pieuse famille, de recevoir, dans l'intimité et sous les yeux de nos femmes, des chrétiens qui, tu le sais, sont ennemis de notre sainte religion.

Tekfaraïh.

Si je ne te considérais comme parent et surtout comme un ancien ami, je pourrais te demander à quel titre tu t'arroges le droit de critiquer ma conduite, si tu es mon supérieur et si je suis sous ta tutelle ; pourquoi enfin je ne serais pas libre de faire chez moi ce qui me convient, alors surtout que je ne cherche pas à savoir ce que tu peux faire dans ton douar !.... Mais grâce au long séjour que j'ai fait en France, j'ai appris à être poli envers mes hôtes ; et pour t'en donner une preuve, je veux bien consentir à écouter tes reproches sans me fâcher, à la condition cependant que, prenant pour juges les personnes ici réunies, nous discuterons avec calme les motifs de ma conduite et certaines de mes idées philosophiques que je te laisse libre de critiquer. Si tu souscris à cette condition, je veux bien condescendre à me justifier comme un accusé en présence de ses juges. (*Murmures dans l'assemblée*).

Une voix.

Nul d'entre nous n'a le droit de juger le très juste et très digne Hadji-Ben-Tekfaraïh.

Tous.

C'est vrai.

Tekfaraïh.

Je vous prends pour juges, persuadé que vous prononcerez suivant votre conscience et non d'après les préjugés populaires, et que sans vous attacher exclusivement à *la lettre* ou au *sens matériel* de la loi (du Koran), comme le font la plupart des musulmans, vous ne perdrez pas de vue *l'esprit* éminemment religieux dans lequel elle a été révélée au Prophète d'Allah.

Tous.

Nous le promettons.

Tekfaraïh.

« Au nom d'Allah, clément et miséricordieux [1] » je commence par avancer une chose qui va te sembler une énormité, ô Messaoud, mais qui n'en est pas moins certaine, c'est que Mohammed, prophète d'Allah, était chrétien lorsqu'il reçut la révélation du Koran, par l'intermédiaire de l'ange Gabriel, et c'est ce qui explique pourquoi notre dogme et notre morale ont tant de points de ressemblance avec la religion chrétienne.

Messaoud.

Ce que tu avances là est plus qu'une énormité, c'est une impiété et une hérésie au premier chef.

Tekfaraïh.

Avant de prouver ma proposition par les textes mêmes du Koran, j'ai quelques questions à t'adresser.

---

1. « Besm Ellah el rohman el rahim. » C'est par cette formule religieuse que commencent tous les chapitres du Koran.

Messaoud.

Je t'écoute.

Tekfaraïh.

Crois-tu que Moïse et Aïssa — appelé Jésus par les chrétiens — aient existé avant Mohammed ?

Messaoud.

Oui.

Tekfaraïh.

Crois-tu que Moïse et Jésus soient les fondateurs, le premier de la religion juive, le second de la religion chrétienne ?

Messaoud.

Oui.

Tekfaraïh.

Penses-tu que Mohammed, notre saint prophète, ait tenu pour inspirés d'Allah les auteurs de la Bible et de l'Évangile ?

Messaoud.

Je ne le pense point, car s'il les eut tenus pour tels, il n'aurait pas eu besoin de nous donner le Koran; il se serait avoué tout simplement juif ou chrétien, tandis qu'il s'est dit *musulman* [1].

Tekfaraïh.

En agissant comme il le fit, Mohammed suivit l'exemple de Jésus qui, tout en considérant comme révélée ou divine la *loi ancienne* (formulée et promulguée par Moïse), crut pouvoir la réformer et, selon sa propre expression, *l'accomplir* dans *l'esprit* sinon dans *la lettre*, afin de l'harmoniser avec les besoins et les

[1]. Musulman veut dire *consacré au culte du vrai Dieu*.

aspirations, non-seulement du peuple juif, mais encore de tous les autres peuples, qu'il considérait
comme frères et membres de la famille humaine.

Aux yeux de notre saint Prophète, les révélations
juives, y compris les révélations antérieures qui
furent données à l'humanité au fur et à mesure de ses
forces intellectuelles et morales, ne sont qu'une
même révélation, laquelle continuera à lui être
donnée dans la suite des siècles, se modifiant toujours naturellement, suivant la loi du progrès ou
du mouvement ascensionnel des sociétés humaines.

Messaoud.

Quelle fut, selon toi, Tekfaraïh, la raison qui dé-
termina notre saint Prophète à prêcher le Koran?

Tekfaraïh.

La vue des controverses très peu charitables et des
luttes acharnées auxquelles se livraient les sectaires
chrétiens de Syrie, où Mohammed voyagea dans sa
jeunesse, comme tu le sais, produisit une telle impression sur son âme ardente, qu'il se sentit
appelé lui aussi à formuler une nouvelle doctrine,
ayant pour base les *anciennes Écritures*, et qu'il annonça sous le nom de Koran (ou bonne nouvelle).
Mais avant d'aller plus loin, il importe de te convaincre par tes propres yeux que le prophète d'Allah
tenait pour révélées d'en haut la Bible et l'Évangile.
Prends et ouvre le Koran au chapitre II, verset 50.

Messaoud (ayant pris le livre et lisant).

« Nous donnâmes à Moïse le Livre et la distinction,
» afin que vous soyez dirigés dans la droite voie. »

Tekfaraïh.

Lis encore les versets 81 et 254 du même chapitre.

Messaoud (lisant).

« Nous avons accordé à Jésus, fils de Marie, des
» signes manifestes, et nous l'avons fortifié par
» l'esprit de sainteté. »

Tekfaraïh.

Lis au chapitre III, intitulé *la Famille d'Imram*[1] les
versets 1 et 2.

Messaoud (lisant).

« Dieu (ou Allah). Il n'y a point d'autre Dieu que
» Lui, le Vivant, l'Immuable. Il t'a envoyé en toute
» vérité; il a fait descendre le Pentateuque et l'Évan-
» gile pour servir de direction aux hommes. »

Tekfaraïh.

Voilà qui est clair et sans la moindre ambiguïté :
les livres de Moïse et de Jésus sont *descendus* du
Ciel; c'est-à-dire ont été révélés de Dieu à leurs auteurs pour diriger les hommes dans la bonne voie,
et le Koran est la *confirmation* de ces mêmes Écritures, lesquelles ont précédé la révélation de Mohammed. Ces passages suffisent-ils à te convaincre, ô
Messaoud?

Messaoud.

Je passe condamnation sur ce point.

Tekfaraïh.

J'ai donc le droit de conclure que Mohammed,
partant de ce principe — que les législateurs, soit
politiques, soit religieux, ne devraient jamais perdre
de vue — que la loi est faite pour l'homme et non

1. Imram, selon le Koran, est le nom du père de la Vierge Marie.

l'homme pour la loi, n'a eu nullement l'intention *d'abolir* la loi ancienne, mais qu'il a prétendu au contraire la *confirmer*, la compléter ou bien encore l'approprier à la nature, à l'esprit et aux aspirations des Orientaux.

D'où je conclus encore que puisque Mohammed fait reposer l'édifice de l'Islamisme sur les fondements mêmes du Christianisme, c'est qu'il était chrétien avant d'être musulman.

Certes, s'il eût professé toute autre doctrine antérieure ou contemporaine, il en serait resté des traces dans le Koran, où se reflète toute son âme avec une simplicité et parfois une naïveté qui seraient enfantines si elles n'avaient pas un but sublime, celui de se mettre à la portée des moindres intelligences ou, à l'exemple de l'apôtre chrétien, « de se faire tout à tous. »

Enfin, prenez la doctrine du Koran ; exprimez-la, pour ainsi parler, comme l'on fait de plantes aromatiques dont on veut extraire les huiles essentielles, et je vous défie d'en faire sortir autre chose que *l'idée chrétienne....* quant à l'*esprit* s'entend.

Aussi bien, le saint Prophète fait-il une obligation aux musulmans de croire aux livres ou aux révélations de Moïse et de Jésus, et cela dans les termes les plus formels.

Messaoud.

Fais-moi voir cette obligation écrite dans le Koran.

Tekfaraïh.

Lis au chapitre III, le verset 78.

Messaoud (lisant).

« Dis : nous croyons en Dieu, à ce qu'il nous a

» envoyé, à ce qu'il a envoyé à Abraham, Ismaël,
» Jacob et aux douze tribus ; nous croyons aux livres
» saints que Moïse, Jésus et les prophètes ont reçus
» du Ciel ; nous ne mettons aucune différence entre
» eux, nous sommes musulmans. »

Tekfaraïh.

Trouves-tu ces passages assez explicites ?

Messaoud.

Si je ne me rendais à leur évidence, je serais de
mauvaise foi.

Tekfaraïh.

D'ailleurs, comme les chrétiens, le vrai musulman
croit à l'existence des anges et de Satan [1], à la résurrection, au paradis [2], et nous professons la même
doctrine qu'eux sur le jugement dernier, le purgatoire,
l'enfer ; comme nous, enfin, les chrétiens prient,
jeûnent, font pénitence et soulagent les malheureux.
Et c'est pourquoi le Koran nous dit expressément :
« Ne disputez avec les juifs qu'en termes honnêtes
» et modérés (chap. XXIX, v. 14), » et ailleurs :
« Vous trouverez parmi ces chrétiens des hommes

1. Dieu a chargé les anges de veiller à la conservation de
l'homme (Kor., ch. XIII, v. 12). Chacun a un ange gardien qui
l'observe (id., ch. LXXXVI, v. 4). Satan conduit les incrédules de
la lumière dans les ténèbres, et ils seront précipités dans un feu
éternel (ch. II, v. 258).

2. Vous reparaîtrez devant le Très-Haut et il vous montrera vos
œuvres (ch. VI, v. 60). Le séjour éternel et la vraie vie (ch.
XXIX, v. 64). Dieu fait jaillir la mort du sein de la vie et la vie
du sein de la mort (ch. XXX, v. 18 et 26). Le paradis est le
séjour préparé aux justes, etc. (ch. III, v. 127). Les récompenses
seront proportionnées aux mérites (ch. VI, v. 23-24).

Nota : — Pour toutes ces citations, voir le *Koran*, traduit par
Savary. Paris, 1840.

» humains et attachés aux musulmans (chap. V.,
» v. 89). »

Faut-il vous faire remarquer, mes amis, que la
guerre de Crimée que les chrétiens de France et
d'Angleterre firent à l'empereur de Russie, de concert et dans l'intérêt du Grand Sultan, est la confirmation de cette dernière parole de Mohammed ?

Messaoud.

J'en conviens... Mais pour en revenir à notre discussion ou plutôt à ton enseignement — car désormais je ne veux plus discuter avec toi, mais t'écouter
— d'après les passages du Koran que nous venons
de lire, je ne vois pas en quoi notre croyance diffère de celle des chrétiens.

Tekfaraïh.

Elle en diffère par le dogme, notamment sur la notion de la divinité. Ainsi, quoique les chrétiens ne
reconnaissent comme nous qu'un Dieu unique, ils
admettent néanmoins trois personnes bien distinctes
en Dieu, qui sont le Père, le Fils et le Saint-Esprit, et
ces trois personnes, disent les théologiens, sont également puissantes, incréées, éternelles.

Messaoud.

Croient-ils, ainsi que je l'ai ouï dire, que chacune
de ces trois personnes soit également divine ?

Tekfaraïh.

Ils en font un article fondamental de leur religion,
sous la dénomination de *mystère de la sainte Trinité*.

Messaoud.

Alors ils ne sont pas *monothéistes*, mais bien poly-
théistes.

Tekfaraïh.

Leurs théologiens prétendent que non, car, disent-ils, quoique chacune des personnes de la Trinité soit Dieu, leur union ne forme néanmoins qu'un seul et même Dieu.

Messaoud.

Voilà qui n'est pas clair.

Tekfaraïh.

C'est justement ce défaut de clarté qui constitue le mystère, et qui fait, au dire de leur Église, qu'il y a du mérite à y croire.

Messaoud.

Est-il raisonnable de dire qu'il y a du mérite à croire une chose qui, non-seulement n'est pas claire, mais qui encore est évidemment absurde dans ses termes?

Tekfaraïh.

Pour nous qui sommes musulmans, ce n'est pas raisonnable....

Messaoud.

Et pour le chrétien?

Tekfaraïh.

Pour le chrétien... ce n'est pas plus rationnel que pour nous; mais comme le vrai chrétien sait que « la foi (surtout la foi aux mystères de sa religion) est la confusion de la raison, » il n'a pas besoin de comprendre pour croire; il se fait un mérite « de croire, comme disait un de leurs plus grands marabouts (Saint-Augustin) *parce que c'est absurde (quia absurdum)*. »

Messaoud.

D'où il faudrait conclure qu'on est d'autant plus religieux aux yeux des chrétiens qu'on est moins raisonnable..! (Murmures approbateurs de l'assemblée.)

Tekfaraïh.

Nous devons respecter la croyance des chrétiens, si nous voulons être respectés dans la nôtre.

Messaoud.

J'en conviens... Mais, à propos de notre croyance, le Koran, si je ne me trompe, ne reconnaît en aucune sorte la *trinité divine ?*

Tekfaraïh.

Non; car après avoir dit d'Allah qu'il « est le » centre où tout se réunira ; qu'il fait sortir l'harmo- » nie de tout ce qui est, » il s'exprime ainsi : « Dieu » est un. Il est éternel. Il n'a point enfanté. Il n'a » point d'égal (ch. CXII, v, 1-4).» « Ne dites pas, » ajoute-t-il, qu'il y a une trinité en Dieu (ch. IV, » v. 169). Dieu ne saurait avoir un fils. Il se suffit à » lui-même. Ne dites pas de Dieu ce que vous ne » savez point (ch, X., v. 67). »

Messaoud.

A la bonne heure. Voilà que l'on peut croire *quoique ce ne soit pas absurde.*

Tekfaraïh.

C'est afin que les musulmans évitassent le scandale des controverses religieuses, que Mohammed formula avec tant de clarté la notion de Dieu.

Au reste, Moïse, Jésus et Mohammed ont fait pour les temps où ils ont vécu et pour les nations auxquelles ils s'adressaient tout ce qu'il était possible de faire, humainement parlant, et je trouve surprenante, pour ne pas dire surnaturelle, la rapide impulsion qu'ils donnèrent à l'esprit humain, alors qu'il se dégageait avec tant de peine — malgré les louables efforts de quelques philosophes — des épaisses ténèbres du polythéisme.

Certes, l'humanité qui, grâce au courage, à l'abnégation et à l'immense charité de Jésus, de ses apôtres et de Mohammed, est désormais dans la voie de vérité d'où elle avait paru sortir..., leur rendra d'éternelles actions de grâce.

Messaoud.

Pourquoi dis-tu que l'humanité *avait paru sortir de la voie de vérité?*.. Est-ce qu'elle n'en était pas réellement sortie pendant tout le temps du polythéisme?

Tekfaraïh.

L'humanité étant soumise, dans ses évolutions, aux lois de sa nature propre, lesquelles ne sont elles-mêmes que la conséquence des grandes lois suivant lesquelles s'engrènent *solidairement* tous les rouages de l'admirable machine qui a nom UNIVERS ou VIE UNIVERSELLE, ne saurait se tromper... mais le développement de cette thèse, que je ne fais qu'énoncer ici, nous entraînerait trop loin aujourd'hui. Je me contenterai donc de dire que l'éducation de l'humanité se fait suivant des principes rudimentaires certains, dont elle commence à peine à avoir conscience : c'est-à-dire que ceux d'entre les hommes qui sont plus particulièrement l'incarnation des besoins et des aspirations de l'espèce humaine connaissent désormais sa marche à travers les siècles passés, et en déduisent, sans prétendre au don surnaturel de prophétie, les futures évolutions.

Messaoud.

Comment sais-tu ces choses?

Tekfaraïh.

De même, me suis-je dit, qu'il y a des lois immuables qui régissent invariablement les astres (monde physique), de même il doit exister des lois suivant lesquelles sont régies les intelligences (monde moral) et par conséquent l'humanité.

Partant de cette conception, j'ai raisonné ainsi : la même intelligence supérieure et toute-puissante qui fait l'harmonie parmi les corps sidéraux, doit présider nécessairement à la marche ou à l'éducation de l'espèce humaine, afin que l'harmonie règne un jour sur la terre comme dans les cieux.

Et remarquez, mes amis, avec quelle admirable sagesse le divin génie dirige cette éducation : quoique *un* dans son principe et dans son but, l'enseignement social est cependant *multiple* dans son application. Il diffère *dans la forme* suivant qu'il s'adresse à l'Orient ou à l'Occident, à des nations ignorantes ou à des nations éclairées. Il est, dans le même sens, plus ou moins mystique, plus ou moins philosophique, plus ou moins positif, suivant la nature, le caractère ou le tempérament des peuples. C'est que, procédant en bonne et intelligente mère, la nature se met à la portée de tous ses enfants.

C'est ainsi, par exemple, que quoique partis d'un même principe, d'une même source — l'unité de Dieu — le Judaïsme, le Christianisme et l'Islamisme diffèrent néanmoins dans le dogme et le rite; tandis qu'ils proclament tous les trois une morale à peu près identique, laquelle se résume dans l'amour de Dieu et du prochain ou, ce qui est la même chose, dans la pratique des bonnes œuvres ; elle diffère dans les unions conjugales, selon qu'elle s'applique aux Orientaux ou aux Occidentaux.

Voilà comment la différence des religions, cette pierre d'achoppement, ce grand scandale des ignorants, se trouve être au contraire un des plus hauts témoignages de la sagesse qui existe dans le plan de l'économie universelle.

Messaoud.

Ces explications, mon cher Tekfaraïh, viennent d'opérer un miracle : elles ont détruit en moi tout sentiment de haine religieuse contre les chrétiens. Néanmoins, je ne cacherai pas que les déréglements de leurs mœurs, les libertés qu'ils laissent à leurs femmes, leurs excès de table établissent entre eux et nous une ligne de démarcation tellement profonde que nul musulman ne saurait la franchir sans cesser d'être un vrai croyant. Je conçois donc qu'on ne haïsse point les chrétiens à cause de leur croyance, puisqu'elle est sœur aînée de la nôtre, mais je ne conseillerais jamais de les imiter dans leur conduite.

Tekfaraïh.

Cette accusation est fort grave, et si elle était fondée, je serais forcé d'adopter la conclusion que tu en déduis.

Messaoud.

En quoi ce que je viens de dire ne serait-il pas fondé ?

(Sur un signe de Tekfaraïh, sa fille Yamina et les autres femmes sortent.)

Tekfaraïh.

Ton accusation, ô Messaoud, n'est pas fondée, parce que tu juges de la conduite et des mœurs des chrétiens, non pas d'après les vrais principes de leur morale, que tu parais ignorer, mais uniquement d'après certains déréglements et des excès qui t'ont peut-être scandalisé soit à Constantine, à Alger et ailleurs.

Messaoud.

Partout en Algérie; et leur inconduite m'a d'autant plus étonné, que ces mêmes chrétiens nous reprochent de ne vouloir pas nous laisser façonner à leur civilisation, et qu'enfin, à l'exemple des Romains d'autrefois, ils nous traitent de *barbares* et de *sauvages!* Mais il me semble que pour avoir le droit de nous civiliser, de nous moraliser, ils devraient commencer par se montrer moins désordonnés.

Tekfaraïh.

Je suis de ton avis à cet égard. Tu as parfaitement raison de dire au médecin qui voudrait te guérir d'un mal dont il souffre lui-même : « Guéris-toi toi-même. » Mais ces déréglements, que tu viens de signaler à juste titre, étant blâmés par les honnêtes et vrais chrétiens, ne doivent être imputés ni à leur civilisation ni à leur morale. Pour bien apprécier les mœurs et la civilisation d'un peuple, il faut, si l'on veut être juste, avoir soin de dégager les vrais principes qui servent de base à la constitution politique et religieuse de ce peuple, d'avec la manière

dont ces principes sont pratiqués par quelques indi-
vidualités exceptionnelles.

Or, les chrétiens d'Occident, qui habitent aujour-
d'hui l'Algérie, ne forment qu'une très minime fraction de la population européenne, qui est de deux
cent cinquante millions d'âmes; et encore trouve-t-on
dans cette fraction de nombreuses et honorables ex-
ceptions qui s'abstiennent des excès dont la vue te
scandalise, non sans raison.

Écoute, Messaoud; que dirais-tu à un Français
qui condamnerait et repousserait comme immorale
la doctrine du Koran parce qu'il verrait parmi les
Arabes de l'Algérie des hommes qui volent, assassi-
nent, etc.

Messaoud.

Je lui répondrais que ces Arabes ne sont pas dignes
de porter le nom de musulmans (de vrais croyants).

Tekfaraïh.

Eh bien! la majorité des Européens pourrait en
dire autant à l'endroit de leurs compatriotes qui ne
se conduisent pas bien. Au reste, tu as dû remarquer
comme moi que les Arabes nomades, notamment
ceux qui fréquentent les villes maritimes, ont en général une conduite et des mœurs moins régulières que
la plupart de ceux dont la vie est sédentaire.

Messaoud.

J'ai fait cette remarque.

Tekfaraïh.

Je dois néanmoins faire ici une réserve importante:
c'est que je ne fais que constater la différence des
mœurs entre les Européens qui sont dans l'Algérie

(ou voyageurs), et les Européens sédentaires (ou non voyageurs) : mais que loin de blâmer les premiers, je les considère au contraire comme des agents providentiels, très utiles aux progrès de l'industrie, du commerce et des arts, lesquels en établissant des rapports même d'intérêt entre les peuples, les rapprochent, les mettent en communication, et finissent par leur faire comprendre qu'ils sont tous membres d'une même famille et, partant, qu'ils sont plutôt faits pour vivre en paix et amis, qu'en guerre et en ennemis.

Cette réserve faite, nous allons, sans parti pris et sans passion, comparer les mœurs des Européens et des Arabes.

Eh bien, moi, qui ai séjourné en France, en Angleterre et en Allemagne, je déclare que, malgré la grande facilité de relations des sexes, ou peut-être à cause de la liberté de ces relations — ce qui pourra te paraître paradoxal — l'on y voit des mœurs irréprochables et souvent des vertus exemplaires, surtout en dehors des grands centres de population, qui furent et seront peut-être toujours des foyers de corruption.

Dans les provinces, j'ai remarqué beaucoup de retenue et de modestie chez les femmes ; enfin, une vertu d'autant plus vraie que ces dernières sont parfaitement libres de leurs actions, — ce qu'on ne peut pas dire des femmes arabes et en général des femmes de l'Orient...

Messaoud.

Nous avons en effet si peu de confiance en la fragilité de leur vertu, que nous croyons devoir les surveiller comme des prisonnières.

Tekfaraïh.

Nos femmes ne sont ni nos compagnes ni nos égales; elles sont nos esclaves !

Les chaînes dont nous les chargeons sont, il est vrai, dorées et recouvertes de fleurs... leurs appartements sont agréables et parfumés...; mais ce n'en sont pas moins des chaînes et des prisons! (Sensation.) Quel musulman peut témoigner de la fidélité de ses femmes, puisqu'elles ne sont pas libres d'être infidèles ?

Messaoud.

Nul ne le peut.

Tekfaraïh.

Et maintenant, faut-il parler de la moralité des hommes parmi nous ? Certes, je n'approuve pas chez les Européens d'Occident l'établissement de maisons de prostitution, que la tolérance du législateur et la surveillance dont elles sont l'objet élèvent à la hauteur d'une institution sociale... si bien, que j'ai entendu des hommes graves essayer de justifier, au point de vue de la morale, ces scandaleuses transformations des temples consacrés jadis à la Vénus impudique ! Heureusement que les vrais moralistes condamnent et flétrissent de tout leur pouvoir ces égouts de la débauche d'où sortent des émanations pestilentielles, au courant desquelles se flétrit la plus tendre jeunesse, comme se flétrissent les fraîches fleurs des oasis sous le souffle empoisonné du vent du désert ! Non, je n'approuve pas ces marchés publics où de malheureuses *vierges folles*, tarifées comme une marchandise de bon aloi, vendent gaîment leur jeunesse et leur beauté, sans songer

qu'alors qu'elles seront déshonorées et flétries...
elles n'auront pour dernier refuge que l'hôpital ou la
Morgue !...

Mais est-ce bien à nous, Arabes, d'en faire la cri-
tique ! N'avions-nous pas, avant la conquête de l'Algérie, n'avons-nous pas encore aujourd'hui, nous
aussi, des maisons de tolérance ? Et d'ailleurs, la
facilité avec laquelle nous prenons, disons le mot,
nous vendons et achetons nos femmes, quelquefois
par l'ignoble échange d'une vache à lait ou de quelques bêtes à laine... est-elle morale ? N'est-ce pas un
honteux trafic ? De quels respects voulez-vous que
nos enfants entourent leur mère, lorsqu'ils savent
qu'elle a été vendue et livrée comme une marchandise !

Nous pouvons donc nous adresser un semblable
reproche, et nous dire : Pour avoir le droit de critiquer les mœurs des Français d'Algérie, commençons
par nous corriger nous-mêmes; car nous avons au
moins autant de défauts qu'ils peuvent en avoir, et si
nous ne savons être plus vertueux, ayons au moins
la pudeur de nous taire. Soyons indulgents envers
les autres, car nous avons nous-mêmes besoin de
beaucoup d'indulgence !

Messaoud.

Tu as certainement raison, mon cher Tekfaraïh,
mais je crains que l'ardeur que tu mets à défendre
les Français... avec de bonnes raisons, j'en conviens,
je crains que cette ardeur ne te fasse perdre de vue
la question principale, qui est de savoir en quoi
consistent la *moralité* et l'*immoralité* relativement aux
relations des deux sexes.

Tekfaraïh.

Je ne crois pas avoir dit que je me proposais de parler sur cette question ; quoi qu'il en soit, je suis bien aise que tu l'aies ainsi posée.

Pour bien comprendre le sens de ces deux mots : *moralité, immoralité,* dans leur application aux relations des deux sexes, il importe d'abord de les définir clairement, car c'est justement parce que les moralistes de l'Orient comme de l'Occident n'ont donné que des définitions incomplètes, pour ne pas dire qu'ils n'ont rien défini à ce sujet, que ce grand mot de *moralité,* comme ceux de *religion,* de *vertu,* de *justice,* de *vérité,* de *liberté,* est resté tellement vague, qu'on a pu lui donner, souvent de très bonne foi, des interprétations non-seulement diverses, mais encore diamétralement opposées.

Ainsi, tandis qu'il suffit, suivant les principes de morale généralement adoptés en Orient, pour qu'il y ait *légitimité* dans les relations intimes des deux sexes, que la femme (ou les femmes) soit bien la propriété de l'homme avec lequel elle cohabite ; les lois de la morale des Occidentaux, notamment en France, exigent que les époux soient unis devant le magistrat civil. Or, ces conditions de légitimité, dans l'un et l'autre cas, ne constituent, suivant la loi naturelle, qu'une *moralité de convention,* mais non une vraie moralité.

Messaoud.

Et que faut-il pour qu'il y ait vraie moralité ?

Tekfaraïh.

Avant de répondre directement à ta question, commençons par imposer silence, autant que possible, à la voix des préjugés, afin de pouvoir rechercher avec calme et dans un véritable esprit de justice quel est le but que doivent se proposer, dans leur union, l'homme et la femme. Est-ce la satisfaction exclusive de nos sens? Non, car, s'il en était ainsi, en quoi l'homme différerait-il de la brute? Mais à l'attraction physique, qui est cependant nécessaire, doit se joindre une autre attraction, que j'appellerai *morale*, suivant laquelle il s'établit entre les deux individus qui veulent contracter l'union conjugale, une espèce de rayonnement sympathique, lequel les porte à croire, à être même certains, humainement parlant, qu'ils se conviennent *sous tous les rapports*, et que de leur union, résultera leur mutuel bonheur — but final de cette union. — C'est au reste ce que comprend le véritable amour : il résume essentiellement les deux attractions. Ainsi, quand un homme dit à une femme : je t'aime; veux-tu être ma compagne devant Dieu et devant les hommes? C'est comme s'il lui disait : « Tu me plais au physique et au moral; toi seule peux me rendre heureux à jamais! » Si maintenant la femme peut lui tenir le même langage, et s'ils sont sincères l'un et l'autre, leur union dans ce cas sera contractée selon les lois de la véritable morale — je n'entends parler ici que de la morale naturelle — et cette union n'aura besoin pour être *légitimée* que de la sanction des lois et coutumes qui régissent chaque pays. Cette sanction est *la forme du mariage* tandis que les conditions de moralité dont je viens de parler, en sont *l'essence fondamentale*.

Messaoud.

Je vois bien maintenant ce qu'il faut, ou plutôt ce qu'il faudrait selon toi, pour que l'union matrimoniale soit morale, mais quoique j'entrevoie dans quels cas elle devrait être réputée immorale, tu me ferais plaisir de le préciser du point de vue élevé où tu t'es placé...

Tekfaraïh.

Et où je serais très heureux de te voir arriver, mon cher Messaoud !

Messaoud.

Si Allah le veut, cela sera certainement.

Tekfaraïh.

Si pour arriver à conclure cette union — soit en Orient, soit en Occident — la plus sacrée, la plus éminemment sociale, puisque hors du mariage la famille et la société n'existeraient pas, l'on employait la duplicité, le mensonge et surtout la violence, l'on se rendrait coupable d'une action d'autant plus répréhensible et criminelle qu'étant attentatoire aux lois les plus saintes de la nature, elle entraîne toujours à sa suite la mésintelligence, la discorde et le malheur dans les ménages, dans les familles, dans la société.

Messaoud.

Je n'ai rien à dire contre ton raisonnement.

Tekfaraïh.

Tu l'approuves donc ?

Messaoud.

En tous points.

Tekfaraïh.

Cependant je prétends en tirer des conséquences en faveur de la supériorité de mœurs européennes sur les mœurs orientales et en particulier sur les nôtres.

Messaoud.

Si tes conséquences sont bien déduites, c'est qu'elles seront justes ; si elles sont justes, c'est qu'elles seront vraies, si elles sont vraies et justes, je serais blâmable de ne les pas accepter.

Tekfaraïh.

Si tous les musulmans pensaient et raisonnaient comme toi, ils deviendraient bientôt dignes de marcher à la tête des peuples les plus éclairés, les plus libres, les plus civilisés.

Messaoud.

Allah puisse-t-il t'entendre !

Tekfaraïh.

Je poursuis mon argumentation, et je dis pour la résumer en deux mots : plus il y a vérité et liberté dans la foi que réciproquement se donnent l'homme et la femme, plus il y a de moralité, et, *vice-versâ*, moins il y a vérité et liberté, moins il y a moralité.

Or, comme il est constant que suivant la coutume des Européens, l'homme et la femme qui veulent s'unir légitimement, se voient et se connaissent — connaissance qui est généralement trop superficielle et partant souvent insuffisante, j'en conviens, — et que d'ailleurs la libre et publique adhésion des deux époux est exigée par la loi, en présence de l'officier civil ;

Comme suivant nos coutumes, qui sont aussi en général celles des peuples d'Orient, il n'est pas nécessaire que la femme connaisse l'hommme auquel on la destine, et que, toute résignée et soumise à l'autocratique volonté de son père, elle doit accepter pour époux celui qu'on lui présente, quelquefois le jour même du mariage....! J'en conclus que le mariage des Européens est généralement plus moral que celui des Orientaux.

Messaoud.

Eh bien! soit ; mais puisque tu connais si bien les mœurs européennes, dis-moi comment il se fait que malgré toutes ces garanties de moralité dont le législateur semble avoir entouré l'union conjugale, il se passe cependant au sein des ménages chrétiens des choses fort peu agréables, dit-on, surtout pour les maris ? — Les Français, qui plaisantent sur toutes choses, ont pour exprimer ces désagréments des mots très pittoresques.....

Tekfaraïh.

Avant de répondre à ta question, mais en quelques mots seulement, car l'heure du rendez-vous que j'ai donné au Français et à l'ami que nous attendons approche, je dois te faire observer que tout en démontrant la supériorité des mœurs européennes sur les nôtres, à l'endroit des relations des deux sexes, je n'ai nullement voulu dire que leur mariage fût ce qu'il devrait et pourrait être, s'il était fait dans toutes les conditions exigées par la morale naturelle ou divine.

Messaoud.

Pourquoi ?

Tekfaraïh.

Pour plusieurs raisons : ainsi par suite de la funeste précipitation que l'on met trop souvent à conclure un mariage, ni plus ni moins qu'une *affaire* que l'on bâcle dans la crainte de la manquer...., il arrive que des

parents égoïstes autant que peu sages ne laissent
pas le temps aux jeunes fiancés de se connaître, et
sans consulter leurs inclinations, leur imposent telle
union comme une condition *sine quâ non* d'être agréables à un père, à une mère « qui les aiment tendre-
» ment ; qui ont fait tant de sacrifices pour les élever
» et qui ne songent finalement qu'au bonheur de
» leurs enfants chéris !... » Ou bien quand ces
moyens hypocrites n'agissent pas au gré de leurs désirs et quelquefois de leurs odieux calculs, changeant de rôle et montrant leurs intentions dans toute
la nudité de leur cynisme, ils ordonnent, ils imposent,
ils menacent !... Et la jeune et timide fille toute tremblante sous le terrible *je le veux* paternel ou maternel
se laisse marier ou plutôt sacrifier sur l'autel de
Plutus !

Il arrive encore que des jeunes hommes blasés et
corrompus, dissimulant, avec un talent de haute comédie, d'infâmes projets, sans amour, et ne caressant que la pensée de parvenir à un poste avantageux
ou à la fortune, s'introduisent dans les plus honorables familles, et là, sous les dehors d'une honnêteté
d'autant plus séduisante qu'elle est habilement re-
haussée par des saillies de cet esprit épidermique
dont ils ont puisé l'expression dans les romans du
beau monde, ils ourdissent si bien les fils invisibles
de leur trame, que filles et parents s'y laissent
prendre.

Mais comme chaque parole d'honneur de ces faux
époux est un mensonge, et chaque baiser un baiser
de Judas, de là ces désagréments de certains maris
dont tu parlais : car, alors que la lumière se fait dans
ces abîmes de corruption, il en sort parfois d'impla-
cables vengeances.

Ce dialogue s'étant terminé là, on fit rentrer les femmes, et les musulmans psalmodièrent en chœur quelques couplets du Koran.

V

A notre arrivée les chants cessèrent, nonobstant le désir que je manifestai de les entendre continuer. Mais d'autres chants devaient leur succéder après les rafraîchissements qui nous furent servis avec un grand luxe d'argenterie et de porcelaines.

Après les compliments d'usage et quelques banales causeries, Tekfaraïh prenant un ton solennel :

— Sidi, me dit-il, ce que m'a appris l'ami S... de ta louable ardeur à rechercher tout ce qui, de près ou de loin, peut avoir trait à l'histoire des anciens Numides, nos ancêtres, m'invite à te faire connaître quelques passages de nos prophéties, touchant l'arrivée des chrétiens dans le nord de l'Afrique, et notamment touchant l'avénement de *Moul-el-Saa* (le Maître de l'heure), que plusieurs de vos écrivains ont reproduites, mais dont je suis peut-être le seul qui possède la suite.

— Je serai très heureux de t'entendre, ami Tekfaraïh, lui répondis-je.

— « Au nom d'Allah clément et miséricordieux. »

Le Koran est l'accomplissement et le sceau des anciennes prophéties.

Les chrétiens et les musulmans ont recueilli et se sont partagé l'héritage d'Israël, ainsi que cela était écrit.

Voici donc ce qui a été prédit depuis des siècles :

« Les flots du christianisme recouvriront de nouveau le sol de l'Afrique, depuis les confins de la grande solitude, jusqu'aux rivages orageux des deux grandes mers.

» Les chrétiens des premiers temps, chassés par les armées musulmanes, descendirent dans les cités souterraines qui sont situées dans la région des ombres...

» Ils emportèrent avec eux les clefs des coffres où sont renfermés les trésors de la civilisation (romaine), lesquels furent ensevelis sous les ruines des antiques cités de la *Verte.*

» Avec eux disparurent les belles sources qui fécondaient jadis ces plages agréables à l'œil d'Allah.

» Ils reviendront un jour, et alors les montagnes et les villes se rétréciront pour nous...

» Les églises des chrétiens s'élèveront, la chose est certaine. Ils domineront les Arabes par l'ordre du Très-Haut.

» Le sommeil du Turc est troublé ; il a été vaincu ; son règne est passé.

» La puissance des Turcs semblait augmenter avec leurs crimes ! Ils abusaient des hommes, des femmes et du vin.

» Alger, la superbe Alger, tombe au pouvoir des chrétiens.

» Les Français viennent faire la récolte dans nos champs [1]. »

Avénement de Moul-el-Saa.

— Écoute-moi encore, ô Français notre ami.

1. Voir dans les écrits de MM. Richard et Carotte, sur l'Algérie, les prophéties de Sidi-el-Akhdar, Hadji-Aïca-et-Ben-el-Benna-el-Tlemceni, etc.

Ces temps d'éclipse pour les musulmans d'Algérie ne sont qu'une sainte épreuve envoyée de Dieu aux enfants de Mohammed ; et ce sont nos fautes qui nous ont valu ce juste châtiment.

Mais après l'épreuve, le Très-Haut nous enverra, dans sa miséricorde, un nouveau Moïse, qui aura nom Moul-el-Saa.

A sa puissante voix et aux signes évidents de sa mission, tous les croyants se lèveront pour marcher comme un seul homme à la conquête du monde ; car il est écrit que la domination de la terre appartient aux vrais croyants.

Les incrédules, dont le cœur est desséché par le simoun du désert, n'auront pour partage que les solitudes de la mort.

Je vois l'ange du Tout-Puissant Allah soulever un coin du voile qui recouvre l'avenir.

Mes yeux sont éblouis par l'éclat et la magnificence des trésors que la libéralité du Seigneur Dieu prépare à la terre régénérée par la foi nouvelle !

Le soleil de la vérité n'éclaire plus qu'une seule et même religion, qu'une morale, qu'un culte, qu'un peuple de frères, n'ayant que Dieu pour père.

Le nouveau Sauveur sera-t-il fils de l'Orient ou de l'Occident, ou du Nouveau-Monde ? L'Esprit d'en haut n'a encore rien révélé à cet endroit.

Mais je vois clairement sur sa bannière — où la main des célestes houris les a brodés en étoiles scintillantes — ces mots : « PAIX, UNION, FRATERNITÉ DES PEUPLES ! »

Les ailes de son divin génie — le génie des lumières, — s'étendent sur tous les hommes, et les garantissent désormais contre les flèches empoisonnées de l'ange du mensonge.

Cependant, le démon de l'hypocrisie — le plus redoutable ennemi du genre humain — couronné, sanctifié, déifié parfois par les puissances du monde et la stupidité des esclaves, ne trouvant pas le moindre petit coin de terre qui ne soit éclairé des rayons de la vérité, s'éloigne enfin de notre globe, non sans proférer contre le génie des lumières les plus ridicules anathèmes, dégoûtantes baves du serpent qui rend son dernier souffle et qui n'a plus le pouvoir de nuire et d'effrayer même des enfants !

En le voyant se retirer, la nature respire librement et tous les cœurs s'épanouissent comme les fleurs sous la douce influence des rayons printaniers.

A la voix de Moul-el-Saa, l'esprit humain, secouant le linceul de l'erreur et des préjugés dans lequel il dormait depuis de longs siècles, se réveille libre et glorieux.

L'Orient et l'Occident — ces deux grands foyers de la sphère elliptique du sentiment et du savoir humain — unis par les mêmes intérêts, éclairés par le même soleil, réchauffés par la même foi, communient dans la *paix universelle*.

Je vois poindre l'aube de ce grand jour.

Vous tous qui souffrez et espérez dans la clémence du Seigneur Dieu, soyez attentifs :

Le Ciel abaisse ses tentes d'or et d'azur sur les continents du globe. On y compte autant de pavillons que de tribus.

Moul-el-Saa assigne à chaque tribu sa place au festin de l'universelle félicité.

Nulle nation n'est exclue du banquet fraternel.

L'ange de la Concorde y appelle tous les humains, sans distinction de puissant ou de faible, de riche ou de pauvre, de chrétien ou de musulman.

Il n'y a plus de déshérités parmi les enfants du Dieu clément et miséricordieux.

Les assistants, électrisés par ces dernières paroles, se lèvent spontanément et, comme inspirés de l'esprit nouveau, répètent avec enthousiasme.

— Il n'y a plus de déshérités parmi les enfants du Dieu clément et miséricordieux !

— Ami Français, me demande le pieux poète, crois-tu à ces prophéties ?

— Je crois à l'esprit qui les a dictées, sinon à la lettre, car cet esprit est celui du progrès dans le sens de l'amélioration incessante du sort de l'espèce humaine, qui est le fond et la base de mes croyances.

— Il vaut mieux croire à l'esprit qu'à la lettre des prophéties, ajoute Tekfaraïh, car l'esprit est éternel comme la source d'où il émane ; tandis que la lettre ou la forme que l'homme lui donne est essentiellement temporaire et périssable comme lui... Ainsi tu crois à l'esprit des prophéties dont je viens de traduire quelques passages.

— Oui, ami Tekfaraïh, et je prends l'engagement de les faire connaître à mes frères de France, qui s'en réjouiront, j'en suis convaincu. Car croyez bien, enfants du désert, que la France, ma patrie, vous aime ; elle vous ouvre ses bras. J'ose dire en son nom, sans crainte d'être démenti par aucun Français, que ce ne fut qu'à regret qu'elle tira le glaive contre les populations indigènes de l'Algérie. Ce n'est ni aux *Berbères* ni aux Arabes proprement dits qu'elle eût voulu faire la guerre ; elle n'en voulait qu'à ces audacieux écumeurs de mer, à ces barbares trafiquants d'esclaves qui, non contents de faire peser sur vous le joug de la plus odieuse tyrannie, provoquèrent insolemment au combat notre fière nation en foulant aux pieds le droit sacré des gens!

Nous leur avons montré, en les brisant, en balayant la mer de leurs vaisseaux redoutés, que la barbarie ne peut plus lutter avec la civilisation.

— *Meket-soub* (c'était écrit) s'écrie le noble Tekfaraïh; mais dis-nous, ô Français notre ami, et réponds avec la franchise dont se glorifie ta grande nation, dis-nous ce que veut de nous la France, maintenant qu'Allah lui a donné l'avantage des armes?

— La France veut vous traiter comme ses propres enfants. Puisque tu conviens, ô Tekfaraïh, qu'Allah a donné à la France la victoire, tu es trop juste pour ne pas comprendre que l'honneur et les intérêts de ma patrie sont irrévocablement engagés à la conservation du territoire algérien.

Mais autant le despotisme des Turcs fut brutal, tyrannique, écrasant pour ce beau pays, autant la domination française sera douce, juste, bienfaisante, dès que par votre complète et sincère soumission aux décrets du Très-Haut, vous aurez mis vous-mêmes un terme aux guerres dévastatrices......

Alors, vous ne tarderez pas à vous apercevoir que c'est bien moins à coups de canon que par l'influence de l'agriculture, de l'industrie, du commerce, de l'instruction et surtout d'une bonne distribution de la justice que la France veut civiliser cette partie de l'Afrique.

Vous avez dû voir déjà bien des fois que dès que par suite de la soumission et de la tranquillité des indigènes d'une partie quelconque de l'Algérie, la France a pu, sans danger pour ses colons, cesser de combattre, vous avez vu ses vaillants soldats mettre leurs armes en faisceaux, et prenant avec gaîté la pelle et la pioche, travailler à la construction des voies de communication, de villages, de ports de mer, de chemins de fer. Déjà nombre d'anciennes cités romaines sont sorties de leurs ruines comme par enchantement et promettent de devenir, sous les auspices de la paix et de la confiance, plus belles et plus riches qu'elles ne le furent jamais. Les plaines et les vallées se couvrent d'infatigables laboureurs et de riches troupeaux. Où naguère croissaient l'absinthe et le chardon, l'œil se repose avec satisfaction sur de vertes prairies et d'ondoyantes moissons; de nombreuses plantations d'arbres fruitiers et d'agrément ont remplacé autour des villes le laurier-rose et le roseau, aux émanations fébrifères et mortelles. Enfin, partout cette vieille terre d'Afrique, grâce à la persévérante sollicitude de la France et à l'infatigable activité de ses colons, reprend et redonne une nouvelle vie. Aussi bien, j'ose croire que si vous n'avez déjà compris, vous comprendrez bientôt qu'en vous insurgeant contre la domination française, ce serait vous insurger contre vos propres intérêts.

Renoncez donc, je vous en conjure au nom du ciel, renoncez pour toujours à une lutte trop inégale pour vous, et dont le renouvellement ne saurait avoir pour résultat définitif que votre ruine totale et peut-être, ce qu'à Dieu ne plaise, l'anéantissement de votre fière race! Vous ne vous suiciderez pas, courageux enfants du désert, mais vous vivrez en devenant franchement nos amis, nos frères, en vous faisant Français par la culture de l'esprit, de l'industrie et des arts...

Dois-je poursuivre mon discours, noble Tekfaraïh? Mes paroles ne blessent-elles point les oreilles qui m'écoutent?

— Loin de là, tes paroles, répond Tekfaraïh, sont

dictées par la sagesse ; elles sont à mon âme comme sont à la terre altérée les eaux abondantes que répand Allah quand, de sa main libérale, il presse les nuages spongieux. Poursuis, noble ami, et si cela te convient, dis-nous par quels moyens la France, ta belle patrie, se propose d'user des droits que la victoire lui a donnés sur nous.

— Voici comment la France est appelée de Dieu à réaliser vos prophéties, dont une partie a déjà reçu son accomplissement. Elle reliera entre elles toutes les contrées qu'arrosent les sources du grand et du petit Atlas, par un vaste réseau de voies de communication.

Sur ces voies ferrées plusieurs d'entre vous ont déjà vu glisser, plus rapides que le vent, d'immenses chapelets de voitures, ayant pour moteur, au lieu de chevaux, d'admirables machines aux muscles de fer et aux entrailles de feu, merveilleux enfantement du génie de la civilisation !

Il faudra moins de temps à parcourir la distance qui sépare Alger de Constantine que n'en met le soleil pour aller de son lever à son coucher et cependant la machine, qui a nom *locomotive*, peut traîner après elle la cargaison d'un vaisseau de haut bord. C'est de la sorte que l'on voit en Europe et en Amérique des bataillons entiers de soldats avec armes et bagages glisser sur les chemins de fer comme glisse sur son métier la navette du tisserand.

A la vue de cette divine invention, nos savants ont prédit qu'alors que les grands continents du globe seront dotés de ces nouvelles voies et que les rivages des mers seront en communication régulière par un vaste système de navires à vapeur, sans parler des télégraphes aériens et sous-marins, il s'opérera un tel mélange des divers peuples de la terre et une telle solidarité d'intérêts, que les guerres ne seront plus possibles, car toutes les nations s'uniront pour garantir la *paix universelle !*

Tu le vois, ô Tekfaraïh, nos prophéties et les vôtres sont d'accord sur ce point.

Tekfaraïh.

Je le vois et j'en glorifie le Très-Haut ! Mais daigne poursuivre un discours qui nous intéresse au plus haut point.

— La France ne s'en tiendra pas là : elle fera surgir du sein des plaines arides et même du brûlant désert les sources d'eau qui, selon vos mêmes prophéties, y sont retenues prisonnières. Les bras actifs et intelligents des colons français perforeront la terre verticalement jusqu'aux plus profondes nappes d'eau, et vous en verrez jaillir des eaux qui, semblables à des palmiers de cristal, monteront vers le ciel comme pour rendre hommage au Tout-Puissant, et retomberont sur le sol pour le désaltérer sans interruption. Ces eaux, naturellement réchauffées dans le sein de la planète, seront douces et agréables pour vos saintes ablutions, ou bien encore, elles seront distribuées dans des canaux d'irrigation, d'où il sera loisible au cultivateur de les faire serpenter à travers les jardins et les prairies.

Je passe sous silence l'administration de la justice dont vous goûtez déjà les bienfaits et l'impartialité, et bien d'autres avantages de notre civilisation.

Enfin, dans un temps peut-être peu éloigné, la France pourra recevoir vos marchandes et pieuses caravanes dans des navires aériens, les transporter à la Mecque à travers l'espace, et les déposer toutes

fraîches au seuil de la maison vénérée d'Ibrahim
(Abraham) et du saint tombeau du Prophète, sans
avoir touché aux sables brûlants du Sahara, évitant
ainsi et les surprises des *Touáregs*[1] et la piqûre
incurable du *léfâ*[2].

L'art de naviguer de la sorte à travers le fluide
atmosphérique est encore dans l'enfance, il est vrai;
mais les incessantes expériences que l'on continue
de faire dans l'Ancien comme dans le Nouveau-
Monde donnent lieu d'espérer qu'elles aboutiront, et
qu'un jour l'on pourra voyager dans les airs avec
peut-être moins de danger que sur l'indomptable
élément des mers. Le progrès indéfini dans le développement des sciences, de l'industrie et des arts est
un principe désormais incontestable, une loi certaine
du monde moral.

Certes, dans sa marche ascendante, l'humanité est
souvent soumise à de bien douloureuses épreuves !
On la dirait le jouet d'un flux et reflux portant les
nations tantôt en avant, tantôt en arrière, et dans ce
dernier cas, la réaction se fait d'autant plus sentir que
la force impulsive ou le mouvement en avant avait
été plus énergique, d'autres pourront dire plus vio-
lente et plus désordonnée.

Mais seuls, à la vue de ces réactions sociales, le
faible et l'ignorant se laissent scandaliser, découra-
ger et finalement abattre, parce qu'ils n'ont pas conscience des lois économiques de notre monde, parce
qu'ils ne voient point que la principale cause de la
plupart des malheurs publics, des guerres, des révolutions violentes, réside bien plus dans l'ignorance des

1. Flibustiers du désert.
2. Vipère du Saharâ.

lois naturelles qui régissent la société que dans le mauvais vouloir des gouvernements ; et que c'est parce que nous contrarions la marche régulière ou progressive des choses, que nous sommes victimes de notre erreur, ou, si l'on aime mieux, de notre perversité.

Mais alors que peuples et rois, gouvernés et gouvernants, marcheront de conserve, unis et sans dévier dans la voie des améliorations, alors soyez certains que la société n'aura plus de bouleversements à redouter. La France est le grand apôtre chargé d'en Haut d'annoncer la Bonne Nouvelle, l'Évangile, le Koran nouveau.

Tekfaraïh.

Quelle est la formule qui résume cette *Bonne Nouvelle ?*

— Le mot SOLIDARITÉ, lequel est à l'*égoisme* des sociétés modernes ce que fut le mot FRATFRNITÉ à l'antagonisme du monde ancien ; ce que furent les mots *égalité* et *liberté* aux injustices et aux privilèges du système féodal du moyen-âge.

Ayez confiance, enfants de Mohammed, dans la justice et l'amitié de la France, et croyez-moi, amis, vous n'aurez pas lieu de vous en repentir.

Tekfaraïh.

Nous croyons à ta bonne parole, ami Français.

Constantine, 1856.

PRÉLUDE

I

Si j'ai pu contempler à loisir tes ruines,
Antique Lambœsis, dont les tristes collines
S'inclinent en pleurant autour de tes tombeaux,
Où depuis deux mille ans croassent les corbeaux,
Je le dois à l'exil, à la patrie absente.....
Et si j'aime à chanter, tandis que sur ma tente
J'entends les sifflements du simoun des déserts,
C'est afin d'oublier que je suis dans les fers.

II

Feuilles de dur granit, marbres épigraphiques,
Véridiques témoins des époques antiques,
     Vous fûtes les jalons
Qui guidèrent mes pas à travers les vallons
Où s'épanouissait la belle Numidie,
Où paissaient les troupeaux et de Vérécondie [1]
     Fille de Lambœsis ;
Dans le vert Ourazon [2] et la fraîche oasis [3],

1. Ruines situées non loin de celles de Lambœsis.
2. Le mont Aurès.
3. Aujourd'hui Biskra.

Aux bords de la Libye, où, comme dans l'espace
L'œil cherche vainement la plus légère trace
　　　De monuments humains,
Dont sont impatients les sables africains.

III

O modestes amants de l'Archéologie
Et de ses sœurs l'Histoire et la Géologie,
Je comprends votre joie alors que rapprochant
Les membres dispersés d'une cité dormant
Dans les flancs de la terre, ainsi que d'un fossile,
Vous lisez sur la pierre : « Ici gît telle ville ; »
Et fouillant dans le lit du fleuve de l'Oubli,
Dans lequel le Passé se trouve enseveli,
Vous découvrez le cirque où l'antique Cyrène
Faisait voler ses chars sur la poudreuse arène ;
Aux sables du Delta, la superbe Memphys,
Où la crédule Égypte adorait son Apis.....
Et sur les bords du Nil, *Thebœ*, reine orgueilleuse,
　　　Dont la tombe houleuse,
Dans laquelle elle dort depuis trois fois mille ans,
Dévoile chaque jour quelques membres géants.
Sur les pas de Volney, le voyageur admire
Les ossements épars de l'auguste Palmyre.
Enfin près de Tunis, oh ! souvenir amer !
La cité d'Annibal laisse voir dans la mer
　　　Ses forêts de colonnes.
Noble fille de Tyr, ô Didon, tu frissonnes,

En voyant les fureurs de ce *grand Scipion*,
Ne laissant après lui que désolation
      Sur ton riche rivage...
Appliquant son génie à dévorer l'ouvrage
D'un peuple réputé le plus industrieux.
Scipion l'Africain, ton nom m'est odieux.
Avec Didon en pleurs je maudis ta victoire ;
Que ne puis-je effacer les couronnes de gloire
Dont l'adulation recouvrit ton tombeau,
Pour y graver le mot, le seul mot de BOURREAU !

IV

Au sein du *camp romain* [1], près du pauvre village,
Par la France bâti sur le pâle visage
De Lambœsis, où tout est froid comme la mort...
      Là, tandis que tout dort,
Si ce n'est la patrouille à pas marqué qui passe,
Le chacal aboyant devant l'hyène qui chasse
Jusques au pied du mur de la vaste prison...
— Déjà, du couvre-feu, le clairon sonnait l'heure,
Je regagnais, rêveur, une étroite maison
Dont je faisais parfois nuitamment ma demeure,
      Sous le charmant regard
De la lune sortant du touffu boulevard
      De la chaîne aurésienne.

1. Ruines.

V

La pureté du ciel, la fraîcheur de l'haleine
    Des zéphyrs répandant
    Les parfums du Levant,
    Séduisirent mon âme.
Je vis se détacher une légère flamme
    Du fond du firmament,
Et puis s'évanouir au sein d'un monument
Par la base carré, debout et sans toiture,
    Et dont l'architecture
Témoigne qu'il dut être habité par un dieu.

VI

Les transportés avaient recueilli dans ce lieu
De précieux débris arrachés aux ruines :
Ici, des piédestaux ornés de figurines,
Là, des bustes sans tête, et des torses sans bras.
Réjouis-toi, Romain, ô toi qui consacras
Au divin Esculape une noble statue,
Mais qu'un vandale avait dans le sable abattue,
Nos bras l'ont remontée sur son vieux piédestal.
Puisse-t-il protéger contre les traits du mal
Nos colons menacés par le venin des fièvres
Qui leur glace le cœur et leur brûle les lèvres !

VII

Si l'écho du désert pouvait porter ma voix
    Jusqu'au temple des lois,

Je prierais les Solons de notre chère France
De faire transformer ce lieu de *pénitence* [1]
En hôtel de repos pour nos vaillants colons
    Blanchis dans les sillons
Et les rudes labeurs qu'enseigna Triptolème ;
Et là, sous le regard d'Esculape, lui-même,
    Ces nobles laboureurs
Élèveraient au Ciel et leurs bras et leurs cœurs
    Pour bénir leur patrie ;.
Et le dernier soupir de leur âme attendrie,
Comme le dernier son d'un luth harmonieux
    Monterait dans les Cieux !

VISION.

I

Plongé dans cet état où la raison sommeille
Tandis que notre corps ni ne dort ni ne veille,
Le présent disparut, comme un rêve, à mes yeux,
Avec ses mirmidons qui s'égalent aux dieux,
Avec ce siècle-airain, qui se croit un Hercule
Parce que sur son dos, vrai plateau de bascule,
Il hisse le veau d'or jusqu'à ce nouveau ciel
Où les fils de l'Église et les fils d'Israël
Faisant des *livres saints* une vile litière
Offrent avec l'encens leur fervente prière
    A ce dieu ruminant,

1) Pénitencier construit à côté de l'ancienne détention des transportés de 1848 et 1852.

Et chantent tous en chœur: «De l'argent, de l'argent!»
Puis dans un bal masqué, je vis tout ce vieux monde
Glisser dans un abîme en dansant une ronde...

. . . .

II

Mais quel est cet Éden au milieu des déserts,
Déroulant sous le Ciel ses riches tapis verts?
Mollement accoudés sur des lits de verdure,
Tandis qu'un frais zéphir joue en la chevelure
Des trembles argentés et des saules pleureurs,
En cercle réunis, de jeunes auditeurs
        Écoutent en silence
Les hauts enseignements de l'auguste Science.
Je la vis, de sa main, tracer élégamment
L'ellipse que décrit la terre incessamment
Autour de l'astre en feu, comme d'une valseuse,
Afin de lui montrer sa taille gracieuse.

III

Une femme, cherchant à se dissimuler
Derrière le rideau d'une haute fougère,
Où je la vis glisser, comme une ombre légère,
S'arrête pour ouïr la Science parler...

. . . .

Le soleil s'inclinait du côté de la France
Quand le maître mit fin à sa docte séance.

Il donna pour sujet de composition :

    « La révolution

    » Cosmo-géologique

» Qui fit se retirer du grand bassin libyque

    » Les eaux de l'Océan. »

Puis, comme il s'en allait, il leur dit en riant :

    « Vous pourrez évoquer les esprits des ruines

    » Du temple d'Osiris

» Qui reposent au fond de la grande oasis.

» Ils diront mieux que moi les hautes origines

» De cette vieille terre. — Adieu, mes chers enfans. »

    Et tous ces jeunes gens

Toujours heureux et gais au sortir de la classe,

Disparaissent. L'un d'eux, immobile à sa place,

Était resté pensif. Sitôt qu'il se voit seul,

Il se hâte d'aller embrasser un tilleul,

    Et lui tient ce langage :

    « A l'heure de la sieste, avant de m'endormir

    » Sous ton charmant feuillage,

» Appuyé sur ton cœur, je le sentis gémir.

    » Craignant de faire rire

» Mes sceptiques amis, je ne voulus rien dire.

» Mon beau tilleul dis-moi pourquoi tu gémissais ? »

IV

Je crus que ce jeune homme était dans le délire.

Pendant que de plus près vers lui je m'avançais,

J'entendis les accents d'une lointaine lyre...

O merveille ! bientôt l'arbre mystérieux
S'entr'ouvrant à l'instar d'une porte d'ivoire,
Une céleste femme au souris gracieux,
Apparaît au milieu d'un nuage de gloire,
Comme seul le pinceau du divin Raphaël
Possède le secret d'en créer dans le Ciel.

DIALOGUE.

La Vision, l'Étudiant.

La Vision.

Enfant de la Science,
Puisqu'à ton amitié je dois ma délivrance,
Tu viens de conquérir
Tout pouvoir sur mon âme.
Rien ne m'est inconnu : le passé, l'avenir
Sont ouverts devant moi.

L'Étudiant (à part) :

Quelle est donc cette femme ?

La Vision.

Je sais même ce que tu demandes à part.

L'Étudiant :

Quoi donc ?

La Vision.

Ce que je suis. Tu le sauras plus tard.

L'Étudiant.

Je crois le deviner à ton divin sourire,
Aux célestes clartés rayonnant de tes yeux,
        Jusqu'aux accents pieux
        De ta suave lyre,
Tout en toi me révèle une fille des airs.

La Vision.

Je descends en effet de la voûte azurée.
Mais toi, comment peux-tu te plaire en ces déserts ?

L'Étudiant.

La terre de Libye à mes yeux est sacrée ;
Sa désolation sourit à ma douleur,
L'exil l'a faite, chère à jamais pour mon cœur,
        Quand le ciel devient sombre,
Quand du faîte des monts la Nuit descend son ombre,
        J'entends comme des voix
        Profondes qui murmurent,
Ou bien des ouragans se roulant dans les bois...
Des générations en ces lieux qui vécurent
Serait-ce les esprits ? Pourquoi ces bruissements ?
Serions-nous menacés de bouleversements ?

La Vision.

Heureux celui qui sent le besoin de connaître !
Quand cette noble ardeur s'empare de son être,
Elle fait, du savoir, un levier tout-puissant
Par lequel son esprit va toujours grandissant.

Il se complaît à voir, au zénith de sa tête,
Monter de l'Idéal le mystérieux faîte,
      Fuyant incessamment
Et qui fuira toujours, toujours..., puisque l'échelle
Du progrès qu'il gravit sous la voûte éternelle,
Est confondue avec l'imposant mouvement
Où la vie et la mort constamment se balancent,
      Où les flots qui s'en vont
Font place aux nouveaux flots qui lentement avancent
Et sur le dos desquels d'autres se montreront.

L'Étudiant.

Je n'ai jamais ouï des pensers aussi justes,
Où les as-tu puisés ?

La Vision.

      Dans les traditions
   Que des mages augustes
Recueillirent de leurs initiations
    Aux mystères antiques.
Dans le temple d'Ammon avec soin conservés,
Sur des tables de marbre on les avait gravés ;
Le prêtre les chantait dans les fêtes publiques.

L'Étudiant.

Dis-moi ce qu'il chantait.

V

La Vision.

HYMNE.

« L'hirondelle sacrée au saint lieu reparaît,
　　» Architecte hardie
» Au faîte elle suspend sa demeure arrondie
» Et fait de ses petits comme un vivant feston
» Dont elle orne en chantant le sublime fronton.

» Les fleurs d'un doux parfum inondent la campagne.
» La chaste tourterelle invite sa compagne
» A voiler leurs amours de l'ombre des palmiers.
» Isis, jusques au fond glacé de nos viviers,
» Pénètre de ses feux les poissons dont l'écaille
　　» Comme la fleur s'émaille ;
» Et l'amoureux Printemps se plaît à déposer
» Sur les tapis d'Ammon son plus tendre baiser.

» De l'Orient accourt la diligente Aurore.
» Gloire au grand Osiris dont le regard colore
» Les colonnes du temple et les autels brillants
» Respectés par les flots de nos sables brûlants !

　　» Amour hermaphrodite,
» Sous tes ardents baisers tout s'anime et s'agite.

» C'est dans ton élément
» Que naissent les soleils du sacré firmament ;
» C'est toi qui les unis, c'est toi qui les fais vivre.
» Dans tous les univers il n'est pas une fibre
» Qui ne soit réchauffée à ton foyer divin.

» Tout être a dans l'amour sa raison et sa fin.
» Il est l'intelligence et la grâce éternelle,
» C'est son flux et reflux qui toujours renouvelle
» Les sources de la VIE où tout va, d'où tout vient.
» Son principe est partout, et partout il contient
» Des êtres animés les formes fugitives.

» Océans infinis, dont les changeantes rives
» A l'œil qui les poursuit échappent constamment,
» Devant l'éternité de votre mouvement,
» Je ne vois plus le temps, je ne vois plus l'espace,
» Chaque siècle, à mes yeux, n'est qu'un instant qui
                                        [passe,
» Répétons, tous en chœur : Gloire au grand Osiris !
» Gloire, gloire éternelle à sa compagne Isis ! »

VI

L'Étudiant.

Aimable vision, dis-moi d'où vient ce monde :
Est-il fils du Soleil ? Est-il sorti de l'Onde ?

La Vision.

Une jeune comète, en parcourant les cieux,
Rencontra le regard de l'astre radieux.
— C'était une des mille et mille bayadères
Qui folâtrent autour des univers solaires.
Et soudain en son cœur brûle un trait enflammé.
Cependant les rayons de l'astre bien-aimé
Jettent de toutes parts une clarté vermeille
Comme jamais les cieux n'en virent de pareille.
A l'endroit où se fit cette communion,
L'on vit un nébuleux et léger embryon
Tourbillonner au sein d'une ardente matière.
Il trace hardiment dans le ciel son ornière,
Et se nourrit, baigné dans le fluide ambiant,
Du lait que la Nature offre à ce monde enfant.

VII

Ses émanations firent son atmosphère,
Voile frais et limpide où le soleil tempère,
En les infléchissant, les feux de ses rayons,
Quand il veut caresser les fleurs de nos vallons.
Pour éviter du temps la corrosive injure,
Son cœur de feu revêt une invincible armure.
Cuirasse de granit où reluisent les mers,
Et sur laquelle en vain pèse tout l'univers.
Pressant dans son maillot le terrestre globule
Qui vole dans les airs léger comme une bulle,

La rocheuse cuirasse enchaîne les volcans,
Terribles prisonniers qui déchirent ses flancs
Afin de respirer à travers leurs cratères.

VIII

Dans sa poitrine il sent palpiter des artères
Qui, sous les noms divers de fleuves, de ruisseaux,
Épandent en tous lieux la fraîcheur de leurs eaux,
Et du manteau des mers recouvrent la planète.
Puis, subtiles vapeurs, remontant jusqu'au faîte
De ces orgueilleux monts où jadis nos aïeux
Croyaient qu'on fabriquait les foudres de leurs dieux,
On les voit retomber de ces mêmes montagnes,
Pour rouler de nouveau leurs flots dans les campagnes,
— Cercle mystérieux, grand mythe du serpent.

IX

Fils d'un monde, il en prend
La figure sphérique
Et le fluide électrique,
Dans le courant duquel tout être est engendré,
Et dont tout ce qui vit est partout pénétré,
Le façonne et l'anime:
Subtil, irréductible, impondérable, intime,
Ce fluide universel
Est cette même flamme
Qui gonfle, pour l'enfant, le sein de chaque femme,
Mont sacré d'où jaillit le doux lait maternel.

Fécondant l'animal aussi bien que la plante,
Il se montre en la nue, étincelle brûlante,
        Embrase les éclairs,
Éclate dans la foudre et, pressurant les airs,
Provoque par torrents l'onde qui désaltère
Et sans cesse fait jeune et fraîche notre terre.
Grâce à lui, les soleils sont toujours radieux,
Et l'espace n'est plus qu'une immense matrice,
        Qui toujours créatrice,
Sans jamais s'épuiser est féconde en tous lieux.

X

Après un long séjour au fond de l'onde amère,
        Quand la nouvelle terre,
Pour la première fois montra ses vastes flancs,
Encore enveloppés d'une couche gluante,
Laiteuse dans le jour, la nuit phosphorescente,
L'on vit ses continents devenir éclatants.
Et comme un diamant faire briller ce monde,
Les terrains enrichis par les alluvions,
        — Engrais couvés sous l'onde, —
S'ouvrent sous les efforts latents des embryons,
Et se couvrent enfin de l'épaisse crinière,
        Encore fort grossière
        Des premiers végétaux.

XI

En nul monde on ne vit semblable exubérance.
        Si prompte est leur croissance

Que l'on vit des roseaux,
Des joncs et des fougères,
Par leurs cimes altières
Pareilles aux Titans,
Se faire des degrés de leurs masses charnues,
L'un sur l'autre étayés, s'élever jusqu'aux nues.
Dans la suite des temps,
Ces végétaux tombés par couches régulières,
Se cristalliseront en combustibles pierres,
Comme en prévision des besoins des humains ;
Trésors stratifiés, réservoirs souterrains,
Et dont nul ne saurait calculer l'abondance.
Criminel attentat ! J'aperçois la Démence
Une torche à la main, incendier ces bois,
Détruisant à la fois,
Dans son aveugle rage,
Les ruisseaux et les fleurs cachés dans leur ombrage,
Où les petits oiseaux
Aimaient à se mirer dans le cristal des eaux.
Veuve de ses forêts la source se dessèche,
Flore ne trouvant plus son atmosphère fraîche,
Languissamment se penche et puis s'évanouit,
Et loin de ces déserts Philomèle s'enfuit...

.   .   .   .

Mais voilons des mortels cette rage future,
Et poursuivons, ami, de la sainte nature,
Les évolutions.

XII

Vingt révolutions
Avaient profondément repétri notre monde,
Et chaque continent avait puisé sous l'onde
— Couvert des détritus des premiers végétaux, —
Les germes d'où devaient sortir les animaux.
Mystérieux anneaux de la vivante chaîne
Dont le froid minéral et la famille humaine
    Sont les extrémités.
Les premiers animaux naissent tous ovoïdes
Et sont dans un étui de chair emmaillottés.
Après avoir dormi dans leurs couches humides,
Comme la chrysalide ils brisent leurs tombeaux.
Au premier échelon, mollusques immobiles,
Ils couvrent de leur chair les roches sous les eaux.
Au second échelon, limaces rétractiles
    Et libres vermisseaux,
Ils trouvent leur substance au fond des marécages,
Nourrissent à leur tour les poissons des étangs,
Où se stratifiant en de nombreux étages,
Leur pâte fournira des marbres éclatants.

XIII

Depuis le pôle nord jusqu'au pôle antarctique,
    La vertu prolifique

****.

Du globe se transforme et l'on voit des dragons
      A la forme hideuse,
Surgir en se roulant de la couche fangeuse,
Et glisser dans les airs ainsi que des wagons.
D'écailles revêtus en guise de cuirasse.
      Furieux ouragans,
      Ils tourmentent l'espace
En se livrant entr'eux des combats de géans.
Telle était leur fureur et leur soif de carnage
Que du faîte des monts jusqu'au plus bas rivage
      De l'empire des eaux,
Une couche sanglante, où roulaient des monceaux
De monstres enlacés par la rage guerrière,
Pollua pour longtemps la terre tout entière,
Et la peste emporta tous les êtres vivants.
      Puis le feu des volcans,
Descendant lentement sur cette couche immonde,
Pour le règne hominal purifia ce monde.
      Des filons de métaux
Sortent en bouillonnant de mille soupiraux
Et des rocs entr'ouverts remplissent les fissures,
      Précieuses sutures
Faites avec du fer, de l'or et de l'argent
Par l'invisible main de l'éternel agent...
Agent dont nul ne sait ni le nom ni l'essence,
Principe universel, pouvoir mystérieux,
Dont chaque être vivant respire la présence,
Quoiqu'un voile à jamais le dérobe à nos yeux !

XIV

Au sein de cette couche encore palpitante,
Sous l'incubation d'une vertu latente,
Le germe, d'où devait sortir le bien-aimé
De Tellus notre mère était déjà formé.

      A la fois corollaire,
Sentiment et raison du globe planétaire,
      L'homme, en le polissant,
A force de labeurs et de persévérance,
Finira par en faire un séjour séduisant.
Par ses créations, par son intelligence,
De ses frères de lait il sera si distant,
Qu'un jour nous l'entendrons se dire d'une essence
      Supérieure à la leur.
Tels d'aucuns potentats, en voyant la splendeur,
L'or et les diamants ruisseler de leur trône,
Pourront se dire issus de quelque déité,
Et de très bonne foi croire que leur personne
N'a plus rien de commun avec l'humanité.
Mais loin, bien loin de voir une honteuse tâche
      Encore moins un mal
      Dans la commune attache
Qui nous unit au globe ainsi qu'à l'animal,
Le sage n'y verra qu'un motif légitime
      De nous enorgueillir :
Car, plus notre origine est faible, obscure, infime,
Et plus humble est l'humus dont l'homme a dû surgir,
Plus aussi son génie apparaîtra sublime

Alors que s'élevant et planant dans les cieux,
Il en pondèrera les astres radieux.
Du papillon la robe est-elle moins brillante
Parce que hier encore, au pied de cette plante
Sur laquelle il voltige aujourd'hui tout pimpant,
Chenille méprisée il montait en rampant !

XV

Notre espèce vécut de longs siècles d'enfance,
N'ayant, de ses devoirs, aucune conscience,
Uniquement soumise à l'instinct naturel :
Loi vivante qui naît avec chaque mortel,
Indiquant à tout être, homme, animal ou plante
— Comme au fleuve le lit qu'il creuse dans sa pente, —
Le chemin qui le doit conduire à son bonheur.
Et c'est la même voix qui dit à chaque fleur,
Dès que descend la nuit, de fermer ses pétales
Et de ne les rouvrir qu'aux clartés matinales.
D'abord n'apercevant partout qu'hostilité,
Il mettra son salut dans son agilité.
Effrayé des éclairs qui brillent aux montagnes,
          Il court dans les campagnes,
Se croyant poursuivi par le flot du ravin
Qui roule tout exprès pour barrer son chemin,
Tandis que sur sa tête éclate le tonnerre...
Il fuit, il fuit toujours, cherchant une autre terre,
Un ciel moins inclément, qui soit sans ouragans,
Sans foudre, sans éclairs et sans flots inondans...

Toutes les fois qu'il voit le soleil disparaître,

Il tremble ne sachant s'il le verra renaître.

Autant il redoutait l'heure de son coucher,

Autant le revoyant le matin se lever,

Son cœur se remplira d'une joie ineffable.

Imitant de l'oiseau le salut agréable,

Alors que du printemps il chante le retour,

Le premier cri de l'homme est un hymme d'amour,

    Une simple prière

Qu'il adresse au foyer de vie et de lumière.

Il pria le ruisseau qui le désaltérait,

L'arbre chargé de fruits dont le faix recourbait

    Avec grâce la branche,

Comme vers son enfant une mère se penche,

Adorable d'amour pour lui donner son lait!

Au soir d'un jour brûlant, quand la brise soufflait

    A travers le feuillage

Et qu'elle caressait doucement son visage,

    Son cœur reconnaissant

Vit dans cette caresse un dieu compatissant.

Tout s'anime à ses yeux, le ciel, la terre et l'onde,

    Et quand la foudre gronde,

Quand le globe frémit sous le feu des volcans

    Qui déchire ses flancs,

Et jette par lambeaux des rocs dans l'atmosphère,

Obscurcissant le ciel et recouvrant la terre

D'un déluge de cendre et de souffre et de feu,

A travers ce chaos il voit encore un Dieu.

XVI

Ne pouvant des effets remonter à leur cause,
— La nature pour l'homme était encore close, —
Il crut que des esprits également puissants
Gouvernaient tour à tour dans les sublimes sphères,
Et daignaient s'occuper des terrestres misères.
Rêves, illusions de nos premiers parents,
En vous est le secret de la foi des croyants.
Logos qui rapprochas l'homme de son semblable,
          Véhicule admirable
Des pensers des mortels et de leurs sentiments,
Toi qui peux traverser et l'espace et le temps,
Le jour où ton flambeau brilla sur notre sphère,
Ce jour l'humaine espèce entra dans la carrière
          D'un progrès incessant.
Poussé par son instinct, le mortel qui passant
          Auprès d'un frais rivage,
Se surprit à tracer sur l'arène l'image
          D'un arbre, d'un oiseau,
Qu'il voyait reflétés dans l'onde d'un ruisseau,
Fut de l'art du dessin, l'inventeur et le père.
Mais ce n'était encor que l'assise première
Du temple du savoir et de l'esprit humain,
Dans lequel chaque siècle apporte de sa main
La pierre où l'on verra burinés par l'Histoire
          Les crimes ou la gloire
          De chaque souverain,

Le génie et l'éclat, la honte et les délires
Des siècles, des cités, des peuples, des empires,
La marche des esprits, leurs contradictions,
Du droit et du devoir les fluctuations.
Ce qu'un âge renverse un autre l'édifie,
L'un fait mourir Jésus, l'autre le déifie.
Le remède d'hier, demain sera poison.

L'Étudiant.

Dans ce flux et reflux et la confusion
    Du juste et de l'injuste,
Je vois la vérité sur le lit de Procuste
Livrée à la merci de tous les potentats,
    Et je tremble pour elle.

La Vision.

Ignores-tu qu'elle est, par essence, immortelle,
Et partant à l'abri des plus noirs attentats ?
Plus l'opposition à sa marche est inique,
    Plus le flot montera.
En vain, dans sa fureur aveugle et tyrannique,
    César comprimera
L'invincible ressort d'une vérité sainte ;
Pour étouffer ses cris dans la profonde nuit,
En vain construira-t-il de fer et de granit
Des cachots entourés d'une quadruple enceinte...
Ses cris en sortiront d'autant plus éclatants
Que ses persécuteurs seront plus violents.

Tel au fond du creuset l'or précieux s'épure,
Telle, dans ses douleurs, notre humaine nature
Dépouille le *vieil homme* avec ses errements,
Et de l'*homme nouveau* revêt les vêtements.
Aucun enfantement ne se fait sans souffrance ;
Ainsi, mère adorable, après ta délivrance,
Tu ne te souviens plus de tes déchirements,
Dès que ton cœur ouït les doux vagissements
De ton fils, ce cher fruit sorti de tes entrailles,
L'en eût-on arraché même avec des tenailles !
      Écoute maintenant
      Comment le continent
      De notre chère Afrique
Pour la première fois surgit de l'Atlantique.

XVII

Celui dont le regard fait les cieux éclatants,
Modérant de la main ses coursiers trop ardents,
Les retint un moment au seuil de la Balance,
Afin de contempler ses mondes en cadence
Courant autour de lui dans des orbes divers.
« Assez ton sol antique a puisé dans les mers
» De vertu nutritive et de forces nouvelles,
» Assez de lait emplit tes fécondes mamelles,
» Afrique, lève-toi, sors des flots, je le veux, »
Dit le grand Osiris du milieu de ses feux.
A ce commandement, le continent libyque,
Réuni sous les eaux à la terre ibérique,

S'éveillant en sursaut, de bonheur tressaillit.

Pour résister au bras qui soulève son lit

L'Océan sur l'Atlas accourt et se ramasse.

Contre l'Afrique en vain le grand abîme entasse

     Ses flots en mugissant.

Ne pouvant plus lutter il retombe impuissant.

L'on entend retentir au sein de la planète

Des grondements de foudre et des voix de tempête

     Et de sourds craquements.

Le globe est secoué jusqu'en ses fondements.

Durant de longues nuits, des fleuves de lumière

Inondent de leurs feux l'espace sublunaire.

Au zénith de Neptune encore rugissant,

Se courbe dans la nue un arc éblouissant.

XVIII

L'Afrique, à ce signal, du fond des flots s'élance,

Le liquide élément sur son dos se balance ;

Mais en voyant du dieu l'œil ardent qui reluit,

     Il s'épouvante et fuit.

Brisés sur les récifs de la terre hispanique,

Les flots sont le jouet d'une aveugle panique.

Fatigués et vaincus à l'instar du coursier

     Dont l'habile écuyer

     A su dompter la rage,

Ils se font caressans et lèchent le rivage

De la nouvelle terre aux flancs majestueux.

Telle une jeune vierge au sein voluptueux

                 *****

Sort du cristal de l'onde,
Telle apparaît l'Afrique au milieu de ce monde.

XIX

Dès l'aube, la voyant éclose dans les mers,
L'heureux sultan qui trône au sein de l'univers,
L'estimant la plus belle entre toutes les belles,
Lui jette par torrents ses flammes immortelles.
Des ruisseaux de saphir, d'or et de diamants
Furent, dit-on, le fruit de ses embrassements.
Jamais reine ne fut si richement parée.
Des ravissants contours de sa gorge adorée,
S'épandent dans les airs d'enivrantes senteurs.
Aux premières lueurs
De la divine Aurore,
D'une chaste pudeur son beau front se colore
En voyant dans les cieux s'élancer son amant.
Le dieu pour la mieux voir du haut du firmament,
Perce de ses rayons l'épais rideau des nues ;
Fait les couches de l'air si pures, si ténues,
Qu'en nul monde le ciel n'offre tant de splendeurs.
Isis, par ses clartés bannissant les Terreurs
Qui sortent des lieux sombres,
Montre tant de douceur sous le voile des ombres,
Que l'Africain l'adore au premier rang des dieux
Qui règnent dans les cieux.

XX

Mais quels sont ces guerriers rassemblés sur la plage?
Chacun s'empresse autour d'un auguste vieillard
    Au sévère visage,
Devant lequel on porte un léger étendard
    Signe de la puissance.
    Le plus profond silence
Règne dans l'assemblée. Il leur parle. Écoutons:
    « Garamantes, Nygbènes,
    » Délopes, Nasamons,
    » Lotophages, Mykènes,
    » Tales, Afrikerons,
    » Cydamiens, Derbikkes,
    » Maches, Ammoniens,
    » Gétules, Maurinsiens,
    » Ethiopiens, Xilikkes,
    » Darades, Makkoëns,
    » Salthes, Phrorousiens,
    » Solantiens, Daphnites,
    » Anticoles, Kourites,
    » Leuphones, Misoulans...
» Vous êtes tous sortis d'une puissante race
» Vous comptez des héros parmi vos ascendans.
    » Pour marcher sur leur trace,
» Il vous faut contenter du ciel pour pavillon ;
» Conduire vos troupeaux de vallon en vallon.
» Changer tous les six mois de ciel et de rivage ;
» Plutôt que de subir le joug de l'esclavage,

» Mourir en combattant pour votre liberté ;

» Consulter des vieillards la longue expérience,

» Vous faire un saint devoir de l'hospitalité,

» Et sans l'humilier secourir l'indigence,

» Vous recueillir souvent sur le seuil des tombeaux,

» Ne demander aux dieux que de nombreux troupeaux,

» Un agile coursier, des flèches, une lance.

» Tant que le feu sacré de votre indépendance

   » Brûlera dans vos cœurs,

   » Vous sortirez vainqueurs

   » Des luttes séculaires

» Où, de ces régions, les esprits tutélaires

   » Veulent vous éprouver.

» Enfants, ceux d'entre vous qui sauront conserver

   » Toujours pures et vives,

» De vos nobles aïeux les vertus primitives,

» Contre l'esprit du mal vous serez protégés.

   » Fils d'anciens naufragés,

» Écoutez l'abrégé de notre longue histoire.

» Pour vous, pour vos enfants, gardez-en la mémoire.

» Ces détritus marins, ces vastes lacs salés,

» Que laissèrent les flots en ces lieux désolés ;

» Ces débris cristallins et ces palmiers de pierre

» Dont le faîte se montre au-dessus de la terre,

   » Séculaires jalons,

» Plantés par les esprits dans ces houleux sillons

» Dont l'aspect est changeant comme celui de l'onde ;

» Et cette solitude effrayante, profonde,

» Ce ciel étincelant,

» Dont le simoun jaloux repousse, en nous brûlant,

  » Vers de lointains rivages

  » Le voile des nuages,

» Sans lequel les trésors de Flore et de Sylvain

» Ne sauraient étaler l'éclat de leur écrin....,

» Recouvrent le berceau des races africaines.

» Sous le dais embrasé des plaines sahariennes

» Reposent des milliers de générations

» Dont les derniers échos de leur traditions

» Disent comment après une heureuse abondance,

» De longs siècles de paix et de prospérité,

» Des primitives mœurs et de leur dignité,

» Honteusement courbés au joug de l'esclavage

» Disparurent sous l'onde...

. . . .

    » Avant ce grand naufrage

» L'auguste vérité sans nuls déguisements

  » Toute simple et naïve,

  » Régnait sur cette rive,

» Puisant et sa morale et ses enseignements

  » Dans la nature humaine.

» Tu n'imaginas point, sagesse souveraine,

» Un idéal du bien hors de notre horizon,

» Inaccessible aux yeux d'une saine raison !

» Loin de l'envelopper du voile du mystère

  » Au fond d'un sanctuaire,

» Que recouvrent toujours les ombres de la nuit,

» L'éclat de tout flambeau comme un soleil reluit

» Dans chaque conscience.

» Ta morale n'est pas une obscure science

» Dont seul l'initié doit connaître l'esprit,

» Un décret de Bellus, par la sibylle écrit,

» Alors qu'en son trépied, d'une voix délirante,

» Le dieu qui la tourmente,

» La force à proclamer l'oracle redouté ;

» Du milieu des éclairs aucune déité

» N'avait du haut des cieux révélé la sagesse.

» Sans prêtre ni prêtresse,

» Trop sauvage pour être encore religieux,

» L'homme était simplement honnête et vertueux.

» Telle il voyait la fleur éclore sur la rive,

» Sans souillure native,

» Telle lui paraissait l'âme de son enfant,

» Pure comme un rayon de l'aurore naissant.

» Ces hommes primitifs s'endormaient sur la terre

» Ainsi que des enfants sur le sein de leur mère.

» La terre était leur bien ;

» Elle était toute à tous, et le *mien* et le *tien*

» — Base du droit moderne et de nos lois si sages,

» N'eût pas été compris par ces âmes sauvages,

» Ils marchaient sur le globe en toute liberté.

» Dans leur sauvageté,

» Nul d'eux n'aurait souffert qu'un homme vint lui dire:

» Halte-là ; tu ne peux entrer dans mon empire :

» A moi seul sont les fruits et l'ombre de ces bois. »

» En réponse, prenant au fond de son carquois

» Une flèche acérée,

» Le sauvage, du bois en eût ouvert l'entrée

» En passant sur le corps de cet audacieux...

. .   .   .

» Tels furent vos aïeux,

» Enfants de Numidie.

» Telle fut la Lybie.

» Un auguste berceau

» Recouvert des débris d'un immense tombeau.

» Mais ayez bon espoir, le tombeau se soulève

» Comme sous la vertu d'une puissante sève;

» Il s'entr'ouvre et soudain

» Le désert se transforme en un Éden divin.

» Astre resplendissant, j'aperçois ton aurore...

» Mais êtes-vous encore

» Assez forts pour entendre un pareil devenir ?

» Alors que vous aurez appris à vous unir,

» Quand vous aurez compris que vous êtes tous frères

» Par la même origine et les mêmes misères,

» Que frapper l'un de vous c'est frapper tout le corps,

» Que seule l'union vous fera grands et forts,

» Que la vertu d'un peuple est dans l'indépendance,

» Que sans elle il n'est pas de solide puissance,

» Alors, sans plus tarder, me rendant à vos vœux,

» Je pourrai dévoiler l'avenir à vos yeux...

.   .   .   .

» Quel est ce bruit lointain?... Des légions romaines

» Les guerriers insolents envahissent vos plaines...

» Hâtez-vous de gagner vos abruptes rochers,
» Là, défiant les traits des plus hardis archers,
» Laissez passer le flot de Rome et des Vandales.
» Quand viendront les frimas, vers les terres australes
» Conduisez vos troupeaux, vos femmes vos enfants;
» Et quand vous reverrez les feux resplendissants
» De Bélus remonter au zénith de la *Verte*, »
» Quittez le ciel ardent de l'arène deserte.
» Grottes de dur granit que de ses propres mains
» La nature creusa pour les premiers humains,
» Quand vous verrez un jour les légions maudites
» Des Césars étouffer les derniers Troglodytes
» Dans les feux allumés au seuil de ces berceaux,
» Où vivants ces pasteurs trouveront leurs tombeaux,
» Vous frémirez d'horreur! Mais les flammes san-
  » De ces tombes béantes,   (glantes
  » S'échappant nuitamment,
» Demanderont justice aux dieux du firmament...
 . . . . , .

» Rome, entends-tu ces cris de mort et de vengeance?
  » L'esprit d'indépendance,
  » Sorti de ces déserts,
» Contre tes attentats ligue tout l'univers,
  » Annonce à tout rivage
  » La fin de l'esclavage,
» La chute de l'empire et la mort des tyrans.
 L'Atlas ne veut plus voir que de libres enfans. »

   Ruines de *Lambèse* 1852.

BIBLIOTHÈQUE NATIONALE

LES
DERNIERS NUMIDES

CHAPITRE PREMIER

I

L'ordre régnait dans le monde romain. Non l'ordre, fils de la justice et de la liberté, mais l'ordre imposé par la violence et maintenu par le despotisme de César-Auguste.

Cet heureux potentat, à qui tout avait réussi au gré de son ambition, était seul maître absolu du colossal empire ; et nul, au dedans comme au dehors, ne songeait à lui disputer un pouvoir qui semblait surhumain.

Drapé dans l'orgueil de sa royauté passée, comme certains nobles mendiants qui n'ont gardé de la splendeur de leurs ancêtres qu'un blason décoloré, le peuple romain oublieux de ses droits et de sa dignité, remplissait son existence à servir de cortège aux grands de l'empire, ou à se prélasser sous les portiques des palais et des bains publics. En attendant l'ouverture du cirque ou du théâtre, c'était là qu'il discutait avec passion du mérite ou des défauts des histrions, des gladiateurs, des mimes, des acrobates, des

joueurs de flûte qui venaient alors de toutes les provinces pour distraire le peuple-roi ! Puis, à l'heure des
repas, on voyait cette même plèbe, sous l'appellation
de *clients*, suivre ses riches et superbes patriciens à
leurs palais, à la porte desquels des esclaves lui dis-
tribuaient l'aumône, sous le nom de *sportule !*

Désormais, les généraux de l'empire ne guerroyaient
que pour *faire la main* des légionnaires et pour appro-
visionner d'esclaves les marchés de Rome. Car nul
peuple de l'antiquité ne fit une aussi épouvantable
consommation de chair humaine que le peuple
romain.

A quelle puissante raison d'État les quelques hordes
montagnardes de l'Aurès, du mont de Fer [1], des
Musulans et des Gétules du sud, durent-elles l'honneur insigne de fixer l'attention du maître du
monde ?

II

Un certain nombre de peuplades et de tribus libyo-
numides, préférant abandonner à l'envahissement
des Romains les lieux où elles étaient nées plutôt que
de se soumettre à leur joug, étaient venues fixer leurs
mapales (tentes) dans les hautes vallées formées par
les chaînes montagnardes du sud-est et de l'ouest de
l'ancienne Numidie, surtout depuis les récentes victoires remportées successivement par les proconsuls
L. Autronius Petrus, L. Sempronius Atratinus et
L. Cornélius Balbus [2], victoires qui eurent pour conséquence immédiate de faire déclarer *province romaine*

1. Le Djurjura.
2. Quelques années avant la naissance de Jésus-Christ.

cet ancien royaume des Syphax, des Massinissa, des
Micipsa, des Adherbal, des Juba, lesquels avaient eu
Cirta [1] pour capitale.

L'aspect sauvage des contrées où elles s'étaient
réfugiées, avait fait croire à ces naïves populations
que derrière les boulevards de leurs montagnes inaccessibles, de leurs profondes forêts, peuplées de féroces
animaux, leur indépendance serait à l'abri de l'avidité
de Rome; mais elles ignoraient que cette avidité était
insatiable et que la possession des plus riches contrées du globe était impuissante à la satisfaire.

« Mieux vaut aller vivre avec les bêtes féroces qu'a-
» vec les Romains, — leur avait dit un vieux guerrier.
» — Nos flèches et nos chiens nous défendront contre
» les animaux, qui n'en veulent du moins qu'à nos
» troupeaux, tandis que les soldats d'Auguste s'atta-
» quent à nos personnes, à nos femmes, à nos enfants
» dont ils veulent faire des esclaves !... Allons disputer
» leurs retraites aux puissances des bois, et s'il nous
» faut succomber il sera plus glorieux d'expirer sous
» la dent du lion que sous le joug de l'infamie. »

Sublime langage qui ne fut compris que de quelques âmes d'élite !

III

Auguste venait de recevoir et il lisait avec un sentiment d'orgueilleuse satisfaction un rapport sur la
situation générale de l'Afrique. Sentant approcher le
terme de sa longue carrière, ce prince voyait avec
plaisir que les Nasamons et les Garamantes, grâce
au châtiment infligé par Cornélius Balbus, ne re-

1. Constantine.

muaient plus ; que les Massésyliens etles Maurusiens,
sous le gouvernement intelligent de Juba II, devenus
plus dociles, s'appliquaient aux travaux des champs
et au commerce ; il apprenait d'ailleurs que la Marmarique et la Cyrénaïque étaient parfaitement tran-
quilles...

Mais d'où vient que tout à coup le front du maître
du monde s'assombrit? — Ses yeux se sont fixés sur
quelques lignes qu'il relit plusieurs fois comme une
énormité : « Seules, disait le rapporteur, quelques
» hordes de Numides insoumis refusant les bienfaits
» de notre civilisation, se sont retirées sur les hau-
» teurs incultes et sauvages de l'Auras et du Phurœ-
» son. J'ai fait sonder leurs intentions et j'ai pu me
» convaincre qu'elles n'ont rien d'hostile. »

— *Rien d'hostile !* s'écrie Auguste, oh ! gens à courte
vue ! Ils ne comprennent point que tout peuple, par
cela seul qu'il repousse l'amitié de Rome est notre
ennemi !

« On assure, ajoutait le rapport, que les Quingen-
» tiens [1] ont donné asile à quelques anciens partisans
» de Pompée, et qu'ils accueillent au milieu d'eux les
» exilés de Rome... Je ne mentionne ces bruits
» qu'afin que César n'ignore rien de la véritable situa-
» tion de cette partie de son vaste empire, sachant
» d'ailleurs que le divin génie d'Auguste ! contem-
» plant, dans un calme céleste, son incomparable
» puissance, n'a pas à se préoccuper des vaines agi-
» tations des faibles mortels, au-dessus desquels il
» trône comme Jupiter du haut de l'Olympe. »

Ces dernières flatteries eurent pour effet de faire

---

1. Les *Quinque-Gentes* ou réunion fédérative de cinq peuplades
qui occupaient le *Monsferratus* (plateau de la Kabylie).

revenir le vieil empereur du jugement défavorable qu'il avait porté à l'endroit du rapporteur, mais non d'apaiser son orgueil irrité ; c'est pourquoi il mande sur-le-champ au général Cossus [1] de venir le trouver ; et le prince voulant être seul : « Qu'on me laisse, » dit-il en jetant un regard de mépris sur la foule des solliciteurs qui se pressaient à l'entrée de la salle.

Telle une meute de chiens de chasse attendant sa curée, se retire rampante à la vue du fouet du gardien, telle s'éloigna à la hâte la tourbe des courtisans.

IV

« De quoi me sert-il d'avoir soumis le monde entier, s'écrie le prince déifié, si une poignée de barbares peut se soustraire à mon pouvoir ! Que n'oseront-ils après ma mort, si, de mon vivant, ils prétendent à l'indépendance ! Je les traquerai dans leurs réduits et leur ferai la chasse comme à des bêtes fauves. »

Puis, appelant l'un de ses secrétaires :

« Tacfarinas, lui dit-il, apporte-moi les tablettes » du plan topographique de la Numidie, qui fut dressé » par les soins de Sallustius sous le divin regard de » César mon oncle... » et arrangeant lui-même sur une table roulée par des esclaves auprès de son lit, les tablettes numérotées, à mesure qu'elles étaient apportées par son secrétaire, il cherchait quelles positions stratégiques il pourrait prendre dans les frontières sud-est et sud-ouest des riches colonies Sitifienne [2] et Cirtéenne [3], lorsque parut le général Cossus.

1. Musulanios atque Gœtulos, Cosso duce compescuit. (FLORUS.)
2. Sétif.
3. Constantine.

« Faisons notre visage, se dit à lui-même le prince habile à dissimuler, et donnons à nos projets de vengeance le caractère d'intérêt public » puis élevant la voix : — « Tu me vois occupé, mon cher Cossus, dit l'empereur avec cet accent d'affabilité qui fut un des secrets de son règne, des intérêts de notre nouvelle province d'Afrique.

— Grâce au divin génie d'Auguste, répond le général courtisan, l'Afrique est devenue le plus riche grenier de Rome.

— Je n'ai pas assez fait encore, et la paix du monde m'y conviant, je veux poursuivre avec célérité les travaux de circulation et de défense des frontières sud-est de la Numidie.

— Je le vois, en fait de gloire et de travaux d'utilité générale, César ne laissera rien à faire à ses successeurs !

— Cossus pense-t-il que maintenir Rome au degré de puissance et de prospérité où je l'ai élevée soit une tâche facile à ceux qui viendront après moi ?

— Je crois qu'il ne faudra rien moins que les épaules d'un nouvel Atlas pour ne pas être écrasé sous le monde d'Auguste.

— Je sais que Cossus n'est pas moins habile dans l'art de la parole que dans l'art de gagner des batailles.

— J'ai appris l'un et l'autre à l'école des Césars.

— Eh ! bien, mon cher élève, reprit le prince visiblement charmé, approche et considérons ensemble ce réseau d'anciennes voies numido-carthaginoises, qui a pour centre l'antique Cirta.

— Aucune voie ne rayonne encore de ce dernier point vers le sud-est.

— Or, il importe à la sécurité de nos possessions, de faire communiquer les frontières gétuliennes et les vallées de l'Auras avec Cirta et Sétifis par une route de premier ordre, laquelle, continuant celle qui unit Hipporegius à Cirta, se dirigerait vers le sud-est jusqu'au pied de l'Auras, où, se bifurquant vers Thamugadis, Thevestis (Thébessa) et Turaphilum (Tuggurt), elle nous permettrait de porter rapidement nos forces dans toutes les directions.

— Il serait dès lors nécessaire, dit Cossus, d'établir d'abord un camp fortifié [1] dans cette belle position stratégique de l'Auras où les Carthaginois avaient construit quelques travaux de défense. De ce point culminant, Rome aurait le glaive sans cesse levé sur la poitrine des hordes montagnardes de la contrée aurasienne ; elle tiendrait en outre en respect les Gétules insoumis et toujours turbulents du sud, que ne sait pas contenir le faible Juba.

— Puisque tu comprends si bien ma pensée, je te charge de l'aller mettre à exécution, sans aucun rétard, avec ma troisième légion. Tu diras à mes vieux légionnaires qu'en récompense de leurs services, je leur accorderai de riches concessions de terrain dans cette contrée où je veux fonder une

---

1. Le camp de *Lambæsis*.

« L'emplacement, dit M. de la Mare, était en effet admirable-
» ment choisi pour fonder un grand établissement militaire : il se
» trouve abrité des vents du désert par les hautes montagnes de
» l'Aourès ; dans une plaine élevée de plus de mille mètres au-
» dessus du niveau de la mer, au point de partage des eaux de
» la Numidie, dont il occupe à peu près le centre, et qu'il com-
» mande au nord et au sud. De nombreuses routes s'y croisaient
» et facilitaient aux soldats de la légion le moyen de se porter
» rapidement sur tous les points de la province. »

puissante colonie militaire et puis des colonies
agricoles mixtes dont la première sera le bouclier.

— Ce beau projet, dont la réalisation doit assurer
à jamais la tranquillité de la nouvelle province, ne
sera pas la moindre gloire d'Auguste ; mais, si je
connais bien l'esprit d'insubordination des farouches Numides réfugiés dans ces âpres montagnes,
je prévois, de leur part, une opiniâtre résistance.

— Tant pis pour eux !... Mais afin de mettre de
notre côté la justice et les dieux, tu leur feras connaître mes intentions pacifiques ; tu tâcheras de leur
faire comprendre qu'il est dans leur intérêt de se
soumettre sans condition et de s'en rapporter à notre
magnanimité. Après quoi, si leur mauvais génie leur
conseille de lever l'étendard de la révolte.... que leur
sort s'accomplisse ! Aussi bien, j'ai trop longtemps
souffert, au cœur de notre belle Numidie, cette ta-
nière de sauvages !

Tu auras besoin d'un intelligent interprète des
idiomes libyques de ces contrées....

— J'allais justement solliciter de l'inépuisable
bienveillance de César, un de ses secrétaires, ami de
mon fils Fortunatus, qui a nom Tacfarinas.

— Tacfarinas, dit l'empereur à ce dernier, après
l'avoir fait appeler, je t'attache à la personne du proconsul Cneius Cornélius Cossus. Va faire tes dispositions pour partir avec ton général.

Et le jeune Numide, s'étant incliné, sortit de la salle.

— Tu débarqueras, poursuit le prince, au port de
Junonia [1] afin de t'entendre, pour les approvision-

---

1. *Nova-Carthago*, reconstruite à côté et avec les matériaux de
l'ancienne, était devenue en peu de temps la cité la plus com-
merçante et la plus riche du littoral africain.

nements de ta légion, avec le gouverneur Statilius Taurus. Puis, avec la plus grande célérité, tu te dirigeras vers le mont Auras.

Dans le cas où la troisième légion serait insuffisante, ce que je ne crois pas, je vais donner l'ordre au roi Juba de mettre à ta disposition quelques troupes auxiliaires, et de se trouver en personne à ton passage à Cirta, afin de combiner vos opérations.

V

Peu de jours après, le proconsul Cossus, suivi de sa famille et de Tacfarinas, s'embarquait à Reggium avec la *troisième légion Augustine*.

Tandis que la flotte expéditionnaire abordait en Sicile et, de là, faisait voile vers les rivages africains, que se passait-il au sein des pauvres tribus contre lesquelles étaient envoyées les meilleures troupes de l'empire, sous le commandement du général le plus expérimenté ?

Les Numides montagnards de l'Aurès n'étaient occupés qu'à faire paître leurs troupeaux, qu'à se livrer à l'exercice de la chasse et des jeux publics et particuliers, coulant paisiblement dans les joies de la famille et de la liberté, une existence dont la modestie, voisine de l'indigence, n'avait certes rien qui dût exciter la convoitise, encore moins les craintes de Rome !

Parmi les guerriers échappés aux désastres de la dernière insurrection de la Numidie, de la Tripolitaine et de la Marmarique, ceux qui s'étaient réfugiés dans les hautes vallées de Phurœson, du Mont-de-Fer, aux sources de l'Ubus et chez les Zupho-

nes [1], avaient échangé leurs armes contre la houlette
et la fronde du berger. Si parfois ils reprenaient l'arc
et la lance, ce n'était que pour se défendre contre
les bêtes féroces qui, elles aussi, s'insurgeaient contre ceux qui, sans sommation préalable, avaient pris
possession des sauvages contrées où ces puissances
des bois, chassées des basses vallées par le flot civilisateur, étaient venues se réfugier.

Les attaques des animaux n'étaient véritablement
dangereuses que pendant la saison des frimas, alors
que, forcés de quitter la région des neiges, ils faisaient
irruption dans les plaines, laissées presque désertes
par l'émigration annuelle des tribus nomades, qui se
retiraient dans les premières oasis du désert, comme
en agissent de nos jours les Arabes de ces mêmes
contrées.

Restés seuls à la défense des défilés de leurs montagnes, quelques vieux guerriers et leurs fils, capables de porter les armes, réunissaient alors leurs
mapales [2] en cercles pressés, et parquant leurs rares
troupeaux au centre de leurs tentes, ils confiaient
leur garde nocturne à la fidélité de leurs chiens ; puis,
allumant des feux en avant de leurs habitations, ils
s'endormaient au bruit des aboiements de leurs gardiens et des hurlements des animaux qui rôdaient
à l'entour, — ainsi s'endort le matelot au bruit du
mugissement des flots ; — mais malheur à l'imprudent que sa mauvaise étoile conduisait hors de la limite des feux ! Il était aussitôt dévoré, et ses

1. Mont Zouan.

2. Chaumines qui, selon Salluste, avaient la forme d'une carène
de vaisseau renversée : « *Iique alveos navium inversos pro tugu-
riis habuere.* » BELLUM JUG.

ossements, emportés et semés au loin, blanchissaient, sans sépulture, sous l'action du soleil.

VI

Ces âmes indomptées, que revêtait un corps de fer impénétrable aux rigueurs des plus mauvaises saisons, aux maladies et aux infirmités de la vieillesse [1], étaient cependant accessibles aux sentiments de la plus tendre affection. Ces hommes à demi-sauvages versaient des larmes d'attendrissement lorsqu'ils voyaient revenir avec la printanière hirondelle, leurs familles, dont les avaient séparés les rigueurs de l'hiver.

C'était alors l'époque du retour des caravanes, et chaque jour arrivaient du côté du sud-est de nombreuses troupes d'hommes, de femmes, d'enfants et de vieillards. Ils étaient généralement montés sur des chevaux, des ânes, des mulets [2].

Les modestes bagages de ces populations nomades, les provisions de farine de froment, de dattes, de figues et d'autres fruits secs — produits indigènes des oasis orientales — étaient portés par les bêtes de somme qui marchaient avec les troupeaux de bétail en tête des caravanes.

[1] « *Plerosque senectus dissolvit nisi qui ferro aut bestiis interire ; nam morbus haud sæpe quemquam superat.* » SALLUSTE, *id.*

[2] Le chameau, vivant navire du désert, ne parut dans ces contrées qu'avec les Arabes. Quant à l'éléphant, déjà depuis plusieurs siècles, la Numidie n'en produisait plus ; et il est plus que probable que les éléphants que les Carthaginois armèrent dans leurs guerres contre les Romains, venaient de l'intérieur de l'Afrique, où l'on trouve encore ce puissant pachyderme.

Les lisières des bois, les bords des fontaines et des ruisseaux, les penchants des collines et des fraîches vallées se couvraient de mapales, d'où allaient et venaient, bruyantes de gaîté, de nombreuses familles de Numides, tandis que leurs troupeaux paissaient librement pêle-mêle autour de leurs habitations.

C'est ainsi qu'avec la charmante saison des fleurs, des abeilles, et des chants d'amour, le mouvement et la vie reparaissaient sur les plateaux de l'Aurès et du Djurjura.

VII

Quel est ce cavalier qui accourt du nord-est? Parti de Junonia le jour même du débarquement de Cossus, et monté sur un coursier numide, il se dirige en droite ligne et par des sentiers qui lui sont familiers, vers la chaîne de l'Aurès. Il glisse comme un serpent à travers les quelques forêts qui recouvraient alors, mieux que de nos jours, une grande partie des contrées qu'il parcourt. Rien ne lui fait obstacle : ni marécages, ni torrents, ni montagnes ; il va, il va toujours et il ne s'arrête que pour faire prendre quelque repos à son coursier, auquel il adresse, en le flattant de la main, des paroles encourageantes comme à un serviteur, à un ami : « Tu ne dirais jamais : assez ! mon brave Nilly ? lui dit-il en déposant un baiser sur sa bouche ; tu rendrais plutôt le dernier souffle... Sans songer que sans toi j'arriverais peut-être trop tard ! Tu me compris certainement lorsqu'au sortir du vaisseau, te retrouvant auprès de la hutte du berger, à la fidélité duquel je t'avais confié à mon départ pour Rome, je te dis : Mon cher Nilly, en route vers le désert !... Comme au son de ma voix, ta tête, pen-

chée vers la terre, se releva vivement ! Comme, à ma
vue, l'éclair brilla dans ton œil ! oh ! je compris bien
tes hennissements comme tu m'avais compris toi-
même, noble compagnon ! Tu me dis alors : « j'étais
impatient de te revoir, mon maître ! Élance-toi sur
mon dos ; dirige mes pas de ta main toujours cares-
sante ; pour te servir, je dévorerai l'espace ! »

Puis, le jeune cavalier sautant à cheval : « Allons !
lui dit-il, encore une course, car l'ombre des montagnes descend dans les vallées, et il faut que nous
arrivions au Tumar avant que la lune se montre à son
sommet. »

La nuit achevait d'allumer sous la voûte céleste ses
feux scintillants, quand notre cavalier mit pied à
terre auprès d'une humble mapale placée comme un
nid sur le versant occidental de la *Sainte-Montagne*.
Cette demeure était dissimulée avec intention dans
l'épaisseur des hauts genévriers, des pins, des oliviers et des chênes-verts qui recouvraient le pied du
Tumar d'un voile de verdure où nul mortel n'osait
pénétrer, de crainte d'attirer sur sa tête la vengeance
des génies de la Numidie qui habitaient son sommet.
C'est pourquoi les Numides n'en approchaient qu'en
tremblant, se gardant bien de franchir le fossé circulaire qui délimitait ces lieux saints.

A l'approche du jeune homme, deux chiens de
garde s'élancent vers lui ; mais leur férocité se change
tout à coup en joyeuses caresses, en reconnaissant la
voix du voyageur qui les appelle par leur nom et
dont la main les flatte.

— Ce ne peut être que Tacfarinas, s'écrient deux
Numides qui sortaient de leur chaumine.

— Vous ne vous trompez point, mes amis, leur dit
Tacfarinas en leur serrant les mains. Prenez soin de

Nilly, et que personne ne connaisse ma visite au Tumar.

Puis, il disparaît dans l'épaisseur du bois qui entoure ce mystérieux séjour.

VIII

Là vivait solitairement un homme dont nul ne connaissait ni l'âge, ni l'origine et que l'on disait consacré au culte des génies immortels. C'était un vieillard à l'aspect encore robuste, à la barbe longue et blanche, à la tête et aux pieds toujours nus. Ses épaules étaient recouvertes d'une peau de panthère tannée de ses mains et sous laquelle il portait pour unique vêtement une large et longue robe de laine blanche, grossièrement tissée.

Debout devant une grotte, il oubliait à ce moment l'heure du repos dans la contemplation du disque lunaire dont la douce clarté inondait son vaste front où régnait la sérénité de son âme qui ne se laissa jamais troubler par les agitations d'un monde dont il avait appris, non sans de longues souffrances, à connaître l'inanité. Ce n'est pas à dire qu'il eût à mépris les hommes et qu'il demeurât étranger et insensible aux événements heureux ou malheureux qui concernaient sa chère Numidie. Seulement, du haut de sa raison supérieure, comme d'un promontoire paisible, il dominait le monde.

Plus d'une fois, voyant accourir au loin le flot gonflé par la tempête, on l'entendit signaler le danger, indiquer même le moyen de l'éviter ; mais, soit que sa nation dût être éprouvée encore dans le mystérieux creuset de la souffrance pour s'y purifier, soit que ceux qu'elle se donna pour chefs aient été fatalement aveuglés ou incapables, toujours est-il que la sagesse de ses conseils fut non-seulement méconnue, mais encore taxée de faiblesse et finalement incriminée.

Il entendra réhabiliter sa mémoire, parce que les événements lui donneront raison.

Pour l'intelligence de ses discours il est nécessaire de dire qu'il puisa ses principes de sagesse et ses connaissances aux meilleures sources pendant ses voyages en Grèce et en Égypte où il se fit initier aux mystères d'Éleusis et d'Ammon, et enfin dans les conférences qu'il eût à Jérusalem avec quelques docteurs de la loi de Moïse.

IX

Le bruit des pas précipités du jeune Tacfarinas, qui, après avoir gravi le rocher, s'avançait vers la grotte, arracha tout à coup le vieillard à ses méditations et le fit tressaillir d'une façon inaccoutumée ; car, à l'exception de son petit-fils, nul mortel n'eût osé s'aventurer en ce lieu. Or, le solitaire avait envoyé Tacfarinas à Rome pour son instruction et aussi dans le but d'être tenu par lui au courant des évènements qui pouvaient intéresser sa patrie. Il avait été convenu que son petit-fils ne retournerait auprès de lui qu'alors qu'il recevrait de sa part la moitié de l'anneau dont il lui avait remis l'autre moitié lors de son départ pour l'Italie.

— Quel est le coupable mortel, — lui cria-t-il, en s'armant d'une vieille lance, — qui sans l'ordre des génies immortels ose pénétrer en ce lieu ? Arrête-toi, si tu n'es fatigué de vivre !

Il avait tant d'empire dans le geste, tant de force

dans la voix du vieillard, que Tacfarinas ne put d'abord répondre.

— Parle, ajoute le solitaire en s'avançant l'arme haute vers Tacfarinas dont il ne peut encore distinguer les traits ; quel est ton nom ?

— Je suis Tacfarinas...

— Tu mens, dit le vieillard qui, reconnaissant la voix de son fils, se sent aussitôt désarmé. Je n'ai pas de fils, celui que j'avais adopté n'est plus qu'un étranger pour moi...

— J'ai dû quitter Rome, dit le jeune homme en se jettant aux pieds du solitaire, pour obéir aux ordres de l'empereur qui m'a attaché à la personne du proconsul Cossus.

— Qu'entends-je ? Cossus est en Afrique ?

— Il vient de débarquer au port de la nouvelle Carthage avec la troisième légion.

— Et tu ne m'en as point instruit ?

— Nous sommes partis de Rome avec tant de promptitude qu'il m'a été impossible de te le faire savoir. Il a été d'ailleurs formellement défendu à tout navire en partance pour nos parages de précéder l'escadrille expéditionnaire.

— Mais dès votre débarquement...

— Le proconsul m'a fait aussitôt partir afin d'aller sonder les dispositions des Numides montagnards de l'Ousargala et c'est pourquoi je me suis empressé de venir prendre conseil de ta sagesse, ô mon père.

— Relève-toi, mon fils. Tu m'expliqueras quels sont les projets de Cossus après que tu auras réparé tes forces.

— Je n'ai besoin de rien...

— Cependant...

— Il me restait quelques fruits secs que j'ai pris

en quittant Carthage. Une gorgée de cette source sacrée, à laquelle je suis heureux de me désaltérer encore, c'est tout ce dont j'ai besoin.

— Quelques fruits secs, dis-tu, ont suffi à ta nourriture. Tu as contracté cependant d'autres habitudes et de plus amples besoins à Rome où les mets les plus recherchés font les principales délices des maîtres du monde.

— Je suis resté Numide par les mœurs.

— Tu n'es pas devenu un peu Romain *quoad gaster*?

— Ni par le ventre ni autrement. Je ne me suis appliqué à étudier les Romains que dans une seule chose, parce qu'elle pouvait me servir un jour à venger la mort de mon père et me rendre utile à ma nation.

— Et quelle est cette chose?

— La guerre.

— Les Romains sont en effet de grands maîtres dans l'art de gagner des batailles : art funeste et impie puisqu'il ne procède que par la destruction et n'aboutit qu'à l'esclavage! mais c'est moins à l'école de Mars qu'à celle de Minerve que je t'ai envoyé. As-tu cultivé ton esprit par l'étude des belles-lettres?

— J'ai d'abord suivi avec assiduité quelques cours publics ; mais quand j'ai vu que les rhéteurs les plus célèbres n'enseignaient que l'art de flatter César et ses ministres, j'ai pensé que tu préférerais me revoir illettré qu'habile dans l'art de la dissimulation.

— Et la philosophie?

— Comme je me suis aperçu que les Catons de nos jours ne font de la philosophie qu'en public ou dans leurs livres, tandis que dans l'intérieur de leurs palais dorés ils vivent tout autrement ; comme je les ai vus

pratiquer les vices qu'ils blâment, sans avoir aucune
des vertus qu'ils préconisent, j'ai pensé qu'il valait
mieux conserver les bons exemples que tu m'as donnés, que revenir auprès de toi avec les vertus romaines.

On le voit, quoique n'ayant pas encore vingt ans,
Tacfarinas faisait déjà pressentir, par la fermeté de
son caractère et la rectitude de son esprit, le guerrier habile et courageux qui, après la mort d'Auguste,
tiendra tête aux armées romaines et leur fera même
éprouver d'humiliants échecs.

— Je suis content de toi, lui dit le vieillard. Parlons maintenant de la mission que t'a confiée Cossus ;
mais dis-moi d'abord ce que tu sais de ses projets ou
plutôt des projets d'Auguste.

— Quoique je ne puisse rien affirmer avec certitude,
car le proconsul est trop habile pour confier ses véritables projets même à ses meilleurs amis, encore
moins à un jeune homme comme moi, à un Numide,
j'ai pu toutefois comprendre que la tyrannie du vieil
empereur — à qui, dit-on, le mot de liberté donne le
cauchemar, comme la vue du spectre sanglant d'une
mère assassinée par lui, — j'ai pu comprendre, dis-
je, que sa tyrannie a résolu d'anéantir jusqu'au dernier souffle d'indépendance qui fait battre le cœur des
quelques Numides réfugiés dans ces montagnes.

— Tu as raison, mon fils, et je suis même étonné
qu'Auguste ait pu souffrir aussi longtemps qu'une
poignée de barbares, comme disent les Romains,
vécût librement dans le monde des Césars.

— Sans doute que jusqu'à ce jour son jaloux despotisme n'avait pas connu l'existence de l'indépendance montagnarde.

— Quoi qu'il en soit, dis-moi maintenant quelle est
la mission que t'a confiée le proconsul.

— M'informer premièrement du nombre d'hommes capables de porter les armes, que peuvent fournir nos montagnes.

— Tu lui diras que leur population étant nomade, et par conséquent toujours fluctuante, il est impossible d'en savoir le chiffre exact ; que tu n'as vu que des familles de pasteurs fort misérables, peu nombreuses et n'aspirant qu'à vivre ignorées et paisibles dans ces contrées incultes...

— Deuxièmement, s'ils ont des chefs et quels ils sont.

— Ils n'ont, lui diras-tu, ni chefs politiques ni chefs militaires. Les tribus nomades ne sont représentées que par de faibles vieillards dont les attributions consistent à juger les différends qui peuvent s'élever entre les tribus ; leur pouvoir est purement patriarcal et le moyen de l'exercer et de le faire respecter tout pacifique ; ils sont enfin chargés de coordonner les fêtes et les jeux publics.

— Troisièmement, s'ils ont des rapports avec les ennemis de Rome, et surtout s'il est vrai qu'ils aient accueilli et gardé parmi eux des exilés et des réfugiés romains, anciens partisans de Pompée et de la République.

— Les Numides montagnards ayant en horreur les mœurs, les lois et les dieux des autres nations, n'ont aucunes relations, même commerciales avec le reste du monde, et le grand conseil des vieillards, — tu appuieras sur ce point, — n'a jamais souffert qu'aucun ennemi de Rome séjournât au milieu d'eux.... Tu ajouteras que les débris de l'armée du premier Juba et des cohortes romaines qui avaient suivi le parti pompéien ne firent que passer dans nos montagnes pour aller chercher un refuge plus sûr dans les oasis orien-

tales des sables de Libye où ils ont dû périr misérablement.

— Quatrièmement enfin, tâcher de savoir pour
quels motifs les Numides montagnards se sont séparés du reste de leur nation et n'ont pas voulu répondre à l'appel du jeune Juba, sous le gouvernement
parternel duquel leurs frères les Massésyliens et les
Maurinsiens se trouvent heureux, et pourquoi enfin
ils préfèrent aux avantages de. la civilisation et de
l'amitié romaines, la triste existence qu'ils traînent
dans leurs sauvages rochers.

— Parce que leur ignorance et les préjugés de
l'éducation domestique qu'ils sucent avec le lait de
leurs mères, leur fait repousser comme mauvaise et
pernicieuse toute civilisation qui, en augmentant le
bien-être matériel de l'homme, le corrompt en réveil-
lant en lui des appétits qu'il ne songe pas à satisfaire dans l'état de pauvreté, hors duquel un peuple
ne saurait être vertueux.

Tout cela n'est certes ni exact ni rigoureusement
vrai, ajouta le vieillard, mais de même que l'inno-
cente victime n'est pas obligée de tendre la gorge au
couteau qui veut l'immoler, de même nous ne sommes pas obligés d'être sincères envers les Romains,
nos ennemis et les bourreaux de nos pères.

Quand la force fait loi, la ruse est un devoir.

Il est sans doute fort regrettable qu'un peuple, ne
serait-ce qu'un seul homme, en soit réduit à invoquer le mensonge comme condition de salut, car ce
fait anormal et violent est un symptôme de désordre
pour la société au sein de laquelle il se produit ; mais
ce n'est pas nous, ce sont les Romains qui ont fait

cette situation dont ils subiront tôt ou tard les funestes conséquences par une juste punition des
dieux.

— S'il était vrai que Cossus eût reçu l'ordre de
nous expulser de ces montagnes, comme je le soupçonne fort, que devrai-je faire?

— Attendre et dissimuler encore..., car avant d'essayer de repousser la force par la force, avant d'appeler nos populations à se lever pour mourir les
armes à la main comme des hommes libres, il nous
faut épuiser tous les moyens de conciliation. Jusque
là, reste à ton poste, poste difficile et pénible, j'en
conviens...

— Oui, mon père, bien pénible ! surtout lorsque
je m'entends accuser par mes compatriotes de trahir
ma patrie et mes dieux. Et il ne m'est pas même
permis de tuer mes accusateurs, ajouta Tacfarinas,
avec un accent farouche.

— Supporte tout avec patience, surtout en présence du proconsul ; pardonne à ceux des nôtres qui
t'accusent de trahison, car ignorant le rôle héroïque
que tu joues dans l'ombre, les apparences sont contre
toi et justifient leurs accusations ; mais c'est dans ces
sortes de luttes que l'homme fait preuve de force
d'âme et d'une véritable supériorité. Tout le monde
sait se battre, mais peu savent souffrir.

— Je souffrirai encore ; je dévorerai mes colères
dans le silence.

— Très-bien, mon fils, et pour te donner une
preuve de ma satisfaction, je veux te confier ce que,
jusqu'à ce jour, ta jeunesse m'a fait un devoir de te
cacher. Aussi bien, de ce moment, je brise les lisières
de ta minorité. Je veux que désormais Tacfarinas
agisse en homme, c'est-à-dire librement.

— Je ne serai pas moins soumis aux volontés de
l'auguste mentor qui, jusqu'à ce jour, m'a tenu lieu
de père.

— Ta soumission étant libre n'en sera que plus mé-
ritoire.

Et le sage solitaire, faisant asseoir pour la première fois Tacfarinas auprès de lui, lui tint ce discours :

— Depuis le jour où le roi Jugurtha, poursuivi et entouré par l'armée de Marius, trouva un refuge presque miraculeux sur le Tumar, où il avait fait porter
deux de ses enfants en bas âge et une partie de ses
trésors, ce rocher, protégé des Dieux, a été constamment habité par quelque descendant de cet auguste
prince. Voilà pourquoi une pensée d'encouragement
et d'espoir dans la régénération de la Numidie n'a
cessé de descendre de ces lieux saints.

Oxynthas, l'un des fils du roi Jugurtha, eut un
fils nommé Ampsal, lequel engendra Nabor et Manassès. Nabor vit dans ces montagnes sous le pseu-
donyme de Kyphox. Quant à Manassès, ton oncle,
qui dut se faire passer pour mort, afin d'échapper aux recherches des Romains, il est certain qu'il
voit encore le jour, puisque je suis en relation secrète
avec ce prince. Masgaba, qui sert dans l'armée de
Juba (le jeune) et toi, mon cher Tacfarinas, vous êtes
les deux fils que Nabor eut de la princesse Osynne.

— Oh ! bonheur ! mon père vit encore.... et je suis....

— Petit-fils du grand Jugurtha. C'est un nom difficile à porter.

— Oh ! je jure...

— Ne jure rien inconsidérément, et achève de
prêter toute ton attention à mes paroles. Tu vas re-
trouver le proconsul à qui tu rapporteras exactement

les réponses que je t'ai faites comme résumant tout ce que tu es censé avoir appris concernant nos populations.

En repassant la chaîne de l'Oursargala, tu te rendras auprès du prince Kyphox, ton oncle, et sans te faire connaître, tu lui transmettras ces simples paroles : « Le prêtre du sacré Tumar t'ordonne, au nom des » génies immortels, de l'aller trouver en secret et » sans aucun retard, accompagné d'Amsade et d'Adi- » nax ses enfants. » Cette mission doit être entourée du plus grand mystère dans l'intérêt du prince Nabor, sur les démarches duquel les secrets émissaires de Rome doivent avoir les yeux ouverts. Tu remettras à Kyphox ce petit cor, dont il sonnera trois fois pour m'annoncer sa visite. Tu préviendras les gardiens de l'entrée du labyrinthe de cette prochaine visite. Puis, tu enverras un Numide dévoué auprès de ton frère Masgaba pour lui dire de ma part de rester toujours au service du roi des Massésyliens et de me tenir au courant de tout ce qui peut intéresser notre patrie. Tu ne lui feras savoir que tu es son frère qu'autant que tu trouveras l'occasion de le faire de vive voix.

— Daigne me bénir, ô toi qui me tiens lieu de père et que je vénère comme tel, dit Tacfarinas en se prosternant aux pieds de Manassès ; car c'était ce prince lui-même dont la grande prudence lui faisait un devoir de ne pas se faire connaître encore, même à sa famille.

— Divins génies, s'écrie le sage vieillard, en étendant les mains sur le pieux jeune homme, guidez toujours ses pas dans les sentiers de la justice et des vertus héroïques. Faites que plus heureux que son illustre aïeul le roi Jugurtha, il ne tombe pas vivant aux mains de nos ennemis ; et s'il était déjà écrit en

haut que l'implacable Aïsa doive trancher le fil de
ses jours avant d'avoir fermé les yeux de son père,
ordonnez aux noires kéres de porter sa dépouille
mortelle au rocher du Tumar !

X

A chaque phase de la lune, qui était, après le soleil, la plus grande divinité des numido-libyens, le
prince Kyphox ne manquait pas d'aller consulter les
mânes de ses ancêtres dans l'humble mausolée où
clandestinement il avait pu recueillir leurs cendres.

Kyphox était renommé par sa grande piété. Il partageait cette antique croyance des Libyens, lesquels
l'avaient reçue des Égyptiens, consistant à tenir
comme inspirés des génies des tombeaux, les songes
des mortels qui s'y endormaient. Il était allé au
saint lieu avec Amsade, qui se croyait sa fille. Elle
venait d'entrer dans son seizième printemps.
Kyphox avait le secret de la plonger dans un profond
sommeil par la simple imposition des mains et la
fixité de ses yeux dans ceux d'Amsade.

Couché sur la natte de joncs dont le tombeau de
quelques membres de sa famille était recouvert, le
vieux guerrier écoutait gravement un songe que sa
nièce lui racontait avec la simplicité de son
âge.

Amsade était fraîche et belle comme les plus belles
aurores de ces contrées. Sa démarche avait la grâce
du cygne glissant à la surface des eaux. Les longs
cils de ses paupières voilaient ses grands yeux noirs
et en tempéraient le vif rayonnement. Le teint de
son visage ovale était d'un brun un peu jaune sur un
fond de vivant carmin impossible à reproduire par

le pinceau. Les perfections de la gorge de cette jeune vierge, qui n'avait pour voile que les mœurs simples et pudiques des anciens Numides, auraient excité la jalousie de la reine de Cythère.

Quoique plus de soixante hivers eussent passé sur la tête de Kyphox, il avait encore la vigueur et presque l'agilité de la jeunesse. On lisait dans son regard, comme dans un miroir fidèle, la droiture et la bonté de son âme. La fierté de son port, naturelle à la race numide, n'avait rien de composé, et la simplicité de ses manières faisait son abord facile tout en inspirant le respect. Depuis qu'il avait perdu l'habitude du commandement militaire, sa voix avait dépouillé cet accent impératif, qui a quelque chose de théâtral, quand il n'est pas ridicule au sein du foyer domestique.

Pendant que Kyphox regagnait sa demeure avec Amsade, il était tout pensif, cherchant à pénétrer le sens de l'étrange vision de la jeune fille. Contrairement à son habitude, il marchait silencieux et les yeux fixés à terre comme pour ne pas se laisser distraire par la vue des objets extérieurs. L'approche d'un cavalier qui, rapide comme le vent, accourait à sa rencontre, n'eût pas eu le pouvoir de l'arracher à sa profonde préoccupation, si celui qui le montait, s'arrêtant tout à coup devant lui, ne l'eut interpellé en ces termes :

— Prince Kyphox, l'auguste prêtre du Tumar t'ordonne, au nom des génies immortels, de l'aller trouver au plus tôt avec Amsade et Adinax. Tu sonneras trois fois de ce cornet; et à la vue de la flamme qui brillera aussitôt sur le roc des génies, deux hommes se présenteront pour guider tes pas dans le labyrinthe redouté.

2

Et Tacfarinas, sans laisser à Kyphox le temps de se reconnaître, relança Nilly, non sans avoir jeté un long regard sur la jeune fille, et disparut.

La disposition d'esprit où se trouvait Kyphox lui fit croire que cette subite apparition se rattachait au songe d'Amsade, et c'est pourquoi il fit promettre à cette dernière de ne rien dire ni du songe ni de la rencontre du cavalier, qui, ajouta-t-il, n'était certainement pas un simple mortel.

— En effet, dit naïvement la jeune Numide, je n'ai jamais vu un si beau cavalier, un coursier aussi rapide : il est arrivé et a disparu comme l'éclair; et lorsqu'il a fixé ses grands yeux sur moi, il m'a semblé voir deux rayons de lumière.

— Ah ! il t'a regardée ?

— Oui, mais son regard était bon.

Amsade parlait ainsi, faisant allusion au *mauvais œil*, à l'influence duquel les Libyens attribuaient le pouvoir de nuire aux personnes, aux animaux, et même aux fruits de la terre.

— Adinax, dit Kyphox à son fils, en arrivant devant sa mapale, va prendre à la prairie et amène promptement Tikmith, Guimboth et Miazia : c'étaient les noms des chevaux de Kyphox, d'Adinax et d'Amsade. Adinax partit aussitôt, sans adresser de question à Kyphox, sachant bien que si son père n'avait pas à lui faire part de ses projets, c'eût été manquer au respect qu'il devait à l'auteur de ses jours, respect dont les Numides se faisaient une religion. Prends ton arc et ton carquois, dit encore le prince à Amsade, tandis qu'il s'armait lui-même d'une lance.

Adinax ayant amené les trois chevaux, prit aussi ses armes sur l'ordre de son père. Il se disposait à suivre ce dernier et Amsade qu'il croyait être sa sœur, lorsqu'il vit accourir Mastabal, son jeune frère, qui venait de faire paître son troupeau.

— Où vas-tu, frère, à cette heure, lui demande Mastabal ?

— Mon père m'a dit de prendre mes armes et de le suivre ; c'est tout ce que je sais ; et lançant Guimboth qui était impatient de suivre Tikmith et Miazia, il s'éloigna du côté de la vallée qui a nom aujourd'hui Mériel, vers le sud-est de l'Aurès.

— Mon père ne m'aime pas, dit Mastabal avec une profonde tristesse ; et des larmes coulent de ses yeux tandis qu'il va parquer le troupeau.

L'âme de ce jeune homme de dix-huit ans était un mélange de faiblesse et d'orgueil qui, selon les circonstances, le faisait capable des actions les plus opposées. On eût dit qu'il y avait en lui deux ressorts, dont l'un avait la puissance de l'élever jusqu'au plus haut héroïsme, et dont l'autre pouvait l'abaisser jusqu'à la plus extrême faiblesse, sinon jusqu'à la poltronnerie. Autant Adinax l'emportait sur toute la jeunesse numide de la contrée aurésienne par son admirable adresse à conduire un cheval et à manier les armes, autant Mastabal brillait par la perfection de son visage et les grâces de son port, à tel point que les étrangers le prirent plus d'une fois pour la sœur aînée d'Amsade, à laquelle il ressemblait par la finesse des traits et la douceur de la voix.

XI

Le soleil se couchait derrière la montagne dont la gigantesque silhouette descendait dans la plaine, enveloppant de ses ombres les nombreuses mapales

placées en cercles excentriques sur les penchants des
collines.

Hertylie, nourrice d'Amsade, se débarrassant d'un
fagot de bois sec qu'elle venait de ramasser dans la
lisière de la forêt, se hâte d'allumer le feu devant
la demeure princière ; puis délayant de la farine dans
un vase d'argile, elle se dispose à faire cuire quelques
gâteaux pour le repas du soir.

Tout en vaquant aux soins du ménage, humbles
occupations qu'Amsade était heureuse de partager
avec sa bonne nourrice, celle-ci, étonnée de ne pas la
voir, se demande où elle pouvait être à cette heure
avancée du jour ; mais bientôt la vue d'un étranger
qui venait de s'arrêter devant une mapale voisine et
contre lequel aboyaient les chiens, attira son attention. Hertylie, qui était non moins curieuse qu'hos-
pitalière, laisse là sa pâte et s'empresse d'aller savoir
quel était cet homme, à l'extérieur malheureux, et
qui demandait, au moment où la bonne femme arrivait, la demeure de Kyphox.

— Voilà sa servante, lui fut-il répondu.

— Suis moi, ô étranger, se hâta de dire Hertylie ;
car elle craignait qu'un autre lui offrît l'hospitalité.
Mon maître est absent ; mais il ne tardera pas de
rentrer.

Chemin faisant, elle considérait l'étranger avec
d'autant plus d'attention qu'elle croyait avoir un
vague souvenir des traits de son visage et du son de
sa voix. Hertylie ne se trompait point ; seulement,
comme ses souvenirs la reportaient à un temps déjà
éloigné, où cet homme, jeune alors, brillait au sein
d'une opulente cour et où il marchait presque l'égal
du roi ; tandis que le même personnage, vieux aujour-
d'hui, s'offrait à elle sous les dehors de l'affreuse in-

digence, il lui fut impossible de coordonner des situations aussi opposées et de reconnaître une même personne dans ces deux antipodes de la fortune. C'est ainsi que les révolutions politiques font souvent méconnaissables les hommes et les nations.

Cet étranger, dont l'extérieur inspirait la commisération, imposait, lorsqu'on le considérait de près, par un air de fierté et de commandement qui semblait dire aux curieux : respectez mon infortune, car celui qu'elle a si cruellement maltraité, est un homme de cœur ! Au reste, quoiqu'il se courbât sur son bâton, comme un vieillard caduc, on devinait sous ce masque de faiblesse une vigueur mal déguisée.

La bonne nourrice, ayant conduit son hôte sous le pavillon de son maitre, l'invita à se reposer sur la natte de réception ; puis, elle lui offrit de l'eau dans un grand vase, lui demandant comme une grâce de lui permettre de lui laver les pieds, ce à quoi le voyageur consentit, sachant que cet usage était prescrit par les lois de la sainte hospitalité. Selon ces mêmes lois, Hertylie, après avoir essuyé les pieds de l'étranger, avec la blanche toison d'une peau d'agneau, les oignit d'huile d'olive, puis versa de l'eau sur ses mains et lui présenta le lait et le pain cuit sous la cendre, en attendant le repas du soir qu'elle alla préparer.

XII

La nuit était venue, et la lune, tournant son placide regard vers notre hémisphère, éclairait comme en plein jour, la course hâtive de Kyphox et de ses deux enfants, que précédaient trois chiens de race lacédémonienne, dont la garde nocturne est préférable aux armes les mieux trempées.

Nos voyageurs avaient déjà traversé le Tagga dont ils remontaient le cours vers le sud, suivant un étroit sentier à travers les bois séculaires dont sont encore recouvertes les crêtes de l'Aurès.

Les vastes solitudes retentissaient des hurlements des bêtes féroces qu'on entendait parfois se livrer çà et là de terribles combats.

Les chevaux dressaient l'oreille, hérissaient leur crinière, tandis que les chiens, l'air farouche et l'œil en feu, veillaient bravement autour des cavaliers.

Pendant que Kyphox, toujours préoccupé du songe de sa nièce et de l'apparition de Tacfarinas, courait devant, le dialogue qui suit avait lieu entre Amsade et Adinax :

— Frère, disait la jeune fille, si nous faisons la rencontre d'une belle panthère, tu me la laisseras tuer.

— Dans quel but ?

— Je veux couvrir mes épaules de sa robe, comme les amazones de Gétulie.

— Tu ne crains pas que ses égratignures déparent ton beau visage ?

— J'ai souvent entendu dire à notre père que le courage était la plus belle parure de l'homme.

— De l'homme, soit, mais de la femme...

— Ma mère est morte en héroïne, et je veux suivre son exemple.

— Alors, tu es mon frère et Mastabal est ma sœur.

— Que veux-tu dire ?

— Qu'Amsade montre un courage d'homme, tandis que Mastabal...

— Adinax, tu n'aimes pas ton frère.

— Qu'il soit homme, et je l'aimerai.

Amsade avait manifesté son étrange désir de façon à ne pas être entendue de son père ; car elle aurait craint de rencontrer dans sa tendresse une opposition formelle. Certes, Adinax aimait sa sœur autant qu'elle était chérie de Kyphox ; mais la jeunesse est imprudente et présomptueuse, et c'est pourquoi, comptant sur son propre courage, qui se faisait un jeu de pareils combats, Adinax souscrivit au téméraire désir de la jeune fille.

Les deux jeunes gens ralentirent donc l'ardeur de leurs coursiers. Pendant plus d'une demi-heure leurs yeux se fatiguèrent à rechercher l'animal désiré parmi ceux qu'ils rencontraient et voyaient fuir à leur approche. Enfin, trois panthères, au lieu d'une, s'offrent tout à coup à la vue des deux hardis Numides : c'étaient la mère et ses deux petits.

A leur vue, les deux chevaux se cabrent et emportent leurs cavaliers dans des directions opposées, tandis que les chiens d'Amsade et d'Adinax attaquent avec intrépidité les deux jeunes panthères, n'osant pas se mesurer avec leur mère ; mais celle-ci, qui avait fait un bond pour s'élancer sur le cheval d'Amsade, retourne promptement sur ses pas en entendant les cris de détresse de ses petits, se jette sur un chien et l'étrangle d'un seul coup de sa mâchoire comme ferait un chat d'une souris ; puis, bondissant vers le second chien, elle allait lui faire subir le même sort, lorsque Amsade accourant et visant la panthère à la tête, l'arrête tout court en lui enfonçant dans l'œil une flèche qui reste fixée au fond de l'orbite. La douleur que ressent l'animal est si vive qu'il rebondit en arrière et se roule sur le sol pour se débarrasser du trait. Tandis que notre héroïne va pour lancer une deuxième flèche, la panthère se relève furieuse de douleur et s'élance à la poitrine du cheval d'Amsade, qui se débat en vain sous la terrible étreinte du féroce animal et tombe...

Amsade, saisie d'effroi, s'était jetée en bas du cheval, appelant Adinax et Bôky à son secours. Adinax, emporté par son cheval dont il n'avait pu maîtriser l'extrême frayeur, était encore loin lorsqu'il entendit les cris de détresse de sa sœur. Dire le coup terrible que son cœur ressentit alors est impossible.

Bien certainement, il ne fut pas accouru à temps, si le chien Bôky, qui venait d'étrangler l'un des petits de la panthère, ne s'inspirant que du danger qui menaçait sa maîtresse, n'eût sauté au cou de la grande panthère où il resta attaché malgré les bonds et les secousses que faisait celle-ci pour lui faire lâcher prise. A cette vue, loin de songer à fuir, Amsade, ayant repris son sang-froid qui est le propre du vrai courage, s'empresse de prendre une seconde flèche et ajuste l'animal : le trait part ; mais, soit crainte de blesser le chien, soit trop de précipitation, la flèche, glissant entre la peau et les côtes de la panthère, porte au comble la fureur du quadrupède. C'en est fait de la jeune fille, car la panthère, après s'être débarrassée de Bôky qu'elle a étendu sans mouvement, cherche du regard son imprudent agresseur, dont l'agilité ne saurait la soustraire à une mort imminente. Encore un bond, et les griffes ensanglantées du plus terrible animal, vont déchirer un des plus beaux chefs-d'œuvre de la nature...

Mais espoir ! espoir ! Adinax accourt. Il vole armé de sa forte lance. Il abandonne Guimboth, qui veut fuir encore, et passant comme l'éclair devant sa sœur,

il attend la panthère que tant d'audace étonne, lui
enfonce le fer dans la gueule, d'où il ne le retire que
lorsqu'il voit l'animal expirer à ses pieds.

XIII

Alors seulement les deux jeunes gens purent entendre la voix de leur père qui les appelait avec an-
goisse ; car, s'étant enfin aperçu qu'il n'était pas suivi
de ses enfants, Kyphox était retourné sur ses pas,
demandant Amsade et Adinax aux profondes solitudes
des bois ; mais leurs échos, insensibles à sa vive
douleur, ne lui renvoyaient, comme une cruelle déri-
sion, que la répétition de ses propres accents ! Parvenu au lieu où gisaient les corps des deux jeunes
panthères, des chiens et du cheval d'Amsade, ce
malheureux père pâlit.... Le vieux guerrier, qui avait
affronté la mort dans vingt combats, eut peur et
trembla pour la première fois de sa vie. Sentant ses
forces l'abandonner, il se laissa glisser de cheval et
tomba évanoui. Il ne respire plus ; les battements de
son cœur se sont arrêtés et le sang, refluant dans sa
poitrine, l'étouffe.

Cependant, la brise de la nuit, caressant son visage
et pénétrant ses pores, redonne par sa bienfaisante
fraîcheur le mouvement à ses poumons.

A ce moment il entendit, quoique indistinctement,
Amsade qui appelait Adinax à son secours. Au son
de cette voix, le cœur de ce tendre père reprend ses
battements ; sa poitrine se dilate ; il respire et la voix
lui revenant avec l'espérance, il appelle de nouveau
ses enfants.

— Père, par ici, s'écrièrent à la fois les deux héros,

qui ne se doutaient pas de l'état affreux où leur absence avait mis Kyphox.

— Soyez loués, ô génies immortels, s'écrie le prince numide, en pressant sur son cœur ses deux enfants ; mais sa tendresse, ne pouvant supporter une si grande joie, et se sentant faiblir, il s'asseoit sur le corps de la panthère.

— Père, tu pâlis ! s'écrie Amsade avec terreur, en se précipitant avec son frère aux pieds de Kyphox, qui, ne pouvant parler, les presse encore sur sa poitrine.

Après avoir répandu d'abondantes larmes auxquelles se mêlèrent celles d'Amsade et d'Adinax, le vieux guerrier se sentant soulagé s'écria :

— Mes enfants, j'ai eu bien peur !

— Aurais-tu couru quelque danger, cher père, lui demanda Amsade, en couvrant de baisers son front sillonné de cicatrices ?

— J'ai eu peur de ne plus vous revoir !... Et se levant pour considérer la panthère : Mais grâce au courage d'Adinax, ajouta-t-il...

— C'est ma sœur qui l'a tuée, se hâte de dire le jeune homme.

— C'est mon frère, s'écrie la jeune fille.

— Eh bien ! c'est nous deux, reprend le premier ; et l'un et l'autre racontèrent alternativement, avec la simplicité du vrai courage, les détails du combat dont la narration fut terminée par ces paroles d'Adinax : Amsade désirait se parer de la dépouille d'une panthère tuée de ses propres mains, les génies immortels ont exaucé ses vœux.

— Eh bien ! dit Kyphox en tirant un long poignard de sa ceinture, enlevons la peau de l'animal ; cette victoire est d'un bon augure.

La panthère étant dépouillée, le prince numide en étendit la peau sur les épaules de sa nièce en prononçant les mots suivants avec une sorte de solennité :

— Amsade, je te fais amazone.

— Et moi; dit Adinax, je te donne Guimboth pour remplacer sa sœur Miazia.

— Chère Miazia, s'écrie la jeune fille avec l'accent d'une profonde tristesse, tu vas devenir la proie des bêtes féroces.

— Nullement, dit Kyphox, elle mérite les honneurs de la sépulture.

— Ainsi que Bôky et Mynthos, qui sont morts bravement, ajoute Adinax.

— Nous allons brûler leurs corps au milieu de cette clairière où nous reviendrons dans quelques jours pour recueillir leurs cendres. Je veux, à l'exemple de nos ancêtres, élever un tombeau à la fidélité de ces chers compagnons.

Suivant les pieuses intentions de Kyphox, des pierres furent roulées autour des trois cadavres ; puis on amoncela des troncs et des branches d'arbres, tombés çà et là de vétusté ou déracinés par la fureur des ouragans, et dès que le bûcher fut terminé, le prince numide qui portait toujours avec lui un éclat de silex noir et de la moelle de fenouil desséchée, ayant fait jaillir l'étincelle avec le dos acéré de son poignard, on vit bientôt un large manteau de flamme envelopper le bûcher et monter vers le ciel.

XIV

Vers le milieu de la dernière nuit, alors que la constellation de la Lyre se montrait au zénith de la Numidie, les trois voyageurs s'arrêtèrent au pied de la montagne dont le faîte est couronné par le rocher du Tumar, lequel s'élevait alors, dit-on, de plus de trois cents coudées au-dessus des ravins qui l'entouraient de toutes parts.

Vu de loin et surtout à travers les vaporeuses clartés de la lune, le Tumar ressemblait à un gigantesque château fort, construit au-dessus des nues et entouré de fossés et de travaux avancés cyclopéens, sur un plan bizarre immense.

Kyphox, sans descendre de cheval, prend le cornet et en sonne trois fois. L'on voit bientôt briller la flamme au sommet du rocher ; tandis que les deux gardiens de l'entrée du labyrinthe, imposant silence à leurs chiens, s'approchent de nos voyageurs.

— Qui êtes-vous, s'écrie l'un d'eux, en s'arrêtant à quelques pas ?

— Que t'importe, répond le prince numide d'un ton d'autorité ? Ne vois-tu pas briller la flamme du sacré Tumar ?

— Commandez, nous sommes à vos ordres.

— Que l'un de vous ait soin de nos chevaux ; que l'autre dirige nos pas au sommet du rocher où réside le prêtre des immortels génies de la Numidie, dit Kyphox en mettant pied à terre.

Ils passèrent d'abord par un sentier ténébreux qui conduit par vingt détours souvent interrompus, jusqu'au fond d'un grand ravin, où les eaux de plusieurs sources réunies tombent blanchissantes, de cascade en cascade. Ces eaux, contenant une certaine quantité de calcaire en dissolution, il s'était formé à l'endroit de leur chute de gigantesques stalactites et des encaissements d'une admirable régularité, d'où appendaient de chaque côté, comme pour l'agrément des yeux, de longues franges à glands et des festons de pierre superposés avec une si heureuse symétrie qu'on eût dit qu'une intelligence supérieure avait présidé à leur arrangement.

Celui à qui la connaissance des lieux n'était pas familière, ne voyant partout que rochers abruptes séparés par des abîmes sur lesquels ils paraissaient parfois suspendus, voyant le sentier brusquement interrompu par d'immenses et béantes fissures, n'aurait su où diriger ses pas... à moins d'essayer de franchir ces nombreux obstacles au moyen de quelques cèdres séculaires que l'on rencontrait çà et là tombés par hasard des deux côtés de l'abîme, en guise de pont et présentant leurs dos arrondis au pied du hardi visiteur.

Amsade et Adinax passèrent sans hésitation, habitués qu'ils étaient dès leur enfance à grimper sur les arbres et gravir les rochers avec l'agilité du singe. Aussi bien, Kyphox n'éprouva-t-il aucune crainte à leur endroit.

Parvenus au fond du grand ravin, l'on dut remonter le courant jusqu'à la hauteur de la grande cascade, car loin d'approcher du but, on s'en était éloigné.

« Faut-il aller vers la droite ou vers la gauche? » Telle était la question que chacun se faisait, en l'absence de toute trace, de tout accès qui rendît possible l'ascension de la masse rocheuse et perpendiculairement taillée de toutes parts, sur laquelle repose, comme sur son piédestal, le plateau du Tumar.

Qui a pu découvrir l'unique passage qui y conduit, si ce n'est le génie tutélaire qui voulut faire de ces lieux une arche inviolable, un sanctuaire mystérieux !

C'est derrière le large rideau de la cascade que se trouve l'entrée d'un sombre couloir, qui conduit, par une pente inclinée, sur une espèce de plate-forme

3

allongée dont la vue est masquée par les couches de roche du haut desquelles se précipitent les eaux, non sans répandre au loin comme une poussière cristalline où le soleil se fait un plaisir journalier de dessiner en s'y mirant, les vives couleurs de l'arc-en-ciel.

De cette plate-forme part le dernier sentier méandrique qui conduit enfin au sommet de ce mystérieux séjour.

Dans la construction de cette dernière voie, toujours creusée dans le roc, la main de l'homme, sinon celle de la nature, dut vaincre d'incroyables obstacles, multipliés, dit-on, par les immortels génies, afin de défendre ces lieux de l'accès des profanes mortels. Tantôt le sentier prend la forme d'une immense spirale autour du rocher, tantôt celle d'un gigantesque serpent se repliant sur lui-même, et c'est alors que la marche devient le plus dangereuse : car, un coup de vent, un faux pas, un éblouissement, peuvent vous faire dévier et vous précipiter dans l'abîme qui vous attire, et dont la vue provoque le vertige.

Grâce à tous ces obstacles, une poignée de braves pouvait arrêter une armée entière, l'escalade n'étant possible que par cet endroit.

Le guide, au sortir du couloir de la cascade, à qui il est défendu d'aller plus loin, s'arrête, et après avoir indiqué le dernier sentier à suivre aux nobles visiteurs, se retire.

XV

Arrivés enfin au faîte du rocher, Kyphox et les deux enfants ne furent pas médiocrement surpris en voyant se dérouler sous leurs yeux le plus charmant tableau, sur lequel le reflet lunaire répandait un vague mystérieux. Dans une vaste prairie émaillée de fleurs, serpentent des sources cristallines qui sortent du pied des rochers, et courent légères et murmurantes sur des tapis de mousse bordés de menthes, de pâquerettes, de jonquilles. Des plantes grimpantes enlacent avec grâce les frênes, les ormeaux, les pins et les superbes cèdres.

On apercevait dans un lointain vaporeux des bosquets de myrthe, de lauriers-roses, de chênes-verts, de genévriers, d'oliviers et de caroubiers, et bien d'autres arbres à fruits, dont quelques-uns étaient tout en fleurs. Le faîte de cette belle végétation se découpait en un immense feston sur le bleu du ciel et donnait au paysage un aspect grandiose et enchanteur.

Dans l'ombre d'un riant vallon, les yeux perçants d'Amsade découvrirent un troupeau de brebis et de chèvres, et elle fit remarquer à son père qu'il était séparé de la première partie du plateau par un treillage de roseaux et d'osier, dont le symétrique arrangement se ressentait seul de la main de l'homme. Tout le reste y respirait cette charmante négligence de la nature dont l'infinie diversité de formes ne semble un désordre qu'à ces esprits mathématiquement positifs, lesquels s'étudient à distribuer un jardin de plaisance comme les cases rectangulaires d'un échiquier.

Pourquoi, à la vue de Kyphox et de ses deux enfants, le sage du Tumar eut-il la pensée de se faire connaître, et pour quelle raison se décida-t-il à rester encore derrière le voile de sa mystérieuse existence ?

Toujours est-il que grande fut la tentation de cet homme extraordinaire, et qu'il lui fallut une force de volonté presque surhumaine pour s'empêcher d'ouvrir les bras à ces chers visiteurs, en s'écriant : Je suis....... mais il jugea que l'heure n'était pas venue.

— Ce n'est pas là toute ta famille, dit-il au prince numide.

— J'ai encore un fils...

— Il a nom Mastabal ; il n'est pas incapable de courage, mais la jalousie qu'il ressent à l'endroit de ta prédilection pour ses frères peut le porter à de fâcheuses extrémités.... Mes enfants, redoublez d'affectueuses prévenances pour Mastabal ; et toi, vertueux Kyphox, dont il ignore les vrais sentiments, rapproche-toi un peu plus du cœur de ce faible enfant, que ton abord sévère a fait craintif. Ouvre-lui tous les trésors de ta tendresse paternelle, afin qu'il puisse y puiser la confiance et la force. Fais qu'il trouve un refuge dans ton amour en l'absence de sa bonne mère... qui ne peut plus le consoler !

— C'est bien la sagesse des génies immortels qui vient de parler par ton auguste bouche.....

Kyphox ne put achever tant les dernières paroles du solitaire avaient ému son cœur et rouvert la profonde blessure qu'y avait faite la mort tragique de sa noble compagne ; mais s'il eût été moins affligé, il aurait pu remarquer que son mystérieux interlocuteur s'était détourné pour essuyer ses larmes, ce qui n'échappa point au regard d'Adinax et d'Amsade ; et c'est pourquoi, aux sentiments de vénération que la vue et les paroles du sage vieillard avaient inspirés aux deux jeunes gens, se joignit une affection et un attachement sans bornes. Les âmes de ces quatre personnes s'étaient comprises et identifiées dans un commun amour, celui de l'héroïque Oranye qui fut à la fois épouse, mère et sœur adorée.

— Venez vous reposer, mes amis, de votre pénible course et prendre quelques aliments réparateurs de vos forces ; puis nous aviserons, mon cher Kyphox, au salut de la Numidie.

— Serions-nous menacés de nouveaux malheurs ? demanda ce dernier avec trouble.

— Les aigles romaines ont repris leur vol vers les rivages africains.

— Je commence à comprendre le sens du songe d'Amsade.

— Les songes sont parfois des messages divins, dit le solitaire, tout en conduisant ses hôtes dans une espèce de salon de verdure où il les fit asseoir sur des nattes de jonc.

Amsade et Adinax furent les premiers à voir, avec les yeux de leur jeune appétit, des gâteaux cuits sous la cendre, des jattes de bois pleines de lait de chèvre, des fromages et des corbeilles d'osier remplies des plus beaux fruits de l'automne précédent, que Manassès avait étalés sur la pelouse dès que le son du cornet lui avait annoncé l'arrivée de Kyphox.

De la partie supérieure de ce frais réduit sortait une source d'eau vive qui, tombant avec un léger bruit dans un petit bassin creusé dans le roc, se divisait à droite et à gauche, et fuyait légère et limpide à travers la pelouse émaillée du jardin. Des carapaces de tortue tenaient lieu de coupes, et la lune, dont les clartés étaient tamisées par le feuillage de ce salon champêtre, était leur unique flambeau.

Après le repas, Manassès ayant manifesté le désir de connaître le songe d'Amsade, la jeune fille, sans se faire prier, le raconta en ces termes :

« Je vis surgir du sein des flots un serpent mons- » trueux. Son corps était si long, si long que quand

» il fut sorti de l'onde amère, il ressemblait à une
» chaîne de collines en mouvement. Il était recouvert
» d'une peau métallique qui brillait au soleil comme
» l'airain poli. De ses écailles entr'ouvertes à son dos,
» je voyais darder des lames à double tranchant. La
» tête du monstre ressemblait à celle d'un aigle cou-
» ronné d'un laurier d'or. A sa vue, une foule de ber-
» gers, qui faisaient paître leurs troupeaux sur le
» rivage de la mer, s'enfuirent épouvantés dans la
» montagne, laissant les troupeaux à la garde de leurs
» chiens ; mais le serpent, après avoir dévoré ces der-
» niers, se dirigea vers les lieux où s'étaient réfugiés
» les pasteurs, et quoique la montagne eût plusieurs
» lieues de circuit, il l'enveloppa trois fois de son
» corps, et l'étreignant dans ses nœuds de fer, il la
» fit craquer avec un bruit épouvantable ; puis le-
» vant sa tête au-dessus des bois qui recouvraient le
» mont, il fit entendre des sifflements de tempête et
» vomit de sa gueule ensanglantée des torrents de
» flammes sur les malheureux bergers dont les cris
» de détresse m'éveillèrent. »

— Ce songe, dit le solitaire, est un avertissement
d'en haut ; suis-moi, prince Kyphox, et vous, enfants,
reposez-vous.

Et allumant un faisceau de bois résineux, Manassès conduisit le vieux guerrier dans la principale
grotte du Tumar.

Cette grotte était divisée en deux pièces dont la
première formait une espèce d'antichambre, et celle
du fond, la pièce principale où l'on arrivait par une
galerie de stalactites séculaires dont l'arrangement
avait un aspect fantastique. La plupart des stalactites
affectaient la forme de cônes dont la base était tantôt
sur le sol, tantôt à la voûte de la grotte : ici, plusieurs

de ces cristallisations calcaires, ayant leurs bases
opposées, se touchaient légèrement par les extrémités et ne présentaient qu'un même corps ; là, les som-
mités des cônes, quoique séparées, se correspondaient
verticalement à l'instar d'une immense gueule de
crocodile entr'ouverte ; quelques-unes ressemblaient
à de gracieux candélabres dressés sur des collines en
miniature de même composition. L'humide suinte-
ment des bas-côtés de la grotte avait tapissé les murs
d'une foule de figures de plantes, de serpents, etc.

Tous ces dessins et cette sculpture étaient l'œuvre
lente du temps, qui, toujours en présence de l'éternité, ne fait rien avec précipitation.

Quelques gouttes d'eau cristallisante tombaient
encore de la voûte par intervalles, mais avec la régularité d'un pendule.

Le prince solitaire avait décapité quelques stalactites qui s'élevaient çà et là comme des colonnettes, et en ayant creusé l'extrémité supérieure, il s'en
servait, en guise de cassolettes, pour y brûler de
l'encens, des aromates ou des éclats de bois résineux, ce qui, dans ce dernier cas, les transformait en
de véritables flambeaux.

La première pièce, recevant le reflet lunaire, Manassès n'avait éclairé que la deuxième, dans laquelle
il ne se retirait que dans les moments où il avait besoin de se recueillir dans l'absence des objets extérieurs.

Ce principal compartiment était oblong, demi-cir-
culaire d'un bout et presque carré de l'autre. Il pouvait contenir huit lits de repos. Il n'y en avait alors
que deux recouverts de peaux de divers animaux.

Une riche et antique armure, comprenant un casque d'argent relevé d'or et de pierreries, une cuirasse

de peau d'autruche recouverte de larges et symétri-
ques écailles d'or, un bouclier rond fait de plusieurs
peaux de rhinocéros, sous une épaisse lame d'argent
richement sculptée, entourée d'une large bande d'or
massif, figurant le *fleuve Océan*, lequel, selon la
croyance des anciens géographes, entourait de tous
côtés le continent d'Afrique, enfin, une longue lance,
un arc et son carquois et plusieurs javelots. Cette
armure était fixée, en forme de trophée, au mur du
fond et en face des lits de repos.

Le bon état de ces armes aurait pu faire croire que
leur possesseur en faisait un fréquent usage; mais
elles ne servaient plus depuis longtemps: c'étaient
les armes de Jugurtha, religieusement conservées en
ce lieu par ses fils et ses petits-fils. Ce prince infortuné les avait laissées dans cette grotte alors que,
poursuivi sans relâche par Marius, il sortit nuitamment de ce dernier refuge, déguisé en berger libyen.

Au-dessous du trophée étaient plusieurs urnes fu-
néraires couronnées de laurier et recouvertes d'un
voile noir. A droite et à gauche, dans plusieurs cassolettes, brûlait nuit et jour de l'encens. Quatre lampes
suspendues à la voûte éclairaient ce tombeau; mais
cette clarté vacillante était comme voilée par les ombres de la mort.

Manassès ayant relevé le voile qui recouvrait les
urnes: « Prince Nabor, lui dit-il, tu es dans le tombeau de tes augustes ancêtres. » Et ce dernier ayant
lu, gravés sur les urnes, les noms des princes numides, se prosterna la face contre terre, et puis em-
brassa et arrosa de ses larmes chaque urne sacrée.

— Il manque à ce saint tombeau, s'écria Kyphox
avec l'accent d'une profonde tristesse, les cendres
chéries de l'infortuné Manassès.

— Elles y seront un jour.

— Ignores-tu, ô toi en qui je ne saurais voir un simple mortel, que mon oncle est mort dans l'exil ?

— Je connais les motifs qui l'obligèrent à s'expatrier, je sais même que si, moins emporté par ton aveugle ardeur pour les armes, tu te fusses rendu à ses sages avis, tu aurais évité de grands malheurs à ta nation, à ta famille, à toi-même.

— Les dieux m'ont cruellement puni de n'avoir pris conseil que du désir de venger la mort de l'héroïque Oranye !

— Les dieux ne blâment point une pareille pensée ; mais en faisant taire les intérêts publics devant des considérations purement personnelles, tu ne te conduisis point en prince, mais en simple particulier : tu oublias que, pour le chef d'un État, le salut du peuple doit passer avant le salut de la famille, du sang.

— Je l'ai appris à l'école du malheur !

— C'est là une bonne école ; mais les princes oublient bientôt ses enseignements dans l'enivrement de la puissance.

— Je n'oublierai jamais que mon imprudente ardeur a causé la mort de mon oncle et de mon frère.

— Je sais que tu l'aimais, et que ta nièce Amsade, que tu as élevée avec soin, est aussi chère à ton cœur que tes propres enfants.

— Je l'aime plus encore, mais je dois t'avouer à toi, à la connaissance de qui rien n'échappe, que je n'ai pu encore me résoudre à faire savoir à cette chère enfant que je ne suis pas son père ; c'est peut-être de l'égoïsme...

— C'est de la prudence.

3.

— Mais quand viendra l'heure de venger la mort de son père, alors.....

— Un pareil langage témoigne que les devoirs du prince sont encore éclipsés en toi par les sentiments de l'homme privé.

— J'en conviens, mais, si pour être chef d'un État il faut cesser d'être homme, j'abjure tous mes droits au commandement. Je cesse d'être prince afin de pouvoir agir selon mon cœur.

— Dans toute autre circonstance, j'applaudirais à un si noble sentiment ; mais lorsque l'*indépendance numide* a besoin d'un chef dévoué, abjurer le commandement serait l'acte d'un mauvais citoyen ; ce serait presque une trahison, je dirais même une lâcheté.....

A ce mot Kyphox se leva vivement, et sa figure, devenue tour à tour pourpre et pâle, prit un aspect farouche, qui était dans cette âme noble et fière le précurseur de la plus aveugle colère ; mais le sage Manassès en arrêta l'explosion en ajoutant ces mots :

— ... si je ne connaissais ton courage ; mais Nabor peut concilier les devoirs du prince avec ceux de l'homme privé, à une condition.

— Laquelle ?

— Tu la connaîtras après que nous aurons parlé du songe d'Amsade.

XVI

— Ne heurtons point sa croyance dans les songes, se dit Manassès en lui-même ; servons-nous en, au contraire, dans l'intérêt général. Puis, faisant asseoir Kyphox, il parla ainsi :

— J'ai déjà dit que ce songe était un avertissement

d'en haut ; puisse-t-il ne pas être une prophétie ! La première partie est déjà une réalité, puisque les Romains, désignés par le monstrueux serpent, ont débarqué à la Nouvelle-Carthage et sont en marche vers nos montagnes sous le commandement du proconsul Cossus.

— Qu'entends-je ! s'écrie Kyphox avec trouble ; mais quels peuvent être leurs projets ?

— La tête d'aigle, couronnée d'un laurier d'or, désigne l'empereur Auguste, qui a l'intention de faire du plateau lambésien, le point central d'un vaste système de défense.

— Mais alors.....

— Alors, enveloppant l'Ousargala de châteaux forts reliés entre eux par une ligne de fortins non interrompus, le serpent étreindra le pays dans ses nœuds de fer.

— Et nos populations...

— Seront à sa merci et deviendront sa proie..... à moins qu'elles ne trouvent leur salut dans leur union et dans la direction d'un chef prudent, et non moins habile que vaillant. Nabor veut-il être ce chef, ce sauveur de la nation numide ?

— Je le voudrais, si je ne craignais de faillir à une pareille œuvre.

— Je serai avec toi..... par mes conseils.

— J'accepte à cette condition : tu seras la tête, moi le bras ; j'exécuterai ponctuellement les ordres de ta sagesse.

— A ce modeste dévouement, je reconnais le valeureux Nabor.

— Comment communiquerai-je avec toi dans le cas où les ennemis garderaient les abords du Tumar ?

— Tu confieras ta pensée au papyrus, et le roulant

autour d'une flèche, tu le dirigeras pendant la nuit sur la flamme, qui alors ne cessera de brûler, pendant les ténèbres, vers la partie orientale du rocher et où j'ai fixé un disque blanc. J'enverrai ma réponse par le même moyen au *figuier du salut*, celui au pied duquel le grand Jugurtha se défendit contre une foule d'assaillants.

— Je connais ce figuier, il est vénéré depuis cette époque par tous les Numides montagnards. Commencerons-nous les hostilités ou attendrons-nous que Rome nous déclare la guerre?

— Il faut éviter à tout prix une lutte dans laquelle de bien plus forts que nous ont été brisés. Pour abattre le colosse romain, il ne faudrait rien moins qu'une coalition armée de tous les peuples; mais aucune nation en particulier ne saurait aujourd'hui combattre avec avantage ce géant de la tyrannie. Seules, deux Républiques auraient pu le terrasser; l'ancienne Carthage et la puissante fédération des Gaules; mais, faute d'ensemble et d'unité, elles succombèrent l'une et l'autre. Aujourd'hui comme jadis, faire la guerre à Rome, c'est la fortifier, c'est lui donner une nouvelle vie, car la guerre est son élément; Rome a été conçue pour combattre; sa constitution sociale est essentiellement militaire; ses lois municipales, ses dispositions réglementaires et l'esprit de ses lois politiques, civiles et religieuses, tout jusqu'à ses jeux et ses fêtes n'y respire que la guerre; et c'est pourquoi la paix lui est funeste et la tuera.

— Cependant, et puisque de ton propre aveu l'empereur a l'intention de nous chasser de ces montagnes ou de nous anéantir, puisque, en un mot, il veut la guerre, nous serons bien forcés de la faire, dussions-nous succomber; notre mort du moins sera glorieuse.

— La mort d'un peuple, fût-elle la plus glorieuse, ne doit être invoquée par le chef d'un État qu'alors qu'il a épuisé tous les moyens de salut. Il ne s'agit donc pas, pour le moment, de songer à mourir mais à vivre.

— Vivre dans l'esclavage.....

— Est pire que la mort, je le sais. Il ne s'agit pas de vivre dans l'esclavage, mais dans la liberté. Voici donc quel est le problème à résoudre pour la nation numide : éviter la guerre avec Rome tout en conservant notre indépendance ; la solution en est difficile, sans doute, mais non impossible.

— Les moyens ?

— Faire en apparence bon accueil aux Romains ; leur offrir nos services et les forcer moralement à accepter notre libre et indépendante amitié.

— Qu'entends-tu par *forcer moralement* les Romains ?

— Leur prouver que notre amitié leur sera plus utile que notre esclavage et surtout que notre anéantissement ; et cela, en leur proposant, par exemple, de veiller, dans l'intérêt de Rome et à nos frais, à la garde de cette partie des frontières de l'empire, ne leur demandant en retour que l'honneur de l'amitié du peuple romain et la liberté de vivre indépendants dans ces hautes montagnes.

— Ainsi nous abandonnerions la plaine et les vallées inférieures !....

— A moins de consentir à vivre avec les colonies militaires, et, partant, à voir les derniers débris de la nation numide se fondre et disparaître à jamais dans la civilisation romaine... Et ce n'est pas ton avis, j'en suis convaincu.

— Je poignarderais mes enfants plutôt que de les voir romains.... Je comprends la sagesse de tes projets ; mais le difficile sera de les faire goûter aux chefs des tribus.

— Pourquoi cela ?

— Parce que le sentiment exalté qu'ils professent pour leur indépendance, leur fait méconnaître la nécessité d'un pouvoir centralisateur, sans lequel nous ne reconstituerons jamais d'une manière solide la nation numide.

— Ainsi, tu ne conçois pas que les hommes puissent vivre en société, sans gouvernants et sans gouvernés, sans des princes qui commandent et sans des sujets qui obéissent.

— Pas plus que je ne concevrais une armée sans chefs.

— C'est dire, en d'autres termes, que l'organisation militaire serait le prototype des sociétés humaines ?

— Je n'en vois pas d'autre qui offre plus de garanties d'ordre, de force et de stabilité.

— Et moi je dis au contraire que toute société qui ne serait constituée qu'en vue de la guerre ne produirait qu'un peuple de pillards et d'assassins.

— Voilà qui est au moins très-exagéré.

— Écoute, prince Kyphox. La guerre, en résumé, fait-elle autre chose que consommer et détruire sans rien produire ?

— Soit, quoique une pareille assertion puisse être contestée...

— Mais consommer et détruire ne saurait être le but rationnel des sociétés. Supposons, en effet, que toutes les sociétés humaines ne soient exclusivement organisées que dans ce dernier but ; il est évident qu'elles ne pourraient plus vivre, puisque aucune ne produirait.

La guerre n'est donc et ne peut être jamais qu'un fait accidentel, un fait déplorable, un fléau pour le genre humain.

— Sans aucun doute, la guerre est un grand fléau, mais il y a des moments où il est indispensable de faire la guerre.

— Oui, mais alors seulement qu'on a fait tout ce qu'il était possible pour l'éviter ; et un chef d'État qui aime véritablement le peuple dont il gère les affaires, ne doit avoir recours à ce terrible moyen qu'à l'instar du sage médecin qui n'applique les remèdes héroïques — lesquels ébranlent toujours violemment toute l'économie physique du malade, — que dans les cas suprêmes et alors qu'il désespère, pour ainsi dire, de sa guérison.

— Avant de quitter ce sujet, qui m'intéresse au plus haut point, je voudrais savoir quelle serait l'organisation à donner à l'indépendance numide dans les circonstances actuelles ?

— Aucune : l'indépendance d'un peuple non plus que sa liberté ne s'organisent point ; elles sont ou ne sont pas dans le cœur et le tempérament des Numides. Si elles y sont, à quoi servirait de l'organiser, de la constituer, de la décréter ? Seraient-elles plus solidement établies parce qu'elles seraient écrites ! Si l'amour de l'indépendance et de la liberté n'est pas dans le cœur des citoyens, ce ne sera pas de par la loi qu'il y entrera. Tu n'ignores pas que la loi est *limitante* de sa nature, qu'elle met des bornes au droit naturel, parce que, dit le législateur, ce droit était mal compris, mal observé. Alors, la loi écrite, intervenant entre les citoyens, entre les nations, trace les nouvelles bornes du droit et dit aux peuples policés : voici les limites prescrites par la justice ou l'intérêt commun, vous n'irez pas plus loin, *nec plus ultrà*.

Et voilà pourquoi un peuple jaloux de son indépendance et de sa liberté, doit être très sobre de lois, car chaque loi écrite étant une limite, plus il y a de lois, plus le cercle de ses libertés est restreint. D'où je conclus rigoureusement que les peuples qui ont le plus de lois sont les moins libres..... Mais laissons ou plutôt ajournons ces considérations à des temps meilleurs, et avisons aux moyens de soustraire l'indépendance numide au danger imminent dont elle est menacée par l'arrivée des Romains.

Il est urgent de convoquer les chefs de peuplades et de tribus, et c'est le prince Nabor que les génies du Tumar ont désigné pour faire cette convocation.

— Où faut-il les convoquer?

— En un lieu clos et isolé... Au tombeau de Syphax, si c'est possible.

— Pour quelle nuit?

— N'est-ce pas bientôt l'anniversaire de la mort de ce prince?

— Dans huit jours.

— Eh bien! à la dernière heure de la huitième nuit.

— Le mot du guet?

— Celui qui résume le mieux les conditions de notre réussite : « Prudence et union. »

— Prudence et union.

Et Manassès considérant un vase de cristal d'Alexandrie gradué en cercles parallèles, où l'eau de la voûte tombait goutte à goutte : — Il est temps de te retirer, dit-il au prince numide, l'étoile du matin se montre à l'orient.

XVII

La descente du rocher du Tumar étant, sinon impraticable, du moins très-dangereuse par le sentier dont j'ai fait la description, le sage solitaire avait construit une machine très-simple au moyen de laquelle il pouvait descendre seul ou faire descendre ses rares visiteurs. Au côté opposé à celui par où nous avons vu monter Kyphox et ses deux enfants et où le rocher s'élevait verticalement du fond d'un abîme dont la seule vue donnait le vertige, Manassès avait construit une machine grossièrement équarrie mais solidement fixée au bord de l'abîme. Puis ayant tressé en osier deux forts paniers à quatre anses et à hauteur d'homme, il les avait attachés aux deux extrémités d'une corde de navire qu'il avait fait venir clandestinement d'Hippone. La corde et les autres parties de la machine étaient dissimulées dans un pli assez profond du rocher, de façon à ne pouvoir être vues de dehors.

Manassès ayant fait comprendre à Nabor qu'en cas de guerre il y aurait plus de sécurité pour Adinax et Amsade à rester auprès de lui, dans cette retraite sublunaire, Kyphox — nous continuons à l'appeler de son nom de guerre — se retira sans prévenir les deux jeunes frères, ou du moins qui se croyaient tels, et qui dormaient encore du sommeil de leur âge, couchés sur une natte de joncs.

XVIII

Le soleil montrait à peine ses premiers feux du matin à travers les dernières vapeurs de la nuit, quand le prince numide arriva devant sa mapale où l'attendaient, dans une grande perplexité, son fils Mastabal, la bonne Hertylie et Nabazor son ancien compagnon d'armes dont il serra affectueusement la main, en lui disant, à voix basse : — Monte à cheval sur-le-champ, et va convoquer, au nom des génies du Tumar, tous les chefs de peuplade et de tribu, ainsi que les vieillards du Grand-Conseil. Voici mon anneau. Le lieu du rendez-vous est le tombeau de Syphax pour la deuxième heure de la nuit anniversaire de la mort de cet auguste prince. Le mot de ralliement est : « Prudence et union. »

Après le départ de Nabazor, Kyphox, se souvenant des paroles du sage du Tumar, dit à Mastabal, qui se tenait timidement à quelques pas de lui : — Mon fils, viens m'embrasser ; et le jeune homme se précipita tout joyeux dans les bras de son père.

— Et ma sœur et mon frère, où les as-tu laissés ?

— Chez un vieil ami qui a désiré les garder auprès de lui pendant quelque temps.

— N'irai-je pas aussi, mon père ?

— Oui, mon enfant, mais un peu plus tard ; j'ai besoin de toi en l'absence d'Adinax. Tu n'as été jusqu'à ce jour qu'un enfant, tu es d'âge à te conduire en homme.

— Que faut-il que je fasse pour cela ?

— Concourir cette année dans l'exercice de l'arc et tâcher d'être couronné.

— Ces jours derniers j'ai eu deux fois l'avantage sur mon frère Adinax.

— Tu oublies qu'Adinax n'a pas trouvé d'égal parmi la jeunessse de nos montagnes.

— Vois-tu, père, cet aigle qui plane dans le ciel ?

— Aurais-tu la prétention de l'atteindre ?

— Si je le fais tomber à tes pieds, me croiras-tu aussi habile archer qu'Adinax ?

— Pour plus habile.

Courir à la mapale, en ressortir armé d'un arc et d'une flèche, viser le roi des airs, le voir tomber comme une masse inerte à quelques pas de là, tout cela se fit en moins de temps qu'il ne faut pour le dire.

— C'est d'un bon augure, s'écrie le pieux Kyphox, je suis content de toi, mon fils.

De ce jour, Mastabal ne fut plus un enfant.

XIX

Hertylie, ayant informé son maître de la visite de l'étranger à qui elle avait offert l'hospitalité, le prince numide entra dans la mapale où reposait Pétréius ; car c'était lui, l'ancien lieutenant et l'ami de Juba Ier. Ce roi malheureux, afin de ne pas tomber vivant au pouvoir de Jules César, et préférant une mort volontaire à l'humiliation de marcher enchaîné devant le char triomphal de son vainqueur, pria Pétréius de lui ôter la vie. Après avoir souscrit, non sans s'être fait longtemps prier, aux instances de son royal maître, ce guerrier jura sur le corps encore frémissant de Juba, de le venger, et il se réfugia ensuite à la cour du roi Phraate. Le roi des Parthes, ayant accepté ses offres de service, lui confia le commandement d'une division de son armée avec d'autant plus d'empressement qu'il venait d'apprendre la nouvelle de la fin tragique de César, nouvelle qui provoqua l'insurrection presque instantanée des provinces africaines et asiatiques.

Mais cette vaste et confuse levée de boucliers d'une

foule de peuples dont les intérêts étaient divers et qu'aucun lien, aucune vue commune n'unissait, ayant été facilement comprimée par l'énergique activité de Balbus, général romain, Phraate se hâta de rappeler son armée. Apprenant quelques années plus tard que l'empereur Auguste était en Syrie, et craignant qu'il ne voulût s'emparer de son royaume, afin de venger la défaite et la mort de Crassus, le roi des Parthes, envoya, de son propre mouvement, à l'heureux empereur les drapeaux et les prisonniers romains auxquels il joignit, comme gage de sa soumission, quatre de ses fils en ôtage, avec leurs femmes et leurs enfants. Ce prince lâche voulut, dit-on, livrer aussi Pétréius ; mais celui-ci, ayant soupçonné les perfides intentions du Parthe, parvint à s'échapper. Déguisé en pasteur carthaginois, le guerrier numide se réfugia dans les montagnes du littoral, non loin de la nouvelle Carthage.

Grâce aux intelligences qu'il avait dans cette cité, Pétréius, ayant été informé de la double nouvelle et du débarquement du proconsul Cossus et de sa marche vers les monts Aurésiens, s'était hâté de venir informer les chefs de l'indépendance montagnarde de la marche et des intentions de l'ennemi, et leur offrir son épée et sa vieille expérience. Pour ne pas éveiller des soupçons, il avait laissé son cheval à la garde d'un fidèle serviteur, non loin de la vallée Lambésienne où nous l'avons vu arriver.

Le vieux guerrier, selon l'habitude des Numides, dormait tout habillé, ne s'étant débarrassé que du glaive qu'il portait sous les lambeaux d'une espèce de burnous.

Kyphox, ayant le loisir de considérer les traits de l'étranger, croit se souvenir, mais vaguement, de l'avoir connu ; puis, aidé par l'âge visiblement écrit sur le front chauve et sillonné de profondes rides, et par deux cicatrices au visage, enfin, par la vue du glaive à la garde duquel il distingue le chiffre de Juba l'Ancien, il rassemble toutes ces données, comme ferait un physicien des rayons solaires dans un même foyer, et il s'écrie : — C'est lui.... c'est Pétréius !

— Qui m'appelle ? dit ce dernier éveillé en sursaut et portant la main à son épée.

— Un vieux compagnon de guerre et d'infortune : regarde-moi Pétréius, ne reconnais-tu point ?...

— Le prince Nabor ! s'écrie Pétréius en se précipitant dans les bras de son vieil ami.

— Mon nom de guerre est Kyphox. A quelle heureuse circonstance dois-je le bonheur inespéré de te revoir, ô cher ressuscité ?

— J'accours de Carthage où j'ai vu débarquer une armée romaine, commandée par le plus habile général de l'empire, et je viens informer les chefs de l'indépendance numide qu'il s'avance à marche forcées vers ces montagnes.

— Il est donc vrai ?

— Tu le savais ?

— Oui. Sous peu de jours, le grand conseil des vieillards et des chefs numides, s'assemblera au tombeau de Syphax ; y seras-tu ?

— Oui, si je suis de retour de Cirta, où j'ai appris que le jeune Juba vient d'arriver pour assister aux jeux publics que donne cette cité.

— Il est notre ennemi, et il est très-probable qu'il vient pour s'entendre avec le proconsul... peut-être par les ordres de l'empereur.

— Il dissimule, sans doute, et je ne puis croire...

— Élevé à la cour d'Auguste, de la main duquel il a

reçu et la couronne et la fille de Cléopâtre, la belle Sélène, il s'est fait romain, tout romain ; sa cour est un reflet de celle des Césars ; l'antique Jol, qu'il a fait reconstruire sous le nom de *Julia-Cæsarea* [1], pour flatter l'empereur, est remplie de temples, de statues et de monuments romains.

— Tout cela n'est qu'extérieur et couvre peut-être une profonde politique. Il faut que je voie l'homme.

— Je crains qu'il ne te retienne prisonnier...

— Il ne saurait me reconnaître : il était tout enfant quand mourut le roi son auguste père. J'ai d'ailleurs consulté les mânes sacrés, et un saint interprète des volontés suprêmes m'a promis que je réussirais dans mon entreprise.

— Je m'incline devant la volonté des dieux.

— Comme je ne connais pas le chemin qui conduit à Cirta par la montagne, ne pourrais-tu me faire accompagner par un Numide, un berger, par exemple, avec lequel j'aurais l'air de conduire quelques chevaux au marché de cette ville.

— Mon fils Mastabal — qui ne se doute pas que Kyphox ne soit mon vrai nom, et il est nécessaire qu'il reste dans cette ignorance jusqu'à nouvel ordre — Mastabal t'accompagnera ; il connaît parfaitement les chemins et, quoique jeune encore, je préfère te le donner pour guide qu'un étranger. Aussi bien il ne peut que gagner à faire ce voyage avec toi.

Le soir de ce même jour, après le coucher du soleil, Pétréius et Mastabal, poussant devant eux quelques chevaux numides, se dirigeaient vers l'opulente Cirta.

1. Cherchell.

XX

Rentré seul dans sa mapale, Kyphox, dont l'esprit était beaucoup moins porté à la paix qu'à la guerre, surtout depuis qu'il avait vu Pétréius, cherchait un moyen simple et naturel de savoir quel nombre de combattants pourraient fournir au besoin les diverses peuplades qui composaient l'Indépendance montagnarde. Faire un dénombrement, se disait-il, serait s'exposer à semer l'alarme et prendrait d'ailleurs trop de temps...

Un mot prononcé par Hertylie, qui venait d'entrer, tira le prince d'embarras.

— Tu ne sais pas, mon maître, ce que chacun me demande depuis quelques jours ?

— Que te demande-t-on, bonne Hertylie ?

— Si cette année la *Fête des prairies* sera célébrée comme il y a cinq ans, par des jeux publics ?

— Les dieux parlent par sa bouche, se dit mentalement le pieux Numide, qui voyait dans les moindres choses l'expression de la volonté divine.

— Que dois-je répondre ?

— J'avais oublié que cette fête.....

— S'ouvre dans neuf jours.

— Va dire aux frères Nabukoôs de me venir trouver.

— Les quémandeurs de nouvelles vont m'arrêter à chaque pas et me faire perdre beaucoup de temps si je n'ai rien à leur dire à ce sujet.

La curieuse nourrice parlait ainsi dans l'impatience où elle était d'obtenir du prince une réponse catégorique.

— Tu leur diras d'écouter ce que les hérauts vont proclamer.

Cependant Kyphox, — on ne le connaissait que sous ce nom dans l'Oursagala — rédigea l'annonce de la fête dans les termes suivants :

« Au nom du conseil des vieillards, le premier jour » de Nisan, s'ouvrira sous les auspices du soleil, de » la lune, des étoiles et des génies immortels de la » Numidie, la *fête des prairies et des fleurs*. Tous les » hommes, tous les jeunes gens du pays de l'Oursa- » gala capables de manier l'arc ou la lance, la fronde » ou le javelot, sont invités à concourir. Honte à » celui qui, d'ici là, aura négligé de se faire inscrire » dans sa tribu pour ce solennel concours !

» La fête aura lieu, comme il y a cinq ans, dans la » vallée ourazienne. »

Puis, ayant fait deux copies en langue numide, il les remit aux frères Nabokoôs, leur disant de recom- mander en particulier à chaque chef de tribu de re- cueillir bien exactement le nombre d'hommes inscrits dans leurs districts, « ceux surtout capables de porter les armes, » afin que le GRAND-CONSEIL puisse être instruit dans le plus bref délai.

Il ne s'en tint pas là. En prévision de la guerre, Kyphox expédia nuitamment des courriers dans toutes les directions aux chefs des peuplades et na- tions voisines, dont l'origine libyenne lui garantissait leur haine contre la domination romaine. Il les préve- nait de l'arrivée et des projets ambitieux de l'ennemi commun, les engageant, les pressant, au nom de l'Indépendance numide et des intérêts les plus chers de rassembler secrètement toutes leurs forces et de se tenir prêts à marcher au premier signal.

XX

La gravité des circonstances ne fit pas oublier à Kyphox que les cendres de Miazia, Mynthos et Bôky attendaient les honneurs de la sépulture.

A son retour du Tumar, il n'était point passé indifférent sur le champ de bataille où ces chers animaux avaient succombé bravement. Il avait visité le bûcher dont le brasier était encore ardent, et il s'était promis d'y retourner au plus tôt afin d'ensevelir dignement leurs cendres.

Il manda dans ce but un sculpteur carthaginois, qui était réfugié dans l'Ourazon, et le chargea de sculpter en bas-relief sur une pierre tumulaire un cheval et deux chiens, avec cette épitaphe en caractères libyques :

> Fille du noble Tir et de la blanche Akthage,
> Miazia devançait le vent du Simôouy.
> Nul ne fut plus fidèle et n'eut plus de courage
> Que le doré Mynthos et son frère Bôky !!!

4

CHAPITRE DEUXIÈME

I

Le tombeau de Syphax[1] situé vers le nord du plateau lambésien, avait un aspect monumental imposant. Sur les chapiteaux de soixante colonnes, était portée comme sur autant de têtes de géants rangés en cercle, une pyramide dont le sommet gradué s'élevait à une grande hauteur au-dessus du sol. Il ne reste aujourd'hui du colossal monument qu'un immense tertre hérissé de quelques colonnes engagées et qui sortent comme avec effort d'un monticule de débris.

---

1. Les ruines de ce tombeau, connues par les indigènes sous le nom de *Madracen* ou *Madrasen* ou encore *Maïdgh-assem*, se voient non loin du lac Chemora et du Bou-Arif, à gauche de la route de Constantine à Batna.

« J'ai visité le *Madracen*, dit M. L. Renier, monument funé-
» raire des rois de Numidie, comparable aux pyramides d'Égypte,
» sinon par sa masse, du moins par sa forme, et qui leur est peut-
» être supérieur par l'élégance de sa construction. »

Selon M. Duréau de la Malle, ce monument aurait quatre-vingt-
dix pieds de haut.

« C'est, dit le voyageur Peyssonnel, un grand corps de bâti-
» ment rond, de six cents pieds de circonférence... L'édifice sou-
» tenu sur soixante pilastres, hauts de vingt-cinq pieds, se ter-
» mine en pyramide par trente-deux degrés en pierre... La masse
» totale a près de quatre-vingt-dix pieds de haut. »

(Voir l'*Annuaire de la Société archéologique de la province de
Constantine*, 1854-1855.)

L'intérieur du mausolée avait la forme circulaire. Au ciel de la voûte brillait le disque de la lune en argent massif sur un fond bleu étoilé. Chaque étoile était d'or dans lequel l'artiste avait enchâssé d'éclatantes pierreries. L'absence du soleil, dans cette riche imitation du firmament, indiquait l'éclipse de la vie.

Au centre était la statue de Syphax en marbre noir. Ce prince était représenté assis sur un trône et tenant de la main droite une houlette d'or en guise de sceptre. Sa main gauche reposait sur une urne de porphyre recouverte d'un voile. Au-dessous de l'urne une sculpture en bas-relief représentait un masque renversé, symbole indiquant chez les anciens que le rôle de l'existence terrestre était fini. Au-dessus du trône se déployaient les étendards des principales nations numido-libyennes.

Le sol était entièrement recouvert d'une riche mosaïque où l'on voyait dessinés, entre autres emblèmes, deux génies sous la forme de deux beaux jeunes hommes tenant chacun une torche renversée de chaque côté de la statue. Sur le devant, le Sommeil reposait dans les bras de la Nuit. Derrière le trône, la mosaïque représentait deux hideuses figures de femmes noires avec des ailes de chauves-souris, aux dents très-longues et aiguës et dont les ongles de harpie s'enfonçaient dans les chairs d'un cadavre d'homme ensanglanté qu'elles enlevaient ; c'étaient les Kères, appelées Parques par les Romains.

Trois rangées de gradins en pierre blanche régnaient tout autour.

Quoique le pays dans lequel était situé ce monument ne fît plus partie du royaume de Juba, puisqu'il se trouvait presque au centre de la *Nouvelle Province* (d'Afrique), néanmoins, le tombeau de Syphax était resté la propriété du roi des Massésyliens, lequel, du consentement de Rome, en avait confié la garde et le soin aux Numides qui étaient restés dans la contrée et qui, pour cette raison, étaient appelés *la tribu du tombeau*.

Le chef de cette tribu faisait secrètement partie de l'Indépendance montagnarde. Prévenu par Kyphox, il s'était appliqué à entourer d'une certaine pompe la grande assemblée qui devait siéger en ce lieu.

En outre des sept lampes égyptiennes qui brûlaient nuit et jour autour de la statue de Syphax, vingt et un Gétules noirs furent choisis pour porte-flambeaux. Il leur fit bander les yeux et boucher les oreilles avec de la cire afin qu'ils ne pussent ni voir ni entendre.

II

Dans la nuit et à l'heure convenues, Manassès entra dans la salle du mausolée, en simple costume numide et sans se faire remarquer. Là se tenaient assis à l'orientale et dans un silence grave, au premier rang, les vieillards à la barbe longue et au front ridé, mais à l'œil encore vif. Ils avaient tous la houlette patriarcale à la main et ils étaient enveloppés dans un ample burnous de blanche laine. Au second rang et au-dessus de la ligne des vieillards, se montraient les mâles visages des chefs de peuplades et de tribus, presque tous d'un âge mûr, à la taille élevée, à la poitrine largement développée, aux membres musculeux, à la pose fière. La hardiesse de leur regard et la brusquerie de leurs gestes n'étaient pas exempts d'une certaine sauvageté. Tous étaient nus jusqu'à la ceinture et avaient les épaules couvertes d'une peau velue de bête féroce. La plupart portaient

en sautoir des colliers de perles de différentes couleurs où étaient suspendues des amulettes renfermant
des caractères cabalistiques ou magiques auxquels ils
attribuaient des vertus surnaturelles.

Enfin, derrière ces deux lignes, se tenaient debout
et à des distances égales les jeunes Gétules noirs
ayant chacun une torche à la main.

A la vue du solitaire du Tumar, avec lequel Kyphox
échangea un regard d'intelligence, ce dernier sortit à
pas lents du rang des chefs de peuplades, et, se tenant
debout à côté du trône de Kyphox, il ouvrit la séance
par ces mots :

— Vous tous, qui représentez les intérêts de notre
chère Indépendance, augustes vieillards et valeureux
chefs de la nation numide, qui m'avez chargé de
veiller à la sûreté commune ; je vous ai convoqués
extraordinairement en ce saint lieu pour vous faire
une grave communication : nos éternels ennemis, les
Romains, s'avancent en armes vers nos montagnes.
(Mouvement de surprise.)

— *Mazippa.* Nous saurons leur en défendre l'entrée,
dussions-nous amonceler dans toutes les issues de
l'Ouzargala nos cadavres et ceux de nos femmes et
de nos enfants !... Aux armes !

— *Tous les chefs de tribu* (debout et d'une voix unanime) : Aux armes ! (Tumulte et conversations ani-
mées dans le rang de ces derniers. — Silence et calme
sur toute la ligne des vieillards).

— *Le Sage du Tumar* (il va prendre la place de Kyphox que celui-ci lui cède avec déférence) : Aux
armes, dites-vous.....

— *Les chefs de tribu.* Oui, oui, aux armes ! (Bruit
prolongé.)

— *Le Sage* (il fixe les yeux sur la statue de Syphax

4.

jusqu'à ce que le silence se rétablisse) : Toi aussi, ombre héroïque de Syphax ; vous aussi ombres de Jugurtha, de Juba et de tous nos ancêtres qui succombâtes glorieusement pour la défense de la patrie, vous fîtes entendre ce cri terrible *aux armes !* Et à votre puissante voix, des milliers de braves surgirent du sol guerrier de la Numidie ; et à mesure qu'ils étaient moissonnés par le fer et engloutis avec leurs chefs par le flot toujours envahissant de la puissance romaine, ils étaient aussitôt remplacés par de nouvelles armées sous la conduite de nouveaux chefs, jusqu'à ce que la terre de Numidie, veuve de ses plus intrépides défenseurs et stérile à force d'épuisement, ait été transformée en une silencieuse solitude recouverte de ruines et d'ossements de morts ! Le cri Aux armes ! qui vient d'être poussé par les quelques vaillants réunis dans cette enceinte, ne peut avoir pour écho au dehors que les tombeaux de nos pères.

— *Mazippa.* Il aura pour écho toutes les poitrines des Numides montagnards, des Gétules et des Musulans.

— *Les chefs de tribu.* Oui ! oui !

— *Mazippa.* Si nous avons l'avantage sur l'ennemi, dans la première rencontre, si après ce premier succès, nous pouvons seulement tenir pendant six mois, jusqu'à l'arrivée des frimas d'hiver, alors que nos montagnes sont inaccessibles, le printemps prochain notre armée se sera grossie de tous les ennemis que Rome compte dans toute l'étendue du nord de l'Afrique et peut-être plus loin encore.

— *Le Sage.* Le jeune Mazippa vient de parler comme je l'eusse fait sans doute à son âge : il voit les choses telles qu'il les désire. Souffrez que je parle avec l'expérience d'un vieillard et que je voie les choses telles qu'elles sont. (Attention marquée.) Et d'abord, que sommes-nous et quelles sont nos ressources comparativement à la puissance romaine ? Prenez une balance ; mettez l'Indépendance numide sur un plateau et Rome sur l'autre, et vous comprendrez, par l'immense disproportion de leurs poids, quelles chances de succès nous pouvons espérer dans un conflit avec le colossal empire des Césars. Je n'ai pas à examiner la valeur de l'hypothèse d'une insurrection future des ennemis que Rome compte en Afrique, puisque cette problématique levée de boucliers est subordonnée à un premier avantage de notre part, avantage qui est plus problématique encore.

— *Mazippa.* Si nous ne pouvons vaincre, nous saurons mourir glorieusement. (Sensation.)

— *Le Sage.* Mourir glorieusement est sans aucun doute la meilleure manière de sortir de cette vie ; mais sommes-nous assemblés pour chercher quelle est la meilleure manière de mourir ? Délégués des Numides indépendants, je vous le demande, est-ce là ce qu'attendent de nous ceux que nous représentons ? Pères et fils de famille, répondez la main sur votre cœur : est-ce l'espoir ou le désespoir que nous voulons apporter à nos femmes et à nos vieillards ? (Morne silence.) J'adjure le prince Mazippa de répondre, car j'ai besoin de savoir si un cœur d'homme palpite en lui sous la cuirasse du guerrier ?

— *Mazippa.* Je voudrais leur apporter l'espoir dans la liberté.

— *Le Sage.* Penses-tu que je veuille la servitude ?

— *Mazippa.* Je pense que nous n'avons à attendre de Rome que l'esclavage ou la mort.

— *Le Sage.* Alors c'est le désespoir.

— *Mazippa.* Est-ce ma faute s'il n'est d'autre issue à notre fatale situation qu'une guerre désespérée !

— *Le Sage.* C'est-à-dire le suicide..... le plus grand crime qu'une nation puisse commettre. Mais le jeune Mazippa est donc initié aux secrets des dieux et aux destinées de la Numidie, pour affirmer que telle est notre situation?

— *Mazippa.* O toi qui as plus d'expérience que moi, connais-tu une autre issue?

— *Le Sage.* Oui certes; mais avant d'en faire part à l'auguste assemblée, je désirerais savoir si parmi les vieillards qui m'honorent de leur attention, il ne s'en trouverait pas qui aient connu autrefois le prince Manassès, petit-fils de Jugurtha.

— *Un vieillard.* Plusieurs d'entre nous avons combattu sous ses ordres. Nous avons été bien justement punis pour ne pas avoir suivi les conseils de sa haute sagesse! Il mourut martyr de son dévouement à la cause publique. Comme toi il s'efforçait de nous détourner de la guerre, nous suppliait à tout prix d'éviter un conflit avec Rome, qui ne cherchait qu'un prétexte pour nous anéantir.

— *Le Sage.* Alors la nation numide était encore puissante, tandis que Rome, affaiblie et déchirée par la guerre civile et divisée par les partis d'Antoine et d'Octave, ne pouvait s'occuper que très-secondairement des affaires extérieures. L'occasion pouvait donc paraître très-favorable à une insurrection contre son despotisme, et je ne sais si moi-même, en pareille occurrence, je n'eusse pas été pour la guerre..... Et cependant, les désastres qui suivirent la vaste insurrection de la Numidie, de la Gétulie, de la Marmarique, de la Cyrénaïque et d'autres nations voisines donnèrent malheureusement raison à l'opinion de Manassès; or, cette opinion est celle que je défends aujourd'hui avec de bien plus puissants motifs que ce prince n'en invoquait alors, puisque les chances de succès que nous pouvions avoir à cette époque de lugubre mémoire sont diminuées de tout ce que la Numidie a perdu et de tout ce que Rome a gagné en puissance. Si Manassès put s'écrier alors prophétiquement : « La guerre avec Rome est le démembrement du royaume de Numidie, » je puis m'écrier aujourd'hui : la guerre, c'est notre extermination !

— *Un vieillard.* Que devons-nous donc faire ?

— *Le Sage.* Agir à la façon des peuples policés : dissimuler puisque nous ne pouvons lutter avec avantage ; opposer la ruse à la violence ; ne pas avoir l'air de nous effrayer de l'arrivée des Romains ; accueillir en apparence le proconsul comme notre ami ; nous montrer tout disposés à souscrire aux volontés de l'empereur et le seconder même dans ses projets ; éviter avec le plus grand soin de lui fournir le moindre prétexte de sévir contre nous ; nous faire plus pauvres et moins nombreux encore que nous ne le sommes : à cet effet, faire reprendre, dès demain, le chemin du désert à la plus grande partie de nos troupeaux, de nos femmes et de nos enfants, mais insensiblement et sans aucun tumulte. Quant aux hommes capables de porter les armes, les envoyer nuitamment chez les Gétules et les Musulans, nos amis, où ils se tiendront prêts à revenir au premier appel en cas de guerre.

Voici maintenant les principaux motifs de cette conduite : il importe d'abord de n'exciter la convoitise ni du général romain ni de son armée, soit par la vue de nos troupeaux et de nos jeunes femmes, soit par la vue de nos jeunes hommes dont ils voudraient faire des soldats. L'empereur a la prétention de passer aux yeux du monde et de la postérité pour un prince

juste et humain, quoiqu'il soit le plus grand despote
de la terre ; il veut que l'histoire dise de lui qu'il n'a
fait la guerre aux *barbares* que pour les policer ou, ce
qui est la même chose, dans leur intérêt. (Sourires
ironiques.)

— *Mazippa :* Ainsi, ce fut dans l'intérêt des Carthaginois que Scipion détruisit Carthage !

— *Le Sage.* Comme ce fut dans l'intérêt des Gaulois que son oncle Jules-César livra au pillage et aux
flammes plus de trois cents cités et qu'il tua ou fit
égorger plus d'un million d'hommes, sans compter
les millions d'esclaves qu'il fit vendre sur les marchés
romains..... Et c'est pour cela que Jules César est
glorifié comme un grand génie par les historiens et
qu'il est adoré comme un dieu par le peuple romain !
Mais faisons taire notre juste indignation ; car dans
les circonstances critiques où nous sommes placés
nous avons besoin de calme et de sang-froid. Laissons donc le tyran Auguste couvrir ses crimes de la
toge de la justice. Faisons semblant, je le répète, de
croire à ses bonnes intentions à notre égard ; mais
gardons-nous bien de nous endormir tant que le lion
sera dans nos montagnes. Veillons au contraire plus
que jamais à la conservation de la nationalité numide
dont nous sommes la dernière espérance. Numidie
des Syphax, que sont devenus tes innombrables
troupeaux, tes fécondes campagnes et tes opulentes
cités? Numidie des Jugurtha, où sont ces nuées de
cavaliers qui, rapides comme l'ouragan, tourbillon-
naient autour des légions de Métellus, les harcelaient
sans cesse, les surprenaient dans leur camp où ils
tombaient comme la foudre et disparaissaient comme
l'éclair? Hélas vous n'êtes plus ! et, je le dis avec douleur, vous ne pouvez revivre dans les quelques peu-

plades réfugiées dans ces montagnes : car elles ne forment plus ni un peuple, ni une nation.....

— *Une voix.* Que sommes-nous donc ?

— *Le Sage.* Les pâles débris d'un corps dont Rome a dispersé les membres aux quatre points cardinaux de l'Empire ; l'ombre d'une existence qui n'a plus de nom, depuis que l'ancien territoire de la Numidie a été déclaré par le Sénat province romaine..... Et cependant, tant qu'il y aura des Numides au cœur desquels brûle le feu sacré de la patrie, la Numidie n'est pas morte : elle vit encore dans tous ceux qui, comme vous, sont prêts à lui sacrifier leur vie.....

— *Tous.* Oui, oui !

— *Le Sage.* Je me réjouis donc, et je rends grâce aux dieux de ce que vous préférez la mort à l'esclavage. (Étonnement et chuchottements animés.)

— *Mazippa.* Écoutons !

— *Le Sage.* Eh bien ! ce n'est, pour le moment, ni votre sang, ni vos biens que la patrie réclame de vous : ce qu'elle vous demande, par ma faible voix, c'est de vous unir, de sortir de votre isolement, de votre fractionnement, qui n'ont fait jusqu'à ce jour de l'Indépendance montagnarde qu'une agglomération incohérente de peuplades, de tribus, de familles sans lien, sans solidarité et conséquemment sans force, soit pour créer les richesses de la paix, soit pour faire la guerre avec avantage.

Il y a dans l'indépendance des Numides montagnards de précieux éléments pour refaire un peuple, une nation, une nouvelle Numidie qui peut devenir plus grande, plus riche, plus puissante et plus viable que l'ancienne ; le monde des Césars porte dans ses flancs des causes de dissolution qui sont inhérentes à sa constitution même et qui le feront mourir peut-être

sans secousses, sans qu'il s'en aperçoive, pour ainsi
dire, comme ces malades de poitrine qui s'éteignent
avec les apparences de la santé..... Alors, il vous sera
loisible de rentrer en possession de l'ancien territoire
de la Numidie que vous aurez purgé de la présence
des Romains dégénérés.

Je vous dis en vérité que cela arrivera si vous savez
attendre l'heure, et si, en attendant, vous savez vous
unir et agir comme un seul homme : le voulez-
vous ?

— *Tous.* Nous le voulons !

— *Le Sage* (déroulant un parchemin). Eh ! bien,
voici le pacte d'union que je propose à la sanction de
l'auguste assemblée :

SERMENT NUMIDE.

« Par les mânes sacrés de Syphax, de Jugurtha, de
» Juba et de tous les guerriers qui sont morts pour
» la défense de la Numidie ; sous le regard bienveil-
» lant de la reine des nuits et de sa brillante cour ;
» par l'astre immortel qui anime et réchauffe l'univers,
» au nom des divins génies qui veillent sur la Nu-
» midie du haut du sacré Tumar,

» Nous, délégués des Numides montagnards, la
» main sur l'urne vénérée qui renferme les cendres
» de Syphax, promettons, sous le sceau du serment,
» de vivre à jamais unis soit dans la paix, soit dans
» la guerre contre les ennemis de notre indépen-
» dance.

» Que les parjures et les traîtres soient punis de
» mort !

» Paix et secours à nos amis et alliés ; haine et mort
» à nos ennemis ! »

Tel est le serment que je propose à l'auguste assemblée.

— *Tous les membres.* Nous l'adoptons.

— *Le prince Kyphox.* Jurons, sur l'urne sacrée de Syphax, de l'observer religieusement.

— *Tous les membres* (debout et les mains levées et tendues vers la statue de Syphax) : Nous le jurons !

— *Le Sage.* Je propose d'envoyer dès le point du jour, une ambassade au général Cossus afin de lui faire part de nos dispositions pacifiques.

— *Mazippa.* Nul n'est plus propre que toi à remplir cette mission.

— *Tous les membres de l'assemblée.* Oui, oui.

— *Le Sage.* Souffrez, dès lors, que je me retire afin d'aller faire mes dispositions. (Il sort de la salle.)

Kyphox, qui allait pour accompagner Manassès, reste, sur un signe de ce dernier.

— *Mazippa.* Je propose à l'auguste assemblée de procéder d'urgence, avant de se retirer, à l'élection des princes (présidents) des trois conseils.

Cette proposition étant adoptée, on nomme par acclamation Mazippa, prince de la guerre et Kyphox, prince de la paix.

— *Mazippa.* Je propose d'élire comme prince du grand conseil le vénérable auteur du serment.

Tous (d'une voix unanime). Oui, oui.

— *Une voix.* Quel est son nom ? (Personne ne répond.) Eh quoi ! il n'est connu d'aucun membre de l'assemblée ? (Marques d'étonnement.)

— *Kyphox.* L'auteur du serment numide n'est sans doute pas un simple mortel. Je le soupçonne d'être le génie tutélaire de la Numidie qui aura revêtu la forme humaine pour pouvoir paraître dans cette

enceinte et nous sauver par la sagesse de ses conseils.

A ce moment, l'un des Numides préposés à la
garde de l'entrée du mausolée vient annoncer à
Kyphox que deux étrangers demandent à lui parler.

IV

Kyphox étant sorti, reparaît bientôt, tenant par la
main Pétréius, qu'il présente à l'assemblée comme
son ami et comme un ennemi des Romains, venant
mettre sa glorieuse épée et sa vieille expérience dans
l'art de la guerre au service de l'Indépendance numide.

Pétréius, sous la riche armure dont le roi des Massésyliens lui a fait présent, semble rajeuni de vingt
ans. Il porte avec aisance le casque et la cuirasse
d'airain rehaussés d'or et d'argent. Son mâle visage,
son allure assurée imposent et commandent l'attention. Invité par Kyphox à faire part à l'assemblée de
sa démarche auprès du roi Juba, Pétréius s'exprime
en ces termes :

— Avant de rendre compte à l'auguste assemblée
de la mission que je me suis donnée dans l'intérêt de
la sainte cause de l'Indépendance numide, qui est ma
propre cause, puisque je suis Numide, je dois vous
informer que l'armée romaine s'avance à marches
forcées et que nous la verrons camper, sous peu de
jours, aux pieds de l'Ousargala... si toutefois nous la
laissons faire. (Agitation.)

— *Kyphox*. Il faut bien laisser faire ce que nous
ne pouvons empêcher.

— *Pétréius*. Si les fiers Numides entendent défendre
leur Indépendance en laissant faire Rome qui nous
apporte des fers.... (Agitation croissante.) S'ils ont

pris cette courageuse résolution, dès lors, ce que je me proposais de communiquer à cette assemblée devient inutile et je n'ai qu'à me retirer. (Pétréius va pour sortir.)

— *Un grand nombre de voix.* Non, non ! (Mouvement et cris désordonnés.)

— *Mazippa.* Le digne Kyphox est prince de la paix, et, en parlant comme il vient de le faire, il n'a exprimé, j'ose le croire, que les sentiments du conseil des vieillards.

— *Un vieillard.* Il n'a pas exprimé les miens.

— *Plusieurs vieillards.* Ni les nôtres. (Bruit.)

— *Kyphox.* Je vois avec une profonde douleur que l'assemblée a déjà oublié les conseils de la sagesse.

— *Mazippa.* Est-ce à dire qu'un peuple n'est pas sage parce qu'il veut être libre ?

— *Kyphox.* Il n'est pas sage lorsqu'il veut entreprendre une lutte où il doit succomber indubitablement ; il n'est pas sage lorsque, avant d'employer les moyens extrêmes, les moyens désespérés, il ne veut pas essayer de l'arme du faible, la ruse ou la soumission apparente aux volontés du plus fort. Employons d'abord les moyens qui nous ont été suggérés par celui que nous venons de nommer prince du grand conseil ; nous serons toujours à temps de mourir les armes à la main. Montrons plus de constance et de fermeté dans nos résolutions. Du reste, vous me connaissez tous ; j'ai fait mes preuves sur vingt champs de bataille, et je ne suppose point que le jeune Mazippa, qui n'a pas encore vu l'ennemi...

— *Mazippa.* J'espère le voir bientôt.

— *Kyphox.* Et dont le beau visage n'est pas dégradé comme le mien par les cicatrices de Mars...

— *Mazippa.* Je tiens de pareilles dégradations pour

des embellissements : elles sont les meilleurs titres
de noblesse ; et c'est pourquoi j'estime le guerrier
Kyphox pour le plus beau et le plus noble d'entre
nous. (Marques nombreuses d'approbation.)

— *Kyphox.* Si tes paroles sont un compliment, je
n'y suis point sensible ; si elles sont une raillerie, je
les dédaigne…; car, nous ne sommes ici ni pour nous
complimenter, ni pour nous injurier.

— *Plusieurs voix.* C'est vrai.

— *Kyphox.* Je reprends. Je ne suppose point, dis-
je, que le jeune Mazippa ait l'intention de me donner
des leçons de bravoure.

— *Mazippa.* Je m'incline au contraire devant ta
vieille expérience de la guerre.

— *Pétréius.* Pour moi, si je soutiens un avis contraire à celui du prince Kyphox, mon illustre ami, ce
n'est pas que je mette en doute son grand courage :
j'ai souvent combattu à côté de lui, et je dois déclarer hautement que nul guerrier n'attaqua l'ennemi
avec plus d'intrépidité. Je suis bien convaincu que
s'il est en ce moment partisan de la paix, ce n'est pas
sans de graves motifs ; mais je suis certain que lorsqu'il connaîtra la bonne nouvelle dont je suis porteur…

— *Kyphox.* Que Pétréius me prouve que nous pouvons faire la guerre avec quelques chances de succès,
et je le jure par mes nobles aïeux, je me réjouirai de
verser mon sang pour la défense de notre liberté.

— *Mazippa.* Et moi, je jure de me démettre du
commandement de l'armée de l'Indépendance pour
marcher sous tes ordres. (Explosion de sentiments de
satisfaction. — Kyphox serre les mains de Mazippa).

— *Kyphox.* Merci, mon fils ! De pareils sentiments
témoignent d'un patriotisme dont je suis heureux

d'avoir provoqué l'explosion. Hâte-toi, Pétréius, de nous faire part de la bonne nouvelle.

— *Pétréius.* J'ai vu le roi Juba et j'ai pu m'entretenir longuement avec son principal ministre. Il s'intéresse vivement à notre sainte cause, admire notre persévérance, et il m'a promis de nous aider en secret de son argent et de ses soldats contre les Romains qu'il hait autant que nous. Il a été convenu que les troupes auxiliaires, qu'il sera censé envoyer au secours du général Cossús, seront commandées par un chef dévoué à notre cause et qui se laissera surprendre par notre armée afin de couvrir sa défection envers Rome. Du reste, sur ma demande et afin d'avoir des garanties réciproques, Juba m'a fait accompagner par son ambassadeur chargé de pleins pouvoirs pour traiter avec les chefs de l'Indépendance numide. L'envoyé du roi attend à l'entrée de cette enceinte qu'il vous plaise de le faire introduire.

— *Tous les membres de l'assemblée.* Qu'il paraisse.

Lucius Lupus est introduit. Il porte le costume numide.

V

— *Lupus.* Au nom du très grand, très pieux et très puissant Juba, deuxième de nom, roi des Massesyliens, mon auguste maître, qui m'envoie auprès de vous, salut et amitié aux très nobles, très vaillants et très dignes chefs de l'Indépendance numide.

— *Kyphox.* Salut et amitié au très haut ambassadeur du roi Juba, très illustre par son savoir, très magnanime, très juste, très grand et très puissant prince des Massesyliens nos frères. Notre ami Pétréius nous a fait part des bonnes intentions de ton royal maître. Dis-nous comment il veut traiter avec l'Indépendance numide et quelles sont les garanties qu'il exige de notre alliance avec lui.

— *Lupus.* Ce que le prince Juba vous demande est autant dans votre intérêt que dans le sien. Il attend des chefs de l'Indépendance numide : premièrement le secret le plus inviolable touchant le traité d'alliance offensive et défensive qu'il consent à faire avec vous ; deuxièmement, il a besoin, avant d'agir contre les Romains, nos communs ennemis, de connaître l'état des forces dont peut disposer l'Indépendance montagnarde ; troisièmement, quels sont les principaux chefs avec lesquels il puisse se mettre directement en rapport par ses agents secrets ; quatrièmement, il demande que vous ne commenciez aucune hostilité contre l'armée de Cossus, sans en être préalablement informé par moi son ambassadeur, ou, en mon absence, par celui que je désignerai moi-même, et enfin, sans qu'il ait donné son adhésion à vos projets et réciproquement. Au reste, voici le traité qu'il a rédigé de sa royale main et dont un double sera signé par moi, au nom de mon auguste maître, et déposé entre vos mains. Faut-il vous donner lecture du projet d'alliance ?

— *Tous les membres de l'Assemblée.* Oui, oui.

— *Lupus* (lisant). « En présence des génies immor-
» tels de la Numidie et des mânes augustes de
» Syphax ; en présence du soleil, de la lune et de la
» terre, des fleurs, des prairies et des eaux ; sous le
» regard scrutateur des dieux du ciel qui président à
» la guerre et à la paix, et qui sont témoins du pré-
» sent traité d'alliance ;

» Le roi Juba, deuxième de nom, les membres de
» son conseil, les chefs de son armée et Lucius

» Lupus, son ambassadeur très soumis, revêtu de
» pleins pouvoirs pour traiter au nom de son royal
» maître ;

» Et les chefs principaux des peuplades et tribus
» qui font partie de l'Indépendance numide ;

» Avec l'assentiment des nôtres et des vôtres ;

» Nous jurons alliance d'amitié et de paix, comme
» amis, comme compagnons et comme frères, aux
» conditions ci-après :

» Premièrement, de n'avoir d'autres amis que les
» amis de Juba et de l'Indépendance numide ; pas
» d'autres ennemis que leurs ennemis et principale-
» ment les Romains.

» Deuxièmement, l'Indépendance numide sera res-
» pectée dans tous ses droits et libertés par le roi
» Juba, et réciproquement, le roi Juba ne sera
» jamais inquiété dans la possession de son royaume
» actuel ;

» Troisièmement, l'alliance est offensive et défen-
» sive entre les contractants et leurs successeurs.

» Quatrièmement enfin, aucune partie contrac-
» tante ne pourra traiter séparément avec Rome soit
» de paix, soit de trêve, soit d'échange de prison-
» niers. »

Ce traité fut approuvé, sans modification aucune et
signé, séance tenante, par Lupus, Kyphox, Pétréius,
Mazippa et vingt autres principaux Numides. L'une
des minutes fut confiée à la garde du prince Kyphox,
l'autre resta dans les mains de l'ambassadeur de Juba.

VI

La guerre étant résolue contrairement aux sages
avis de Manassès, Kyphox n'eut pas hâte de l'infor-

mer de cette grave décision de l'assemblée. Il fut d'ailleurs beaucoup plus empressé de demander à Pétréius des nouvelles de son fils Mastabal.

Tout en chevauchant ensemble vers l'endroit du pays aurésien où l'on trouve aujourd'hui les ruines de l'ancienne Lambœsis, Pétréius répondit ainsi au désir de son vieil ami :

— A notre arrivée à Cirta, il nous fut d'autant plus facile de nous défaire des quelques chevaux que nous avions amenés, que le gouverneur de cette cité venait de donner l'ordre d'acheter trois mille chevaux pour le compte du proconsul Cossus. Après quoi, nous étant vêtus, Mastabal et moi, à la manière des plus nobles indigènes, nous pûmes assister à un simulacre de combat nautique, lequel eut lieu, pour le plaisir des royaux visiteurs (la reine Sélène et le roi Juba), dans un vaste bassin improvisé à l'endroit où l'Ampsaga (le Rhumel) fait son entrée dans le rocher sur lequel Cirta est bâtie comme un château-fort. L'ouverture du rocher étant très-étroite, on avait pu retenir, au moyen d'une grande porte d'écluse, les eaux des deux rivières qui courent du sud-est et se confondent avant d'entrer dans l'ancienne capitale de nos rois. Ce bassin était assez vaste pour que cent barques pavoisées et à double rang de rameurs y pussent manœuvrer à l'aise.

A l'issue du combat nautique, nous étant mis sur le passage du cortège royal, je m'adressai à une personne de la suite du roi pour savoir comment je pourrais obtenir la faveur de parler à ce prince :

« L'unique moyen, me fut-il répondu, c'est d'être présenté par son ministre Lucius Lupus ; mais il ne faut pas songer à voir le roi avant la fin des jeux. »

— Quand finiront-ils ?

— Demain, après la distribution des couronnes dans les jeux de l'arc et de la fronde.

— Chacun est-il libre de concourir, demande Mastabal en rougissant ?

— Oui, sans doute ; mais si telle était ton intention, mon ami, ajouta le courtisan en considérant la grande jeunesse de ton fils, je dois te prévenir que tu auras à te mesurer avec les meilleurs frondeurs et les archers les plus adroits de la Numidie.

— Je ne crains que mon frère, et il n'y sera pas, me dit timidement Mastabal.

Afin de souscrire au désir de ton fils, que j'aimais déjà comme mon enfant, j'achetai à un marchand de Palestine deux bonnes frondes, un arc et des flèches qui avaient été fabriqués à Cyrène [1].

Le lendemain, ayant fait prendre à Mastabal un bain dans les eaux chaudes de Cirta, je fis couler sur son corps une huile douce avec laquelle un esclave lui frictionna le corps afin de lui donner plus de souplesse. Puis, revêtu de la tunique blanche et longue des nobles massésyliens et chaussé du brodequin carthaginois, je lui fis prendre ses frondes avec un sachet de balles de plomb, son arc et son carquois, et nous nous rendîmes sur le petit plateau qui domine la ville du côté du levant.

VII

L'ouverture des jeux, continue Pétréius, se fit aussitôt après l'arrivée des augustes visiteurs, au milieu d'un concours de plus de vingt mille specta-

1. Capitale d'une ancienne colonie grecque.

5.

teurs, sans compter la garnison romaine et les quelques centaines de cavaliers massésyliens qui escortaient les royaux époux.

On commença par l'exercice de la fronde. Les frondeurs étaient très-nombreux. On tira au sort pour prendre rang ; et les dieux voulurent que le nom de Mastabal sortît des premiers. Le but était placé à une distance de cent vingt pas. Les six premiers frondeurs n'ayant pu le toucher, ton fils s'avance à son tour et, aux applaudissements des spectateurs, sa balle frappe au milieu du disque. Un seul entre tous les concurrents ayant atteint le but, les juges décidèrent que la couronne serait adjugée à celui des deux concurrents qui frapperait de nouveau dans le disque ou qui se rapprocherait le plus du point central ; mais seule la balle de Mastabal ayant frappé le but pour la deuxième fois, la couronne lui fut adjugée.

C'était une couronne d'argent en feuilles de laurier qu'il reçut à genoux des mains de la reine. On dit que cette princesse, frappée de la beauté de Mastabal, faillit laisser tomber la couronne en la posant sur sa tête.

On passa ensuite à l'exercice de l'arc, dans lequel ton fils, s'étant encore distingué entre tous, après de longs débats, reçut, pour la seconde fois, une couronne d'or de la main de la reine Sélène, qui chargea secrètement une personne de sa suite de prendre des renseignements touchant notre jeune héros.....

— Le sage ne s'est pas trompé, se dit Kyphox à part lui.

— Profitant de l'occasion que les dieux semblaient m'offrir, je m'empressai de dire que j'étais parent de Mastabal ; que j'étais venu de loin pour solliciter la faveur d'être présenté au roi.

Le soir même j'étais reçu par son premier ministre

Lucius Lupus, qui voulut connaître auparavant les motifs de ma démarche; mais sur ma réponse que seul le roi devait en être instruit, le discret ministre n'insista point, ajoutant qu'il allait de ce pas solliciter lui-même du roi son maître l'honneur que j'ambitionnais.

Bientôt, je fus introduit auprès de Juba, qui invita L. Lupus à rester. Sur l'observation que je ne craignis point de faire que l'objet de la haute mission dont j'étais chargé auprès de son auguste personne, ne pouvait être connu que du roi, du roi seulement, ce prince me répondit : « Juba et L. Lupus ne sont » qu'une et même personne politiquement parlant : » de même que la vue de l'homme se compose d'un » organisme qui n'est double qu'en apparence, de » même le chef de mon gouvernement est une indi- » vidualité qui s'appelle JUBA-LUPUS. Vouloir ne » parler qu'à l'une de nos deux personnes est aussi » difficile que de vouloir ne te montrer qu'à un seul » de mes yeux tandis que l'autre serait ouvert. »

Après des paroles et une volonté aussi formelles, je n'hésitai point à m'expliquer; mais au moment où j'allais commencer mon discours, une esclave de la reine vint annoncer au roi que la princesse était très-souffrante et qu'elle demandait à le voir.

« Mon ministre, me dit le prince en se levant précipitamment, recevra la communication. Je ratifie d'avance ce qu'il fera dans sa sagesse. »

Ce fut donc à Lupus que je dus m'ouvrir puisque aussi bien les immortels semblaient vouloir qu'il en fût ainsi, dans l'intérêt de notre sainte cause.

— Je ne suis ni Romain ni ami de Rome, dis-je franchement au tout-puissant ministre; je suis proscrit et Numide de naissance et de cœur.

— Si j'ai parlé en ta faveur au roi, qui est toujours resté Numide au fond de l'âme, c'est que j'ai cru découvrir sous ton déguisement un ennemi de la tyrannie romaine.

— Tu ne t'es point trompé, puisque Pétréius est mon nom.

— Pétréius, le fidèle et courageux compagnon d'armes de l'infortuné Juba, l'auguste père du roi ! s'écrie Lupus en me pressant les mains avec l'expression de la plus vive sympathie.

Après lui avoir fait en quelques mots le récit de mes nombreuses pérégrinations et des persécutions dont j'avais été l'objet de la part d'Auguste, abordant la question principale : le projet d'insurrection des Numides montagnards, je lui démontrai combien il nous serait facile, avec l'aide de Juba, d'anéantir le peu de forces que Rome a éparpillées sur une aussi vaste étendue de pays.

Le projet parut si grave et si important aux yeux de ce ministre, qu'il crut devoir, malgré les pleins pouvoirs dont il était revêtu, en conférer avec le roi.

Le lendemain je fus conduit dans les appartements les plus reculés du puissant favori où celui-ci m'attendait. Lupus m'annonça que Juba approuvait le projet d'insurrection, qu'il nous aiderait de ses trésors et de ses soldats, et enfin qu'il l'avait chargé lui-même de venir traiter avec les principaux chefs de l'Indépendance numide. — Tu sais le reste.

— Et mon fils, demanda Kyphox ?...

— Mastabal..... a été invité à rester dans la maison royale comme compagnon d'études du plus jeune des frères de la reine Sélène ; ce à quoi je l'ai engagé, ne doutant pas de ton assentiment.

— Qu'est-ce à dire? s'écrie Kyphox en fronçant le sourcil.....

— Le ministre du roi, se hâte de dire Pétréius, me croyant le père de Mastabal, m'a prié de le laisser à la cour, ajoutant qu'il veillerait sur lui comme sur son enfant, me faisant entrevoir la brillante carrière qui s'ouvrait devant le jeune Mastabal, grâce au vif intérêt que son triomphe dans les jeux publics avait inspiré à la reine. Du reste, j'ai agi dans cette circonstance.....

— Comme je ne l'eusse point fait moi-même.

— Pourquoi cela ?

— Parce que je tiens pour empoisonné l'air qu'on respire à la cour des tyrans.

— Juba est un prince numide et de plus ton parent.....

— Oui, mais la jeune reine est fille d'un Romain et de Cléopâtre dont elle a, dit-on, sucé les déréglements avec le lait. Je ne veux pas, d'ailleurs, que mes enfants se civilisent à la manière des Romains, et je sais que la cour de Juba est toute romaine.

— Il est vrai...., du moins extérieurement. Eh ! bien, je prierai le ministre Lupus de nous renvoyer Mastabal.

— Au plus tôt.

— Au plus tôt, répéta Pétréius, qui ne comprenait pas les craintes du sévère Numide.

VIII

De retour dans sa mapale, Kyphox se hâta de tracer quelques lignes sur un très-mince parchemin qu'il roula autour d'une flèche enduite de cire molle, et ayant mandé un archer de confiance, il l'envoya au Tumar avec les instructions nécessaires.

Quant à Lupus, à l'issue de l'assemblée du tombeau de Syphax, il était monté à cheval avec une escorte de vingt cavaliers massésyliens.

En s'éloignant, Lupus avait dit à Prétréius, à Kyphox et à Mazippa : « A bientôt. Quoi qu'il arrive, » alors même que vous verriez paraître l'armée ro- » maine, ne bougez point, mais tenez-vous sur la dé- » fensive et attendez, avant d'agir, l'arrivée de la ca- » valerie massésylienne. Tout mouvement précipité, » tout engagement isolé avec la troisième légion, qui » est composée des meilleures troupes de l'empire, fe- » raient avorter nos projets. »

Avant de suivre le ministre de Juba sous le pavillon du général romain, lequel, suivant leurs secrètes conventions, devait l'attendre entre Cirta et Thamugadis, à une journée de marche du plateau lambésien, disons ce qu'était cet homme dont l'habile perfidie tendait un piège affreux aux Numides montagnards et trompait la confiance de Juba, en lui faisant jouer un rôle infâme, sans que ce prince s'en doutât.

Quand l'empereur Auguste offrit au jeune Juba — qu'il avait fait élever à sa cour, — la main de la belle Sélène, fille de Cléopâtre et de Marc-Antoine, et le trône de son père (Juba Ier), il lui donna ou plutôt lui imposa, comme ministre *modérateur* (*moderator*), Lucius Lupus, lequel avait pour mission secrète d'informer l'empereur de tous les faits et gestes de ce jeune roi, vassal de Rome. Lupus était l'un de ces rusés espions qu'Auguste n'avait pas honte d'entretenir auprès de toutes les cours et chez toutes les nations amies ou alliées de l'empire. Cet espion-ministre avait su, par son activité, par ses connaissances administratives et par un zèle apparent, si bien imposer à Juba, que ce prince, d'ailleurs passionné pour les lettres, fut bien aise de pouvoir partager avec son premier ministre les soins de son gouvernement. De là, cette confiance sans borne qui appert des paroles qu'il adressa à Pétréius, et dont l'accent de sincérité fit tomber tête baissée dans le piège ce vieux guerrier, malgré sa longue expérience de la perversité et de l'astuce des hommes de cour.

J'ai dit que l'espion d'Auguste trompait la confiance de Juba à l'endroit de l'Indépendance des Numides montagnards, et voici comment. Connaissant la loyauté de ce prince et sa répugnance à faire la guerre même contre ses sujets révoltés, les Mauro-Gétules, à plus forte raison contre les montagnards de l'Ousargala et du Phurézon, qui ne lui avaient donné aucun motif de mécontentement sérieux, Lupus, qui s'étudiait avant tout à être agréable à Auguste, voulait forcer la main au roi des Massésyliens au moyen du traité d'alliance offensive et défensive qu'il avait conclu avec l'Indépendance numide et signé au nom du roi. Quoique sans valeur, ce traité plaçait le prince maure dans l'alternative ou de desservir les intérêts de Rome en le désavouant, ou de laisser s'accomplir, en son nom, un attentat infâme qui le rendrait à jamais exécrable aux yeux de tous les Numides. C'est pourquoi l'astucieux ministre, ne voulant pas laisser à ce prince même le choix de cette alternative, trouva dans son génie infernal le moyen de faire concourir Juba à l'accomplissement de cet attentat.

Avant de partir de Cirta avec Pétréius, il écrivit au général Cossus pour lui faire part de son projet et l'engager à demander au roi des Massésyliens six

mille cavaliers avec lesquels, « simulant d'aller atta-
» quer, devait-il dire au roi, les montagnards de l'Au-
» ras, il surprendrait les Mauro-Gétules au foyer
» même de l'insurrection, et, leur coupant toute re-
» traite du côté de l'Ouest, les forcerait à combattre
» ou à se jeter dans le désert ; après quoi, laissant
» une forte garnison dans la grande oasis (où les Ro-
» mains établirent plus tard le *Prœsidium*[1]), il lui ren-
» verrait une partie de ses troupes auxiliaires, à
» moins, — devait-il ajouter, — que des circonstances
» imprévues ne l'obligeassent à modifier ce premier
» plan de campagne. »

On comprend toute la perfidie de ce langage et
surtout de cette dernière réserve, « à moins que des
» circonstances imprévues, etc., » dans laquelle le
général romain devait trouver, au besoin, la justifi-
cation de sa conduite ultérieure.

O astucieuse diplomatie, que de maux tu as causés !
Jusqu'à quand toute ton habileté ne reposera-t-elle
que sur le mensonge ? La simple vérité, la bonne foi
seront-elles donc à jamais bannies des relations inter-
nationales ! Grands hommes d'État, ne voyez-vous
pas quels funestes exemples donne au monde votre
déloyauté érigée en science gouvernementale ! Quand
les représentants, les chargés d'affaires des nations
se croient dispensés d'être honnêtes et moraux dans
leurs actes les plus graves, les plus solennels, comment les simples citoyens se croiraient-ils obligés de
l'être dans la sphère plus humble de leurs rapports
privés !

1. Biskra.

IX

La ville de Cirta fut choisie par Cossus pour principal entrepôt de ses approvisionnements de guerre pendant la guerre qu'il allait faire.

Afin de ne pas donner l'éveil aux Numides de la contrée, le prudent général avait calculé les marches de son armée de manière à ne passer à la hauteur de cette cité que pendant la nuit et par des chemins détournés, de sorte que le lendemain, lorsqu'on apprit à Cirta qu'une légion romaine était passée à quelques lieues de ses murs, Cossus arrivait au lieu dont il était convenu avec Lupus.

Selon la coutume des Romains, le proconsul, après avoir fait choix d'une bonne position, y fit dresser ses pavillons et il n'accorda de repos à ses soldats qu'alors que le camp fut entouré d'un fossé et de fortes palissades, quoiqu'il ne dût séjourner en ce lieu que très-peu de temps. Mais vu le voisinage des montagnes, il avait cru nécessaire de se fortifier et de placer autour du camp des sentinelles avancées.

Le soleil avait disparu derrière la vaste courbe des mers et une nuit sombre recouvrait notre hémisphère. Et n'eussent été les feux allumés de distance en distance autour du camp romain, Lupus n'eût trouvé que très difficilement le lieu où reposait cette petite armée, dans un profond silence.

— Qui va là? s'écria la sentinelle, en entendant le pas des chevaux de l'espion d'Auguste et de son escorte.

— Amis, répond Lupus en langue latine. Fais savoir au centurion que Lucius Lupus demande à parler au général Cossus.

Bientôt après, le ministre de Juba était introduit sous le pavillon prétorien.

Cossus ne dormait pas encore. Au moment où le chef du guet lui annonça la présence de Lupus, le général, couché sur un lit recouvert d'une simple peau de buffle, faisait lire par Tacfarinas, pour l'instruction de son fils Fortunatus, qu'il avait auprès de lui, l'histoire de la guerre de Jugurtha.

Tout près du glaive et du bouclier de Cossus, brûlait une lampe d'airain placée sur une espèce de guéridon grossièrement travaillé. Car ce général, se piquant de marcher sur les traces du sage Caton, dédaignait, surtout dans les camps, les objets de luxe, et n'avait pour toute maison, à ce moment, que les trois esclaves et le gouverneur de son fils. Il avait envoyé à Thamugadis Ennia Saturnina, sa femme, et Valéria Caïa, sa fille.

Le proconsul accueillit avec empressement le ministre de Juba, le fit asseoir familièrement auprès de lui, et le colloque suivant s'établit entre les deux personnages :

— J'ai reçu, dit Cossus, le message du roi Juba par lequel il m'annonce l'arrivée en ce lieu, dans la journée de demain, les six mille cavaliers que, par ta dernière lettre, tu m'as conseillé de lui demander ; mais, ce qui est bien plus important à mes yeux, ce sont les renseignements verbaux que tu m'as promis touchant les forces réelles et les dispositions politiques des hordes de l'Auras et du Mont-de-Fer. Parle, mon cher et très digne ambassadeur.

— Ce que j'ai à dire ne doit être entendu que du proconsul.....

— Veuillez nous laisser seuls, mon fils Fortunatus et Tacfarinas, dit Cossus à ces derniers qui sortirent aussitôt.

— L'Indépendance numide, dit Lupus, comprenant les peuplades réfugiées dans l'Auras et le Mont-de-Fer, — si nous lui donnons le temps de s'organiser, — peut mettre sur pied une armée de quatre-vingts à cent mille combattants, sans compter les secours des Gétules de l'est, des Musulans et de leurs nombreux alliés.

— Par Hercule ! il importe d'attaquer sur-le-champ les Sétifiens et les Aurasiens du côté de l'ouest. Ont-ils l'intention et sont-ils en position de résister sérieusement ?

— C'est à quoi je les ai engagés de tout mon pouvoir.

— Dans quel but ?

— Afin de te livrer leur armée sans coup férir.

Et Lupus ayant fait connaître, dans tous les détails, le piège qu'il tendait aux Numides, avec l'aide de Pétréius, le général romain, tout rompu qu'il était aux ruses de la guerre, ne put s'empêcher d'admirer le génie du ministre de Juba.

— J'aurais besoin, ajouta l'astucieux espion, d'un homme dévoué que je voudrais placer auprès du général massésylien qui m'accompagne. Il est indispensable que cet homme soit numide.

— Nous avons cet homme.

Et le général fait appeler Tacfarinas par un esclave.

— Quoique un peu jeune, Tacfarinas, numide de naissance, est l'homme qui nous convient. Élevé à Rome, il nous est entièrement dévoué.

— Je m'en rapporte à la prudence du proconsul. Je demanderai seulement que tout en offrant à Tacfarinas le grade de lieutenant du général massésylien, Cossus y mette pour condition expresse qu'il devra se conformer en toutes choses à mes ordres, fussent-ils en opposition avec ceux de son général en chef et du roi Juba lui-même.

— Soupçonnerais-tu la fidélité du roi envers l'empereur Auguste ?

— Je ne soupçonne point Juba, dont le noble cœur est inaccessible à l'ingratitude ; mais j'ai toujours peur qu'il se souvienne de la mort du roi son père et du triomphe de Jules-César, dans lequel, quoique fort jeune encore, il figura enchaîné à côté du gaulois Vercingétorix ! Je connais d'ailleurs son faible, je pourrais dire presque ses sympathies pour les Numides montagnards ses compatriotes. Voilà pourquoi j'ai dû lui laisser ignorer une partie de mes projets.

— Eh bien ! nous le sauverons malgré lui, puisqu'aussi bien j'en ai reçu l'ordre de l'empereur...

L'arrivée de Tacfarinas et de Fortunatus suspendit ce colloque.

X

— Tacfarinas, lui dit le proconsul, je veux te donner un haut témoignage de la confiance que m'inspirent ton zèle et ton dévouement à la personne sacrée de l'empereur.

— Mon bras et mon cœur sont à César.

— Je te nomme, au nom de l'empereur Auguste et du Sénat, préfet de cavalerie auxiliaire sous le commandement en chef du général des Massésyliens dont le roi Juba m'annonce l'arrivée très incessamment ; mais, vu l'inexpérience de ton jeune âge, il est convenu que tu devras prendre conseil de Lucius Lupus, ministre plénipotentiaire du roi Juba, et ne rien faire contrairement à ses avis, fussent-ils en opposition avec les ordres du général massésylien qui a nom Masgaba.....

En entendant prononcer le nom de son frère, Tacfarinas faillit se trahir ; mais reprenant aussitôt son sang-froid :

— Grâce à cette condition, dit-il, qui est un encouragement et une garantie pour mon insuffisance, j'accepte.

— Voici le très éminent ministre du roi Juba, lui dit le proconsul en lui désignant Lupus, devant lequel Tacfarinas s'inclina.

— Tu es numide, lui demanda l'espion d'Auguste ?

— Je suis numide de naissance à ce que m'ont dit ceux qui me recueillirent dès ma plus tendre enfance. Car, je n'ai pas le bonheur de connaître les auteurs de mes jours ; mais par le cœur et les dieux que j'adore, je suis romain.

— Ainsi, tu n'hésiterais pas à marcher contre les ennemis de Rome, fussent-ils numides ?

— Tout ennemi de Rome est mon ennemi.

— Va préparer tes armes..... Nous partirons dès l'aube pour aller au-devant de l'armée auxiliaire.

— Père, dit Fortunatus en se jetant aux pieds du proconsul, permets que je sois le compagnon d'armes de mon ami Tacfarinas.....

— Tacfarinas, tu me réponds de Fortunatus.....

— Comme de mon frère.

— Embrasse-moi, mon fils..... Et toi, cher Tacfarinas, voici l'épée que portait, dit-on, Juba Ier à la bataille de Tapsus. C'est un présent du divin César, elle te portera bonheur.

« Augustes mânes de Juba, dit mentalement Tacfarinas, en recevant, un genou à terre, cette arme précieuse, puissé-je m'en servir pour vous venger ! »

Quand les deux jeunes hommes se furent retirés, voici ce qui fut convenu entre le proconsul et Lupus: Afin de laisser croire aux chefs de l'Indépendance numide que Masgaba, suivant le traité d'alliance, avait réellement reçu l'ordre de Juba de passer de leur côté avec armes et bagages, la cavalerie auxiliaire irait prendre position entre le tombeau de Syphax et le *Lac-Royal*[1], tandis que l'armée romaine entrerait dans cette vallée pendant la nuit, et la remonterait jusqu'au lieu où est situé Batna, mais où il n'y avait alors que quelques huttes de bergers.

L'armée de l'Indépendance ne se méfiant point de la cavalerie massésylienne et espérant qu'elle irait prendre par derrière l'armée de Cossus afin de lui couper la retraite, se porterait naturellement en masse vers l'ouest du plateau aurasien pour en défendre l'entrée aux Romain. Alors Cossus ferait semblant de reculer afin d'attirer les Numides, dans l'étroite vallée qui a nom aujourd'hui *Ksour-Renahya*, tandis que Masgaba, accourant à l'improviste du côté du sud-est, les ennemis se trouveraient pris de la sorte entre les troupes du proconsul et la cavalerie massésylienne. Masgaba ne devait être instruit de cette combinaison par Lupus qu'au moment d'agir.

XI

LA FÊTE DES PRAIRIES ET DES FLEURS.

Pendant ce temps, tout avait été disposé dans la principale vallée de l'Ousargala pour y célébrer le lendemain, premier jour de Nisan, la *grande fête*.

1. Aujourd'hui Sebka-Djendeli.

Afin de donner le change au proconsul romain, au cas plus que probable où il pouvait avoir de secrètes intelligences dans le pays, Kyphox, de concert avec les principaux chefs des montagnards, voulut que cette solennité fut célébrée avec la plus grande pompe.

Dès la veille, quand les ombres de la nuit eurent effacé jusqu'aux dernières traces du soleil, on vit surgir aux douze points cardinaux de la vallée autant de feux en l'honneur des douze demeures célestes où *le Seigneur des cieux* reçoit dans sa course annuelle les parfums et les adorations des célestes génies qui habitent, dit-on, les brillantes hôtelleries construites avec des diamants et des pierres diaphanes aux couleurs de l'arc-en-ciel.

A la vue des flammes, la foule, divisée en douze processions, part du milieu de la vallée où elle s'était réunie, et se dirige aux flambeaux et au son des tambours et des flûtes champêtres, vers les douze points enflammés.

En tête de chaque procession marche un vénérable vieillard, choisi par la foule pour remplir dans cette solennité l'office de sacrificateur. Il est précédé de deux jeunes hommes dont l'un porte sur ses épaules un chevreau blanc nouvellement né pour être offert en sacrifice à la Lune, et l'autre un chevreau noir pour être offert à la Nuit.

Parvenus auprès de leurs feux respectifs, les sacrificateurs, après avoir fait trois fois le tour de l'ardent bûcher, y jettent vivants, l'un après l'autre, les deux chevreaux, au son des flûtes et des tambours. Puis chaque assistant, allumant au feu sacré un faisceau de baguettes de bois de cèdre, fait le tour du bûcher et reprend le chemin de son habitation.

Chaque foyer domestique étant rallumé avec le nouvel élément, les femmes y font cuire les gâteaux de la fête des prairies et des fleurs, dont cette cérémonie n'était que le prélude.

XII

Le lendemain, avant le lever du soleil, toute la population, sans distinction d'âge et de sexe, était réunie dans la même vallée, attendant debout et les yeux fixés vers l'orient que l'astre immortel se montrât à l'horizon. Chacun, avant de revêtir ses plus beaux habits de fête, avait eu le soin de faire ses ablutions afin d'être digne de recevoir les généreux baisers de leur seigneur dieu.

A la vue des premiers rayons, on le salue par d'universelles acclamations accompagnées de musique, et dès que le dieu montra son rayonnant visage, tout le monde se prosterna par trois fois jusqu'à terre, dans un profond recueillement.

Telles on voit les abeilles sortir de leurs ruches et s'envoler dans toutes les directions, telles ces nombreuses familles de Numides, après leur pieuse adoration, se dispersent dans les prairies pour aller remplir de fleurs printanières des milliers de corbeilles d'osier nouvellement tressées pour cette solennité.

Le même jour, après le frugal repas du matin, consistant en un morceau de gâteau cuit sous la cendre, un peu de lait de chèvre fermenté auquel les plus avisés ajoutent quelques fruits secs, et longtemps avant que le soleil se montre et semble stationner au zénith de l'Ousargala, l'on s'organise pour la grande procession, en tête de laquelle les tout jeunes enfants de l'un et de l'autre sexe sont conduits par leurs mères. Ils sont couronnés de fleurs. Une large et légère ceinture de blanche laine ou de soie de diverses couleurs et à longues franges est leur unique vêtement. Les femmes qui les accompagnent sont voilées. A leur suite vient lentement un élégant palanquin surmonté de douze colonnettes recouvertes de verdure et de fleurs, et dont les plumes d'autruche qui forment les chapiteaux les font semblables à de jeunes palmiers.

Une vierge de 15 à 16 ans, celle dont la beauté et la sagesse ont réuni le plus de suffrages parmi les jeunes filles du même âge, était gracieusement assise sur ce trône ambulant : c'était la *Reine des fleurs*. Elle était couronnée de blanches roses et n'avait pour voile que les flots de ses cheveux noirs, une ceinture faite de tresses de pâquerettes et de volubilis tombant jusqu'à mi-jambe et sa pudeur virginale.

Le palanquin était porté par six jeunes vierges couronnées de branches de lierre.

Puis venait la foule des jeunes filles nubiles ; leur chevelure flottante était fixée par une tresse de joncs. Elles portaient sur la paume de la main gauche, avec la grâce orientale, des corbeilles remplies de fleurs des champs.

Elles étaient immédiatement suivies des musiciens chantant alternativement des hymnes en l'honneur des prairies, de la terre, du soleil, de la lune, avec accompagnement de musique.

Toute une population d'hommes et de femmes, répétant en chœur les refrains des chants religieux, fermait la marche.

Arrivée devant un autel de verdure, dressé dans une prairie consacrée au printemps, la reine des fleurs sort du palanquin et est conduite à l'autel par dix

6

compagnes de son choix. Là, couchée sur un lit de verte mousse, elle simule le sommeil, tandis que, passant devant elle, au son de la musique et des chants, toutes les fiancées de l'année vident sur elle leurs corbeilles de fleurs sous lesquelles elle est comme ensevelie, et vont se ranger à droite et à gauche.

Au moment où le corps des chanteurs entonne l'hymne de la résurrection de la nature, la jeune reine, se soulevant lentement, se montre debout devant l'autel où elle dépose sa couronne, puis se tournant vers la foule, elle choisit quelques fleurs dont elle fait un petit bouquet, que son fiancé, accompagné des fiancés des jeunes filles rangées des deux côtés de l'autel, va recevoir de sa main. Ainsi font les autres couples de fiancés.

Les courses, les luttes et autres jeux publics ne devant commencer que le lendemain, cette première journée s'écoula dans une douce joie, à laquelle les ombres de la nuit mirent un terme en invitant les mortels au repos.

XIII

Quand le sage Manassès reparut au Tumar, les rayons du soleil levant doraient le faîte du rocher tandis que les vallées basses et les plaines environnantes plongeaient dans une tendre vapeur de rose.

A ce moment, Adinax et Amsade sortant de la grotte, s'avançaient vers la partie orientale du plateau comme pour aller au-devant des premiers baisers du soleil. A la vue de l'astre régénérateur, les deux jeunes Numides se prosternent sur la verte pelouse pour l'adorer ; puis relevant la tête, le frère et la sœur contemplent avec ravissement ce vivant foyer de chaleur, dont l'inaltérable lumière inonde leurs beaux visages.....

En les voyant ainsi, à travers les arbustes qui les séparent de lui, Manassès s'arrête pour admirer ce vivant tableau. Son cœur et son âme poétiquement religieuse, savourent d'inénarrables délices à voir ces deux parfaites créatures, ces charmants reflets de la divinité, plus beaux à ses yeux que les rayons de l'astre immortel ; car il les aime et il sent qu'il en est aimé ; il a d'ailleurs l'espoir, presque l'assurance de revivre un jour en eux.....

Tandis qu'Adinax et Amsade couvraient de baisers les mains du vénérable vieillard, celui-ci entendit siffler au-dessus de sa tête une flèche qui alla se fixer sur le disque figuré en blanc au milieu d'une surface en planches à la partie supérieure du rocher qui regardait l'orient.

— Voilà un courrier qui m'arrive, dit le sage. Allez, mes enfants, prendre la flèche que vous voyez là-haut dans ce disque blanc.

— Il y en a deux, s'écrie Amsade ; et légers comme des chevreuils, les deux frères gravissent le rocher et rapportent les deux flèches.

La première dont Manassès déroule le papyrus était de Masgaba, lui annonçant que chargé par le général Cossus de l'armée auxiliaire du roi Juba, il avait ordre d'aller prendre une position en apparence neutre vers le nord-est du pays lambésien où il se proposait de camper le lendemain en avant du lac ; qu'il devait sa nouvelle position à Lupus, espion d'Auguste, que ce prince avait imposé pour ministre au roi des Massésyliens, lequel Lupus comptait sur lui (Mastabal) pour attirer dans un affreux guet-apens l'armée de l'Indépendance.....; mais qu'il ne pouvait

dire en quoi consistait le stratagème, attendu qu'il
ne devait en être instruit qu'au moment même de
l'exécution. Il lui faisait savoir en outre que Fortunatus avait obtenu du proconsul son père la permis-
sion de suivre Tacfarinas à titre de compagnon d'armes, et enfin que son frère serait sous ses ordres
dans le commandement de la cavalerie massésylienne.
Il terminait sa lettre en lui demandant conseil sur la
conduite qu'il aurait à tenir dans cette circonstance.
Son fidèle archer attendait sa réponse auprès du
Figuier du Salut.

La seconde flèche était de Kyphox. Il l'informait
de la résolution définitive de l'assemblée de repousser par les armes l'injuste agression des Romains, et
du traité d'alliance offensive et défensive conclu entre
l'Indépendance numide et le roi des Massésyliens.
« Nous tendons, ajoutait-il, un piège à l'armée de
» Cossus dans lequel il ne peut manquer de tomber,
» grâce à l'habileté de l'ambassadeur de Juba, qui
» nous est tout dévoué. » Il le priait de lui renvoyer
Adinax qui lui porterait la réponse à sa lettre, et de
garder Amsade au Tumar jusqu'à la fin de cette première campagne, qui ne serait pas longue.

— Suis-moi, dit le vieillard à Adinax.

Quoique profondément affligé de la folle détermi-
nation des chefs numides, Manassès ne laissa paraître aucun changement dans la sérénité de son
front, tant il était habitué à envisager avec calme les
plus grands événements. Tel le vieux marin, fami-
liarisé avec la vue du vaste abîme, voit accourir sans
sourciller les plus noires tempêtes.

Parvenu avec Adinax dans la partie la plus reculée
de la grotte, Manassès répondit en ces termes à
Masgaba : « J'arriverai à ton camp vers le milieu de

» la nuit qui suivra la journée de demain. Je deman-
» derai à être conduit auprès de toi pour te communi-
» quer un secret important. Je sais en quoi consiste
» le stratagème de Cossus et de l'ambassadeur de
» Juba. Assure-toi de la personne de Lupus qu'il
» nous faut prendre dans son propre piège. Fais garder
» à vue le fils du proconsul; mais sans qu'il puisse
» s'en douter. C'est un précieux otage qui peut nous
» être d'un grand secours. Il ne faut pas qu'il puisse
» soupçonner que Tacfarinas est ton frère.

» Mande secrètement à ton camp Kyphox, Pétréius,
» et Mazippa afin que je puisse les voir. Fais-leur
» savoir que leur salut personnel et celui de l'Indé-
» pendance dépendent de cette entrevue. Empêche ou
» du moins fais ajourner tout commencement d'hos-
» tilités contre l'armée romaine. Annonce à Cossus
» une ambassade de l'Indépendance numide pour
» traiter avec lui des conditions de notre soumis-
» sion.

» MASSYNTHA. »

Pendant qu'il roule le papyrus autour d'une flèche :
— Mon enfant, dit-il à Adinax, la gravité des circonstances où nous nous trouvons et la confiance que j'ai
dans ta discrétion, m'invitent à te dévoiler un secret
qu'il importe que tu connaisses : Amsade n'est pas ta
sœur.....

— Amsade n'est pas ma sœur ! s'écrie le jeune
homme avec une expression de joie où éclate l'amour
dont il ne s'était pas rendu compte jusque-là, mais
qu'avait deviné le clairvoyant vieillard.

— Amsade est ta cousine..... Le prince Kyphox,
ton père, a seul le droit de te dévoiler le reste du secret. Va le trouver, il a besoin de toi.

6.

Puis, lui remettant un arc : — Viens, ajoute-t-il, tu vas diriger cette flèche sur le tronc du grand figuier que tu vois là-bas au milieu des rochers. Je veux voir si tu mérites la réputation de *premier archer* que tu as acquise, m'a-t-il été dit, dans les jeux publics.

— Le tronc de ce figuier, dit Adinax, tandis qu'il bande avec aisance la corde de l'arc, présente deux fois trop de surface pour qu'il y ait du mérite à ne le pas manquer ; et lâchant la flèche sans se donner la peine de viser, l'on vit aussitôt un homme s'approcher de l'arbre, en arracher le trait, et, remontant sur un coursier, s'éloigner rapidement.

— Pour prix de ton adresse, mon ami, je te promets le plus riche diamant de l'écrin du Tumar, dit Manassès en indiquant du regard Amsade qui venait à eux..... A moins que ton cœur ait déjà fait un autre choix.

— Et quel autre pourrait avoir plus de prix à mes yeux ?

— Eh ! bien, mon enfant, embrasse ta belle fiancée.

— Une sœur peut donc être fiancée de son frère ? demande la jeune fille avec une charmante naïveté.

— A moins que tu ne préfères un autre pour époux.

— Oh ! non pas, reprit Amsade en rougissant....

Et pressée dans les bras d'Adinax, les battements de son cœur achevèrent d'exprimer, dans un autre langage, la pensée de la jeune fille.

XIV

Parvenu au *Col du Lion*, du haut duquel on voit serpenter le Tagga comme un ruban de cristal diapré au fond de la vallée du même nom, et plus loin, vers le nord, la vaste plaine de l'Ager-Soudah : à gauche les hauteurs boisées qui forment le versant sud-est du vallon d'Algésiras, arrosé par le Mériel, Adinax, dont la vue perçante est frappée d'un spectacle d'autant plus étrange qu'il n'en peut deviner la cause, arrête son cheval. Il voit distinctement comme une immense caravane de femmes, d'enfants, de vieillards, de bergers, poussant confusément devant eux de nombreux troupeaux de moutons bêlants, de bœufs mugissants, de bêtes de somme chargées de bagages accourir du nord-ouest. Ils descendaient ou plutôt se précipitaient des hauteurs du versant opposé de la vallée. Tels les flots torrentiels, gonflés par la tempête et grossissant sans cesse, roulent du faîte des montagnes et recouvrent les campagnes de leurs eaux limoneuses.

C'étaient ces mêmes populations que la fête des fleurs et des prairies avait réunies dans la vallée lambésienne, où nous les avons laissées dans l'attente des jeux publics ; un ordre implacable de Pétréius, général en chef de l'armée de l'Indépendance, les contraignait d'évacuer le théâtre de la guerre comme *bouches inutiles*..... Cette cruelle mesure, dite de *salut public*, était motivée sur ce que, avait dit cet homme de guerre, « l'expérience lui avait appris combien » les mouvements militaires furent souvent retardés, » paralysés et finalement manqués par suite des » nombreuses populations, des troupeaux et des bagages que les armées numides avaient coutume de » traîner après elles ».

Ce qui continuait à mettre le comble au désordre et aux malheurs de cette immense cohue, c'était l'arrivée de la cavalerie massésylienne qu'on avait vu déboucher du côté de Cirta et que l'on disait être l'armée romaine.

Adinax, ayant atteint les premiers flots de ces populations éperdues, apprit, non sans difficulté, —
personne ne daignait répondre à ses questions, tant
chacun s'empressait de fuir, — que ce n'était là que
les préludes de la guerre.

— Voilà, lui dit une jeune femme qui, baignée de
sueurs et de larmes, succombait sous le faix de trois
jeunes enfants, dont deux, attachés à son dos, lui en-
laçaient le cou de leurs petits bras, tandis que le troisième se cramponnait impitoyablement à ses mamelles épuisées..., voilà, lui dit cette femme, les beaux
jeux publics qu'on nous avait promis! Maudits soient-
ils, les auteurs de la guerre !

— Oui, maudits soient-ils! répètent d'autres femmes, et dans leur désespoir, elles s'arrachent les cheveux et se meurtrissent le sein.

Que pouvait répondre le jeune homme à ces malheureuses mères! Le cœur brisé, il baisse la tête et
se détourne pour pleurer ; accablé de tristesse, il remonte lentement le Tagga, afin d'éviter cette lugubre
émigration, pénètre à travers les bois, dans la vallée
d'Algésiras qu'il remonte encore, et arrive enfin dans
celle de Tezzout par le petit plateau de Bourjouli. Dans
ces derniers lieux, recouverts la veille encore de milliers de mapales, de paisibles habitants et de nombreux
troupeaux, il ne voit plus que de silencieuses solitudes.

Adinax déplore amèrement ces terribles nécessités
de la guerre, tout en poursuivant sa course vers le
nord du plateau lambésien. Apercevant un petit groupe
de cavaliers numides, il vole à leur rencontre, les priant
de lui dire où il pourra trouver le prince Kyphox.

— Aux portes de Cirta [1], lui est-il répondu.....

1. Entrée septentrionale de la vallée du Kzour-Renaïa.

— Où avec ses vieux archers, ajoute un autre, il doit faire les premiers honneurs aux Romains qui viennent visiter nos montagnes.

— Il les recevra, dit un troisième, sur un moelleux tapis de verdure, où ils se trouveront si bien, qu'ils n'auront plus envie de se relever.

— Hâte-toi, jeune homme, s'écrie enfin un autre, qui reconnaissait Adinax pour avoir remporté plusieurs fois le prix de l'arc dans les jeux publics, voilà une bonne occasion pour toi d'abattre les aigles d'or !

— Merci, frères compagnons, répond le fils de Kyphox, que les joyeux propos des cavaliers numides relèvent de son abattement ; et lançant Guimboth dans la plaine, il arrive avant la fin du jour au lieu où son père avait pris position. .

XV

Au moment où son fils l'aborda, Kyphox lisait une lettre de Lupus qui le pressait de se rendre secrètement, aussitôt après la réception de sa lettre, au camp des Massésyliens, qui venaient d'arriver, afin de s'entendre avec leur général Masgaba, sur un changement de la plus haute importance dans le premier plan d'attaque, de concert avec les généraux Pétréius et Mazippa, lesquels étaient semblablement convoqués dans le même but. Il l'invitait à prendre pour guide le messager même de la lettre, homme sûr et dévoué à la sainte cause de l'Indépendance. L'agent d'Auguste terminait sa missive par ces mots : « Je » reçois à l'instant même une lettre du proconsul » m'annonçant qu'il ne pourra arriver en vue du plateau aurasien que dans deux jours. Tu peux donc, » sans rien craindre, te trouver dans cette importante

» réunion et te faire remplacer dans le commandement
» de tes troupes par ton lieutenant. »

A peine avait-il terminé cette lecture, qu'un cou-
reur numide lui apportait l'ordre de Pétréius, général
en chef, de se rendre immédiatement auprès de lui.

— Adinax, dit Kyphox en montant à cheval, obligé
de faire une courte absence, je te confie le commandement de mes braves archers; et vous, ajouta-t-il en
s'adressant aux guerriers qui l'entouraient, vous lui
obéirez.....

— Comme à notre vieux général, répond un officier.

— Oui, oui, s'écrient plusieurs autres chefs de son
armée.

— Apprends, Adinax, dit Kyphox avant de s'éloigner, apprends — puisqu'aussi bien l'heure est venue
de nous montrer, — que Nabor est le vrai nom de
ton père, et que, par lui, tu es petit-fils du grand
Jugurtha.

L'on conçoit quel effet durent produire et dans
l'âme d'Adinax et dans l'âme des autres Numides,
qui les entendirent, ces paroles de Kyphox.

XVI

L'armée de l'Indépendance, rassemblée à la hâte,
ne s'élevait qu'à une trentaine de mille hommes. Elle
était divisée en trois corps principaux; le premier
corps, composé en grande partie de vieilles troupes,
comprenait trois mille archers, deux mille frondeurs
et deux mille hastaires, sous le commandement de
Kyphox. Par la position qu'il occupait au pied de la
chaîne montueuse qui forme le boulevard ouest du
plateau aurésien, sous la dénomination de *Portes de*

Cirta, ce corps formait l'avant-garde de l'armée numide. Le deuxième corps, commandé par Mazippa,
était presque exclusivement composé de cavaliers au
nombre de quatre mille et d'un millier de frondeurs.
Le principal et troisième corps d'armée, sous les
ordres de Pétréius, était composé de trois mille her-
cules, — ainsi appelés parce qu'ils avaient pour arme
principale une massue armée de fer, et pour tout vêtement une peau de lion, de tigre ou de panthère; —
huit mille cavaliers, trois mille hastaires et quatre
mille archers armés à la romaine. Ces dix-huit mille
hommes avaient pris position en face du grand défilé
qui s'ouvre vers le milieu de la même vallée et va
déboucher dans la plaine de Tezzout. Cette dernière
position avait l'avantage de former une ligne de défense compacte, profonde, sur laquelle pourraient se
replier au besoin Kyphox et Mazippa.

Suivant le plan arrêté de concert entre les trois
principaux chefs de l'armée de l'Indépendance, il
avait été convenu que, dans le cas où Kyphox ne
pourrait défendre l'entrée de la vallée par les *Portes
de Cirta*, il effectuerait une retraite qui aurait l'apparence d'une déroute, et ne s'arrêterait qu'à la hauteur du défilé au-delà duquel était massé le gros de
l'armée, et ferait mine de vouloir défendre l'entrée
de ce défilé, où il jetterait une partie de ses archers
afin d'y attirer l'ennemi. Pendant cette retraite de
Kyphox, Mazippa continuerait de garder ses positions
sans inquiéter la marche de Cossus; seulement à
mesure que l'armée romaine s'engagerait dans la
vallée, il replierait ses détachements les uns sur les
autres, derrière la chaîne des hautes collines qui
bornent au nord-ouest le pays lambésien, et irait
s'embusquer en toute hâte à l'extrémité opposée du

défilé où devaient s'arrêter tout à coup les fuyards et
faire volte-face aux légionnaires. Quant aux frondeurs
de Mazippa et de Kyphox, ils ne devaient se montrer
sur les hauteurs qui dominent les deux côtés du défilé,
qu'alors qu'ils verraient l'ennemi s'y engager. Enfin,
dans l'hypothèse plus probable où le général romain,
se méfiant de l'embûche, voudrait remonter la vallée
afin d'entrer par le nord-est dans le pays lambésien,
Pétréius se porterait promptement à sa rencontre à
la tête de toute la cavalerie par le côté oriental de la
vallée dont les collines bornent en cet endroit les
vastes plaines de Lambèse et de Thamugade. Alors
Masgaba, trompant l'attente de Cossus et de l'espion
d'Auguste, accourait avec ses cavaliers couper la retraite des Romains du côté de Cirta, tandis que Pétréius et Mazippa les poursuivraient par l'intérieur
de la vallée.

Au cas de non-réussite de l'un et de l'autre de ces
deux plans et dans l'hypothèse d'une défaite, les divers
corps de l'armée de l'Indépendance devaient se
disperser dans les bois et les montagnes de l'Aurès et
du Bou-Thaleb et se rallier au sud du Tumar, passer,
par petits détachements, chez les Gétules de cette
contrée, pour, de là, s'aller réfugier sur les hauteurs
inaccessibles du Mont-de-Fer, d'où l'on pourrait faire
des courses dans le pays occupé par les Romains,
ravager et détruire leurs établissements, inquiéter
constamment l'ennemi et l'empêcher finalement de
se fixer dans ces lieux.

XVII

Tandis que pleins d'une aveugle confiance dans le
ministre de Juba, les trois généraux de l'armée nu-

midé allaient se jeter dans la gueule du loup, Cossus arrivait, en grande hâte, du côté de Cirta, d'où il avait reçu des provisions de bouche et l'offre de dix mille combattants ; mais se sentant assez de forces pour le moment, et comptant d'ailleurs sur la réussite du stratagème de Lupus, il n'avait accepté que les provisions nécessaires à sa légion.

Ainsi qu'il en était convenu avec le ministre de Juba, le proconsul ne devant commencer les hostilités qu'après qu'il aurait reçu la nouvelle positive de l'arrestation des chefs numides, établit son camp dès la chute du jour derrière les hauteurs nord-ouest qui dominent de ce côté l'entrée de la vallée du Ksour-Renaïa.

Cependant, Adinax, qui malgré sa jeunesse, joignait à un grand courage la prudence de l'âge mûr, ne voulant pas se laisser surprendre par l'ennemi, avait chargé deux jeunes pasteurs, appelés *les frères jumeaux,* dont il connaissait l'audace et l'agilité, d'aller à la découverte de l'armée romaine, laquelle selon les informations qu'il venait de recevoir de plusieurs Numides, avait levé le camp et s'avançait vers l'Ousargala.

La nuit était venue : c'était une de ces belles nuits où la transparence du ciel est telle que, malgré l'absence du reflet lunaire, les scintillantes lueurs des étoiles produisent une vague clarté qui n'est ni le jour ni les ténèbres, mais qui fait que ceux qui connaissent les lieux peuvent voyager sans crainte de s'égarer. On y voyait donc ; seulement la forme des objets avait cette indécision qui fait prendre un roc pour un homme, un arbuste agité par le vent pour un cavalier. C'est justement ce qui arriva à quelques sentinelles avancées qui avaient été placées par

7

les ordres de Kyphox sur les crètes et les versants de
la gorge des collines qui forment comme des travaux
d'avancement aux *Portes de Cirta*[1]. Ces sentinelles
ayant pris pour l'armée romaine les arbustes et hautes
bruyères que faisait ondoyer la brise du soir, jettent
l'alarme en criant: « Aux armes! voilà les Romains! »

Ce cri, répété de bouche en bouche par les soldats
réveillés en sursaut, produit une frayeur qui, rapide
comme le fluide électrique, s'empare presque instantanément de toutes les imaginations. O panique, fan-
tôme de la peur et de l'ignorance, qui pourrait énu-
mérer les malheurs que tu causas! Que de sang tu fis
répandre inutilement! Que de batailles tu fis perdre
sans combattre! Mais cette fois du moins, tu servis à
faire connaître le précoce sang-froid et la bravoure
d'un jeune héros.

Les uns, cédant au mouvement désordonné qui les
entraîne d'un côté, les autres se laissant pousser dans
un sens opposé, ceux-là fuyant, ceux-ci s'efforçant
d'arrêter les fuyards..., il s'ensuit un telle confusion
qu'un grand nombre sont foulés aux pieds ou se heur-
tent les uns contre les autres et que plusieurs, croyant
avoir affaire à l'ennemi, en viennent aux mains et
périssent misérablement.

Aussitôt qu'Adinax apprend la cause de ce malheur,
qui pourrait devenir un désastre, il ordonne à ceux
qui l'entourent d'allumer des feux, en s'écriant:
« Éclairez la fuite des lâches. » Ces seuls mots, répétés avec enthousiasme, les torches de bois résineux
qu'il fait porter devant lui, l'étendard numide qu'il fi

---

1. L'on appelait ainsi les extrémités de deux défilés qui s'ouvrent du côté de Constantine, quoique cette ville en soit éloignée
de plusieurs journées de marche.

prend d'une main, la contenance fièrement martiale du fils de Nabor, le nombre des braves qui le suivent en bon ordre, tout cela arrête les fuyards.

Parvenu au sommet du principal mamelon qui commande le passage à droite et à gauche, Adinax achève de rétablir l'ordre par cette allocution : « Si » l'ombre des Romains vous fait prendre la fuite » comme des femmes éperdues, que ferez-vous donc » quand vous les verrez en chair et en os ? Que di- » raient les mânes sacrés de Jugurtha s'ils vous » voyaient céder aux inspirations de la peur ? Ils fré- » miraient d'indignation, ils vous répudieraient comme » Numides, comme les enfants de ces indomptables » guerriers auxquels il était glorieux de commander. » Eh bien ! l'immortel Jugurtha vous a vus, il vous » voit en ce moment par les yeux de son petit- » fils, par moi, à qui le prince Nabor, mon père, » sous le nom de Kyphox, a confié le commande- » ment... »

A ce moment les frères jumeaux arrivent tout es- soufflés et annoncent à voix basse à Adinax que l'ennemi approche à marches forcées.

« Mais, qu'ai-je besoin de dire qui je suis, poursuit » Adinax sans laisser paraître le moindre trouble ? » les vrais descendants des héros prouvent leur origine » par des actes ; que ceux qui veulent me connaître » me suivent ; ce fer va tracer mes titres de noblesse » sur la poitrine de nos ennemis ; car, cette fois, ce ne » sont pas de vains fantômes de l'imagination, ce sont » bien les Romains qui accourent dans l'espoir de » nous surprendre dans les bras du sommeil. Mon- » trons-leur que les Numides de l'Indépendance veil- » lent debout quand leur liberté est menacée. Mort » aux Romains ! »

— Mort aux Romains ! répètent des milliers de voix et les échos de la vallée.

Dans ce moment, la première cohorte de troupes légères, commandée par Alius Proculinus, qui avait ordre de s'emparer du principal mamelon, le gravissait à pas de loup et dans un profond silence.

Les soldats romains, se glissant à travers les arbres et les rochers dont est hérissée la partie septentrionale du mamelon, en atteignaient le sommet, lorsqu'ils entendirent l'imprécation des Numides et virent en même temps le faîte du mamelon s'éclairer. Étonnés par cette subite apparition, qui avait quelque chose de fantastique, terrifiés par les cris sauvages et l'aspect de ces hommes presque nus, que la lueur des torches et l'élévation où ils se trouvaient relativement aux Romains, faisaient paraître comme des spectres sortis du noir Tartare, les vieux légionnaires s'arrêtent comme pétrifiés : ils ont honte de fuir, mais ils n'osent avancer. Cependant, grâce à une espèce de frise rocheuse, recouverte de hautes broussailles, la cohorte n'a pas encore été aperçue par les Numides. Proculinus, voyant l'hésitation de ses soldats, veut les encourager en leur frayant le chemin ; il monte avec intrépidité, suivi de son fils Apollonius et d'une douzaine des plus résolus, et parvient le premier sur le petit plateau qui couronne le mamelon.

A la vue de l'audacieux guerrier, Adinax bondit à sa rencontre avec la fureur du lion qui se voit attaqué dans son for, dirige d'une main sûre et vigoureuse une javeline sur Proculinus ; frappé mortellement à la gorge, le chef de la cohorte s'arrête, chancelle et va tomber aux pieds de ses braves.

Ce qui se passa alors fait l'éloge et du courage des

Romains et des sentiments élevés d'Adinax, et mérite à ce double titre d'être rapporté : « Mon père !.....
sauvons le corps de mon père ! » s'écrie Apollonius ; et le jeune homme n'écoutant que la voix de sa piété filiale et peu soucieux du danger qui le menace, se tient, le glaive à la main, entre le corps de son père et l'ennemi.

Saisi d'une généreuse admiration pour le courage du jeune guerrier, qui paraît avoir le même âge que lui, Adinax s'arrête et voyant accourir les siens pour frapper Apollonius : — Arrêtez, leur crie-t-il, en couvrant la retraite du pieux Romain ; respect à l'ennemi qui accomplit un devoir sacré !

— Généreux Numide, lui dit Apollonius en abaissant son glaive, dis-moi quel est ton nom, afin qu'en l'apprenant ma mère te bénisse ?

— Le barbare Adinax, répond le fiancé d'Amsade ; et portant ailleurs ses pas, il renverse d'une énorme pierre, dont il vient de s'armer, un soldat romain au moment où celui-ci gravissait le mamelon l'épée à la main.

Ainsi furent renversés successivement par les Numides tous ceux qui essayèrent de venger la mort de leur chef.

A la vue des corps inanimés ou blessés qui roulaient sur eux avec une avalanche de pierres et des quartiers de roches, qui écrasaient tout sur leur passage, les soldats romains, saisis à leur tour de terreur, abandonnent leurs armes et redescendent ou plutôt tombent les uns sur les autres jusqu'au pied du monticule.

— Gardez à tout prix cette position, dit Adinax aux siens, lorsqu'il voit l'ennemi en déroute ; et descendant par le versant opposé, il court rejoindre ses

cavaliers massés à l'entrée de la vallée, et vers laquelle il apprend que s'avance l'avant-garde romaine commandée par Saturninus Furiosus.

Adinax s'élance sur Guimboth, et, à la tête de trois
cents cavaliers seulement, il vole au-devant des Romains, se détourne à leur approche vers la droite et
se tient silencieusement en embuscade dans l'épaisse
lisière du bois qui recouvrait à cette époque les deux
versants de la vallée.

Comment le général Cossus, qui à une longue expérience de la guerre joignait une rare prudence, s'en-
gagea-t-il de nuit dans ces défilés qu'il devait savoir
gardés avantageusement par l'ennemi? C'est que,
ayant été informé par Lupus de l'arrivée des chefs
de l'armée de l'Indépendance au camp des Massésyliens, il espérait avoir bon marché d'une armée sans
généraux.

<h1 style="text-align:center">XVIII</h1>

Quelques éclaireurs précédaient l'avant-garde romaine, qui n'était que de douze cents hommes, et
que suivait de près le reste de la légion.

Adinax laisse passer les éclaireurs, dont toute l'attention se fixait sur les feux qui brillaient aux crêtes
de quelques collines et du principal mamelon; sort
de l'embuscade avec ses cavaliers, et tombe avec une
telle impétuosité sur les flancs de l'avant-garde que
celle-ci surprise et se croyant attaquée par des forces
supérieures, ne songe pas même à résister et fuit
dans le plus grand désordre, chacun cherchant son
salut dans l'obscurité de la nuit. Les archers numides
font la chasse aux Romains à coups de flèches et les
culbutent sur les premiers rangs du corps d'armée,

en tête desquels marchaient le proconsul et Tullius
Flavius, préfet de cavalerie.

— Halte! s'écrie le général Cossus; serrez les
rangs ! chefs de cohorte et centurions formez la phalange. Flavius, distribue tes cavaliers sur les flancs
de l'armée ; tribuns, faites allumer les fascines ; soldats de la troisième légion, laissez les sauterelles du
désert venir brûler leurs ailes à nos feux et s'enfour-
cher d'elles-mêmes sur les piques de nos hastaires !

Ces ordres, donnés avec assurance et sang-froid et
répétés successivement par les officiers inférieurs,
sont exécutés par les vieux légionnaires avec cette
promptitude et cette précision qui étaient un des secrets de la supériorité de Rome sur les autres nations.

Cependant Furiosus, ayant rallié autour de lui une
cinquantaine de braves, se défend vaillamment contre
les cavaliers d'Adinax, qui essayent de couper sa retraite. Telle une troupe de sangliers, enveloppée et
harcelée par une meute de chiens, fait si bonne contenance et donne de si terribles coups de boutoirs
à ceux qui l'approchent de trop près, qu'elle parvient
à s'échapper dans les profondeurs des bois, telle la
petite troupe commandée par Furiosus, effectue sa
retraite jusqu'au corps d'armée, sans s'être laissé
entamer.

L'impétueux Adinax et ses cavaliers vont se heurter
contre les rangs de la première phalange qui, malgré,
la violence du choc n'en sont pas ébranlés. Alors, une
grêle de flèches, de javelots et de pierres lancés par
les frondeurs romains, tombe sur les assaillants, en
blesse un grand nombre et les contraint à se retirer
hors de la portée du trait, laissant plusieurs morts au
pied de ce redoutable et vivant rempart.

Le fils de Nabor, ralliant sa petite troupe :

— Compagnons, leur dit-il, nous avons arrêté dans sa marche l'armée romaine ; nous avons fait connaître aux maîtres du monde qui nous sommes : notre but est atteint. — Puis, faisant approcher l'un des éclaireurs fait prisonnier : —Jure-moi, lui dit-il en langue latine, par les mânes de tes ancêtres et par les dieux que tu adores, de rapporter fidèlement au général Cossus les paroles que je vais te dire, et je t'accorde la liberté.

— Je le jure par mes ancêtres et par les dieux du sacré Capitole, répond le soldat romain.

— Tu diras au proconsul qu'Adinax fils de Nabor et petit-fils du grand Jugurtha viendra demain au point du jour provoquer en combat singulier celui des guerriers romains qui ne dédaignera pas de se mesurer avec un barbare numide ; chaque combattant portera l'étendard de sa nation, lequel appartiendra au vainqueur. Les hérauts choisis de part et d'autre arrêteront entre eux les autres conditions du combat : maintenant, tu es libre.

Cossus, qui, entre autres qualités possédait celle de ménager le plus possible le sang de ses soldats, ne pouvant connaître, vu l'obscurité de la nuit, les forces et les positions de l'ennemi, jugea prudent de se fortifier, en attendant le jour, à l'endroit même où il s'était arrêté, après toutefois avoir fait occuper les quelques points isolés qui dominaient le lieu de la vallée où il se trouvait.

XIX

Que se passe-t-il, pendant ce temps, au camp des Massésyliens et quelle est la cause de l'agitation qui y règne? Pourquoi les soldats de Juba entourent-ils tumultueusement le pavillon de Masgaba, de Lupus et de Fortunatus? On dirait d'une sédition générale. Écoutons les propos et les cris des mécontents.

— Non, disent les uns, nous ne marcherons point contre nos frères les Numides montagnards.

— Ce serait un fratricide, s'écrie un officier qui paraît être l'âme de cette protestation armée.

— Nous les aiderons plutôt à défendre leur indépendance, disent les autres.

— Allez dire au général Masgaba, reprend l'officier, que vous n'êtes pas au service des assassins de la Numidie.

— Oui, oui, s'écrient ceux qui l'entourent.

— Faites-vous livrer Lupus et le fils du proconsul.

— Où sont-ils, demandent les soldats?

— Sous le pavillon de notre général où ils viennent de se réfugier ; suivez-moi.

Dans le même temps, voici ce qui se passait dans la tente de Masgaba, par les ordres duquel se faisait ce semblant de rébellion, vraie comédie politique, où seuls les soldats jouaient un rôle sérieux.

— Eh bien! demandait Masgaba à un de ses officiers qui venait d'entrer à la suite de Lupus et de Fortunatus, as-tu découvert la véritable cause du mécontentement?

— C'est l'arrestation des chefs de l'armée numide ; mais, le général Masgaba ne doit pas s'y tromper, ce n'est pas un simple mécontentement, c'est une sérieuse rébellion, non pas de quelques soldats, mais du camp tout entier.

— Je disais bien, s'écrie Lupus, pâle de frayeur, que cela avait un caractère fort grave.

— Je saurai bien avoir raison de cette mutinerie.

7.

— Par quels moyens, demande avec anxiété l'espion d'Auguste?

— Par la force.

— C'est un mauvais moyen, dit Lupus, et d'ailleurs puisque la révolte a gagné tout le camp, où prendrais-tu la force? Feras-tu marcher les rebelles contre eux-mêmes?

A ce même moment l'officier organisateur du tumulte et une trentaine de soldats en armes font irruption dans le pavillon, en criant : — Lupus, qu'on nous livre Lupus et le fils du proconsul.

— Ordonne mon arrestation et celle de Fortunatus, dit l'espion tout tremblant et à voix basse à Masgaba, derrière lequel il cherche à se dissimuler ainsi que derrière Tacfarinas.

— Tu le veux? demande Masgaba, avec une satisfaction qu'il a de la peine à dissimuler.

— C'est le seul moyen de nous sauver, reprend Lupus.

— Soldats Massésyliens, dit Masgaba, en s'adressant à ceux qui viennent d'entrer, loin de me déplaire, votre demande est conforme à mes désirs...

— Très-bien! s'écrient les soldats.

— Je suis Massésylien comme vous, et il me répugnerait peut-être plus qu'à vous de verser le sang des Numides nos frères.

— Vive le général Masgaba! s'écrie l'officier meneur.

— Vive le général Masgaba! répètent les soldats.

— Je veux bien faire arrêter Lupus et le fils du proconsul, mais avant, je vous ordonne, en ma qualité de général, de mettre bas les armes et de me parler avec le respect que vous devez à mon rang.

— Par le génie de la mort! s'écrie l'officier, le général a raison ; ce n'est pas ainsi que nous aurions dû nous présenter devant notre chef... (et s'inclinant jusqu'à terre) au nom de tous mes compagnons d'armes, j'implore la clémence de notre très digne général.

— Je suis satisfait. Relève-toi, brave Zaraï et écoute-moi : je t'ordonne de conduire sur-le-champ, dans son pavillon, Lupus que tu garderas jusqu'à ce que j'ai statué sur son sort. Et quant au fils du proconsul, je le confie à la garde de mon lieutenant Tacfarinas. Vous répondez de leurs personnes sur votre tête.

— Oui, général.

— Maintenant, retirez-vous sans tumulte.

— Vive notre général ! s'écrient les soldats en s'éloignant.

Bientôt après, le sage du Tumar arrivait au camp où il était secrètement introduit dans un des compartiments du pavillon de Masgaba.

XX

Dès qu'ils furent seuls, Masgaba raconta à Manassès comment il avait amené le ministre de Juba à demander lui-même sa propre arrestation et celle du fils du proconsul.

— Bien joué, mon fils, cela vaut mieux que le gain d'une bataille, c'est ainsi qu'il faut en agir avec les Romains ; et notre cher Kyphox, et Pétréius, et Mazippa ?...

— Invités par Lupus à venir conférer secrètement avec moi, ils attendent non loin d'ici que je les fasse appeler.

— Dans quel but Lupus les a-t-il fait venir ?

— Pour s'assurer de leurs personnes et laisser le temps à Cossus de battre l'armée numide.

— Leur as-tu fait connaître les intentions de Lupus ?

— Je n'ai pas voulu les voir avant ton arrivée.

— Il serait nécessaire, pour leur propre édification, de les mettre en présence de l'ambassadeur de Juba, ici-même, si cela se peut ; je me tiendrai... là, derrière ce trophée et ces étendards.

Masgaba ayant ordonné de faire venir d'abord Lupus, puis les chefs numides, l'intelligent et dévoué Zaraï fit entrer d'abord l'espion d'Auguste, que Masgaba s'empressa de débarrasser des chaînes dont il était chargé.

— Je n'oublierai jamais, mon cher Masgaba, que je te dois la vie... où en est la sédition ?

— Elle est apaisée ; il n'y a plus rien à craindre ni pour toi ni pour Fortunatus.

Paraissent Kyphox, Pétréius et Mazippa ; ils sont sans armes.

— Tes ordres, général ? dit Zaraï qui se tenait avec quelques soldats à l'entrée du pavillon.

— Tiens-toi dehors avec ta troupe et empêche qui que ce soit d'entrer ou de sortir sans mon ordre ; j'ai besoin de conférer avec mes prisonniers.

— Tes prisonniers ?... s'écrie Pétréius, de quel droit ?

— Du même droit que Jugurtha fut livré par Bocchus à Sylla et par ce dernier à Marius.

— C'est donc une infâme trahison ?

— Oh ! ceci regarde le très loyal ambassadeur du roi Juba, mon seigneur et maître, dit Masgaba.

— Il y aurait trahison, répond Lupus, d'un ton narquois, si j'étais votre ami... mais...

— Nous sommes venus sur la foi des traités, dit Kyphox.

— S'il existait entre vous et l'ambassadeur du roi Juba un traité que vous puissiez invoquer, reprend Masgaba.....

— Ce traité existe, le voici, répond vivement Kyphox: lis, général Masgaba, et après cela, tu diras comme nous, que l'homme qui s'est joué à ce point de ses serments et des dieux immortels est un infâme.

— Misérable ! s'écrie Lupus en menaçant Kyphox, apprends que tu es en mon pouvoir.

— Il n'y a de misérable en ce lieu, dit Masgaba en se plaçant devant Lupus, que celui qui est assez lâche pour insulter un prisonnier.

— Bien, Masgaba, s'écrie Manassès en se montrant.

— Le génie du Tumar ! se dit Kyphox à part lui avec étonnement.

— Remets les fers à ce traître, poursuit Manassès.

— Qui es-tu ? lui demande l'espion d'une voix où se peint le trouble de son âme dégradée.

— Je pourrais être ton juge, je ne veux être que ton accusateur, d'abord auprès de l'empereur Auguste lui-même, que tu as trahi par ce traité d'alliance que je prie le prince Kyphox de me remettre, et puis auprès du roi Juba que tu as trompé et compromis par ton infâme conduite.

— Apprends, répond Lupus, que je tiens mes pouvoirs de César lui-même.

— Et moi, je tiens les miens de celui dans les mains duquel l'univers entier pèse moins qu'un grain de poussière. Esclave des plus viles passions, reprends tes chaînes, en attendant que la hache du bourreau ait délivré l'espèce humaine d'un monstre tel que toi.

— Soldats, dit Masgaba, après avoir enchaîné Lu-

pus, allez remettre ce traître aux mains du général
Tacfarinas.

— Braves Massésyliens, dit Lupus, je suis le premier ministre de votre auguste roi.

— Serais-tu le roi lui-même, répond Zaraï, marche!
je ne connais que les ordres de mon général. (Les
soldats entraînent Lupus.)

XVII

— Kyphox, Pétréius et Mazippa, vous êtes libres,
leur dit le sage du Tumar.

— En emportant l'éternel souvenir du service que
toi et le général Masgaba nous avez rendu, pouvons-
nous savoir, avant d'aller rejoindre notre armée, si
dans la guerre de l'Indépendance numide contre
Rome nous devons compter sur votre puissant concours? demande Pétréius.

— Kyphox et Mazippa connaissent mon opinion
touchant cette guerre, répond Manassès ; ils savent
que je la condamne de toutes les forces de mon patriotisme, et j'ajouterai, pour dire toute ma pensée,
que je la considère non-seulement comme une folle
entreprise, mais encore comme un criminel attentat
à la tranquillité, à l'existence même des malheureuses
populations que vous poussez à leur perte.

— Pour les mêmes motifs, dit Masgaba, je refuse
toute participation à une guerre qui, dans l'isolement
où se trouve l'Indépendance numide, ne présente aucune chance de succès. Tout ce que je puis faire,
c'est d'empêcher mes soldats de marcher contre vous;
mais je ne pourrais, alors même que je le voudrais,
les faire marcher avec vous contre les Romains dont
Juba leur roi est ami et allié.

— Par ta neutralité, dit Pétréius, tu rendras un grand service à l'Indépendance.

— Oui, sans doute, répond Manassès, mais ce que Masgaba ne dit pas, quoiqu'il le sache fort bien, c'est qu'en refusant de combattre contre les Numides, il encourt la vengeance d'Auguste et sa disgrâce ; d'ailleurs, ce qu'il se refuse à faire par un dévouement qui l'honore, son successeur dans le commandement des Massésyliens le ferait.

— C'est possible, dit Pétréius, mais, en attendant, nous pouvons battre l'armée romaine.

— Quoique rien ne soit moins certain, j'admets cependant l'hypothèse : Cossus étant battu, l'Empereur, pour venger sa défaite, enverra contre nous un autre général avec une nouvelle armée, deux fois, dix fois plus nombreuse s'il le faut, jusqu'à ce qu'il nous ait exterminés..... Mais ce n'est pas là ce qui occupe le guerrier Pétréius. Qu'importe à l'homme de guerre l'extermination de tout un peuple, s'il peut acquérir quelque renommée, s'il a pu attirer sur lui les regards du monde et s'enivrer un moment de cette fumée qu'on appelle la gloire ! Est-ce que celui qui fait métier de se battre a une patrie ! Sa patrie à lui est là où il y a des batailles à livrer, des lauriers à cueillir [1] !

— Qui t'a dit que je suis ainsi ? Tu ne me connais point.

— Tu te trompes, Pétréius, je te connais depuis trente ans : je t'ai vu à Cirta, alors que tu poussais

1. « ..... Ils ne connaissent pas d'autre patrie que le drapeau » et d'autre loi que la discipline. Bras de fer et têtes de bois, ils » ne sont plus citoyens ni hommes. L'honneur ne leur apparaît » qu'avec des épaulettes de général.... » VICTOR HUGO. *Histoire d'un crime.*

Juba Ier à se jeter inconsidérément dans le parti de
Pompée en Ibérie et en Afrique, comme si Pompée
n'eût pas été aussi bien notre ennemi que Jules-César ?
Je t'ai vu, le glaive encore tout souillé du sang de ton
prince — que tu fis couler, il est vrai, à sa prière,
mais enfin que tu eus le courage de répandre ; — je
t'ai vu aller soulever les Gamarantes, les Cyré-
néins, les Namazones, tous ceux en un mot qui
voulurent t'écouter, et lorsque, malgré ta valeur
incontestable, tu te fis battre partout par les Romains,
lorsqu'à la suite de ces défaites successives, tu eus
contribué à faire faire aux généraux de Rome une
immense moisson d'hommes et d'esclaves..... tu te
sauvas à la cour de Phraate, lequel, entraîné par
toi dans une guerre aussi folle que la nôtre.... voulut te livrer à Auguste ; enfin, génie malfaisant de la
guerre, tu te trouvas à point nommé au sein de
l'assemblée des chefs de l'Indépendance numide
que j'avais disposés à la paix, et soufflant sur elle
l'esprit des batailles qui te possède, tu les pousses
contre le peuple le plus puissant, le plus habile, le
plus heureux dans la guerre, qui n'existe que par la
guerre, qui a dévoré vingt nations plus puissantes
que la nôtre, qui a vaincu Annibal, qui a subjugué
et l'Asie et les Gaules, dont la terre, disait-on, enfan-
tait d'elle-même des guerriers !... Tu vois, Pétréius,
que je te connais. Ce glaive, que tu plongeas
dans le cœur de ton royal ami, est réprouvé des
dieux ; il porte malheur aux peuples que tu prétends
servir.

— Mais toi, qui es-tu, vieillard ? Ne puis-je savoir
le nom de celui qui, se réfugiant derrière son grand
âge, croit pouvoir insulter impunément les nobles
gens de guerre ?

— Si Pétréius prend la vérité pour une insulte, se hâte de dire Masgaba, en jetant un regard de sang sur le soldat de fortune, je m'offre à lui donner telle satisfaction qu'il voudra.

— Laisse, mon cher Masgaba, laisse-moi lui dire qui je suis, puisqu'il veut le savoir : Je suis ton ennemi, Pétréius, et cependant je viens de t'arracher à la mort.....

— Pourquoi me sauver, puisque tu me hais ?

— Parce que ce n'est pas l'homme que je hais en toi, mais le sanglant génie des combats, dont, pour le malheur de la Numidie, tu es une incarnation ; tandis que mon génie à moi, celui qui m'inspire, est le génie bienfaisant de la paix qui seule peut sauver ma patrie et le monde. Autant tu aimes la guerre, autant je la déteste ; autant le spectacle d'une armée marchant contre une autre armée, se choquant, s'égorgeant avec fureur, et puis, éclairant les monceaux de cadavres avec les lugubres flammes des incendies dévorant les cités, les bois, les moissons !..... autant ce spectacle plaît à ton génie, autant il fait horreur au mien. Je sais que dans les temps où nous vivons, — temps néfastes où les ténèbres de l'ignorance éclipsent la raison des peuples, — le génie de la guerre a de plus puissants et de plus nombreux adorateurs que le génie de la paix, et voilà justement pourquoi le monde est déchiré, bouleversé, malheureux ! Voilà pourquoi encore la société est divisée en deux grandes classes : celle des vainqueurs et celle des vaincus, des maîtres et des esclaves, des heureux et des maudits !

J'ai parcouru une grande partie de la terre habitée, et partout j'ai rencontré des milliers de veuves et d'orphelins priant et pleurant sur les tombeaux de

leurs époux et de leurs fils violemment arrachés de
leurs bras par le génie des batailles ! Saintes prières
montez au ciel et demandez aux Immortels d'envoyer
la paix qui repeuple les cités et féconde la terre . . .

. . . .

CHAPITRE TROISIÈME

I

Quand l'astre du jour sortit du milieu des vapeurs embaumées du matin, la grande vallée du Ksour-El-Renaïa offrait un tableau véritablement imposant aux yeux des milliers de mortels qui en furent spectateurs. On eût dit d'une entente des hommes et de la nature pour faire plus imposante la scène sur laquelle des événements mémorables allaient s'accomplir. Tandis que le sommet élégamment élancé du du mont Tougourt se dorait des premiers rayons du soleil, on voyait toute la chaîne du Bellezma et les collines inférieures de la vallée recouvertes d'un voile rose tendre à travers lequel on apercevait, d'un côté l'armée des Numides, de l'autre, l'armée romaine dans les mêmes positions qu'elles avaient occupées pendant la nuit.

Les deux armées, s'élevant ensemble à une soixantaine de mille hommes, se confondaient avec les bois dont le pays était recouvert. Ce ne fut que lorsque les rayons solaires, pénétrant au fond de la vallée, frappèrent l'airain et l'acier poli des armures romaines que l'on put distinguer les forêts d'arbres des forêts d'humains.

A un signal donné par les trompettes guerrières, on vit s'avancer dans l'espace qui séparait les deux armées huit hérauts d'armes, quatre du côté des Ro-

mains et quatre du côté des Numides, portant les uns
et les autres l'étendard de leur nation qu'ils fixèrent
en terre, comme limite du champ clos où allait avoir
lieu le combat singulier proposé par Adinax et accepté par Cossus, à la sollicitation d'Apollonius fils
de Proculinus, dont il avait à venger la mort.

Voici quelles furent les conditions du combat :
1° les deux guerriers se battraient avec la lance et le
javelot; 2° l'étendard du vaincu appartiendrait au
vainqueur : 3° dans le cas où les deux adversaires seraient mis hors de combat, ils pourraient être remplacés immédiatement par deux autres ; 4° les armées ne sortiraient des lignes et ne feraient aucun
mouvement qu'alors que les hérauts d'armes, après
avoir proclamé le nom du vainqueur, déclareraient
le combat terminé.

Ces conditions ayant été acceptées de part et d'autre, les hérauts se séparèrent et allèrent se grouper
chacun autour des deux étendards, lesquels laissaient
entre eux un espace libre de huit cents pas.

Ce fut alors seulement qu'entrèrent en lice, armés
de deux javelots et de la lance, d'un côté Adinax, de
l'autre Apollonius, tous les deux montés sur deux
superbes coursiers. Les deux guerriers étaient également beaux, jeunes et courageux. Il n'y avait
entre eux de différence véritablement tranchée que
dans l'armure et le costume. Le Romain portait le
casque d'airain empanaché, une riche cotte de mailles
sur laquelle appendait en sautoir la *phalera* (collier
d'or) qui lui avait été décernée en récompense de ses
exploits. Des cuissards, faits de légères écailles d'airain poli, lui recouvraient le haut des jambes jusqu'aux genoux, le brodequin ornait son pied. Son
cheval était recouvert d'une peau de buffle gaulois.

Adinax, nu-tête, n'était garanti que par son épaisse chevelure noire fixée par une simple tresse de joncs nouée derrière. Une peau de tigre, dont les pattes se croisaient sur sa poitrine nue, était négligemment jetée sur ses épaules. Une large ceinture de peau d'autruche, ornée de plumes et tombant jusqu'aux genoux, laissait à découvert le reste du corps. Son cheval Guimboth n'avait pour tout ornement qu'un licol de laine blanche, sans mors et aucune selle, aucune peau ne recouvrait son beau poil noir de jais.

Apollonius, voyant que son adversaire ne portait ni casque ni cotte de maille, lui fit proposer l'un et l'autre par les hérauts ; mais le jeune Numide répondit qu'il voulait combattre en *barbare* et non en Romain. Alors le noble fils de Proculinus ôtant son casque et sa cotte de mailles, aux applaudissements des deux armées, lance son coursier, tandis que prompt comme l'éclair, le petit-fils de Jugurtha vole à sa rencontre.

Dans ce moment arrivaient du côté du sud Amsade, Manassès et Fortunatus ; mais ils furent empêchés d'aller plus loin par les hérauts. Adinax reconnut Amsade et cette vue faillit lui être fatale ; car, dès lors, l'ardeur du guerrier fut neutralisée par la passion de l'amant. C'est que les sentiments qu'inspire un véritable amour sont d'une tout autre nature que ceux qui prennent leur source dans l'ardeur des combats : les uns rendent humain, les autres, féroce. Le guerrier numide ne voit plus son ennemi qu'avec les yeux du fiancé, et quoiqu'il ne soit plus qu'à quelques pas d'Apollonius, qui brûle de venger la mort de son père, Adinax se retourne pour voir encore sa bien-aimée. Seuls, les vrais amants comprendront cette imprudence d'Adinax, car seuls ils savent combien est irrésistible l'attraction qui porte leurs âmes l'une vers l'autre.

Le guerrier numide, atteint à l'épaule gauche par un violent coup de lance, faillit être renversé ; mais il est aussi rare de voir tomber de cheval un Numide, tant qu'il est vivant, qu'un oiseau de la branche où il est perché.

La vue du sang qui coule de sa blessure et la douleur qu'il en ressent réveillent et irritent sa fureur guerrière ; il prend le javelot et évitant, en se pliant sur Guimboth, un second coup porté par Apollonius, il fond sur son ennemi comme un aigle sur sa proie, lui saisit la lance d'une main encore vigoureuse malgré sa blessure, et de l'autre lui enfonce le fer en pleine poitrine ; mais le coup étant porté obliquement, le dard glisse sur les côtes où il ouvre un profond sillon. Apollonius tombe de son cheval... mais se relève aussitôt à la vue d'Adinax qui, descendu du sien, court sur lui... Le jeune Romain, n'ayant pas le temps de reprendre l'arme qu'il a laissé tomber, cherche à s'emparer de celle du Numide. Alors une lutte corps à corps, une lutte athlétique, moins dangereuse, mais plus impitoyable que la première, recommence entre les deux jeunes hommes, qui étaient plutôt faits pour vivre unis d'amitié que pour combattre... Enlacés dans les bras l'un de l'autre comme deux serpents, ils tombent, se roulent, couverts de sang, sur le gazon, se relèvent tantôt à genoux, tantôt debout pour retomber encore, s'étreignent à la gorge. Cependant, affaiblis par le sang qu'ils perdent avec d'autant plus d'abondance que loin de se fermer, leurs blessures se rouvrent incessamment par les efforts qu'ils font ; ils tombent enfin à côté l'un de l'autre, épuisés et sans mouvement.

Aux regrets des deux armées spectatrices de ce combat, il n'y a ni vainqueur ni vaincu.

A cette vue, et suivant les stipulations arrêtées par les hérauts d'armes, Saturninus Furiosus, voulant se relever aux yeux du proconsul et de l'armée romaine de la quasi-défaite qu'il avait essuyée pendant la nuit, lance son cheval dans l'arène et va provoquer les guerriers numides à un second combat singulier, non sans accompagner ses provocations de paroles insultantes. Aussitôt vingt guerriers numides sortent des rangs et se disputent l'honneur d'aller châtier ce grossier ennemi, mais Amsade, n'écoutant que le désir dont elle brûle de venger la mort de son fiancé, et profitant du moment où elle voit Manassès s'entretenir vivement avec quelques chefs de l'armée, s'arme d'un léger dard et d'une longue javeline, court à la rencontre de Guimboth, qui vient à elle comme pour l'inviter à le reconduire au combat, s'élance sur son dos avec une agilité et une grâce qui n'appartiennent qu'à elle, vole à la rencontre du Romain avec une promptitude telle que l'œil du spectateur a de la peine à suivre ses mouvements. Nul ne s'attendait à voir cette jeune et belle amazone se présenter au combat.

Furiosus semble dédaigner de se mesurer avec une femme, une enfant, mais Amsade, arrêtant son coursier non loin du guerrier romain, lui crie de se tenir en garde.

— Retire-toi, belle enfant, lui dit Furiosus, les traits qui partent de tes yeux sont plus à craindre que les égratignures de tes armes.

— Tu vas en faire l'épreuve, répond la jeune fille, et lui lançant le dard à la manière numide, c'est-à-dire en passant auprès de lui comme le vent, elle

blesse son ennemi au défaut de la cuirasse et du
casque.

L'intrépide amazone était déjà hors de la portée du
trait, quand le guerrier, dont la fureur justifiait le
surnom, lança son javelot contre Amsade dont il ne
dédaigne plus les égratignures. Honteux de sa blessure, il court à la poursuite de la jeune amazone,
mais celle-ci, joignant la ruse au courage et se fiant
à l'incomparable vitesse de Guimboth, fuit devant
Furiosus afin de le fatiguer et de l'affaiblir, et sans
sortir toutefois des limites de la lice, elle la parcourt
tantôt dans un sens, tantôt dans un autre, aux applaudissements de l'armée numide dont l'ardente
imagination ne voit plus dans cette jeune fille une
simple mortelle, mais la déité protectrice et peut-être
vengeresse de la Numidie.

Cependant, le guerrier romain renonçant à atteindre son ennemie, s'arrête pour faire prendre haleine
à son cheval qui n'en peut mais.

Amsade, que la persuasion où elle est de la mort
d'Adinax rend impitoyable, fond de nouveau sur Furiosus et lui enfonce sa javeline au-dessous de l'ais-
selle gauche. Le Romain se sentant grièvement blessé,
met pied à terre et visant sûrement la jeune amazone
d'un long dard, il lui laboure la poitrine mais sans
gravité, le fer s'étant arrêté dans le nœud formé par
la jonction des pattes de la peau de panthère. La
courageuse fille prend le fer et sans s'effrayer du
sang dont sa poitrine ruisselle, court sus à son ennemi qui n'a plus la force ni de l'éviter ni de se défendre ; elle le lui plonge dans la gorge, d'où la vie
s'échappe aussitôt avec des flots d'un sang noir. Furiosus s'affaisse sur lui-même et tombe pour ne plus
se relever.

A cette vue, des transports de joie et d'universelles acclamations éclatent dans l'armée numide, tandis qu'un morne silence règne du côté des Romains ; mais ce silence couvre une rage de vengeance qui se manifeste par un immense murmure à la vue d'Amsade, accompagnée d'un héraut numide, allant réclamer et emporter l'étendard romain, et quand l'héroïne va pour faire hommage de son trophée aux mânes d'Adinax, qu'elle croyait mort, Cossus eut grand'peine à empêcher ses légionnaires de franchir les lignes et de commencer l'attaque.

Le proconsul aurait peut-être laissé faire son armée s'il n'eût aperçu son fils Fortunatus, que le sage du Tumar s'était empressé de dépêcher vers lui, dans la crainte de voir les deux armées en venir aux mains.

II

Entre temps, Manassès accourt auprès de son cher Adinax, et ayant considéré attentivement l'état du blessé — il avait étudié en Égypte l'art si précieux de la médecine : — Dieux, soyez loués ! il respire encore... Nous le sauverons... et s'adressant aux deux gardiens de l'entrée du Tumar, qui l'avaient suivi : — Emportez-le dans votre cabane, leur dit-il à voix basse, où vous tâcherez de conduire Herthylie, aux soins de laquelle vous confierez le malade. Vous direz seulement à Adinax de ne pas quitter le Tumar avant mon retour...

— Adinax, mon cher Adinax ! s'écrie Amsade, en tombant aux pieds de son fiancé.

— Silence, mon enfant, lui dit Manassès, en la retenant par la main. Je ne réponds pas de ses jours,

8

s'il entend ta voix. Dans l'état d'extrême faiblesse où il est, toute émotion vive lui enlèverait le reste du souffle qui fait battre encore son cœur.

— Ne puis-je le suivre?.....

— Reste auprès de moi, ma chère enfant... Ta présence m'est indispensable. Abandonne tes armes et prends cette branche d'olivier, dont le paisible emblème convient mieux à ton sexe.....

Et aussi soumise qu'elle était vaillante, elle reçoit à genoux l'olivier sacré. Puis, se relevant pour suivre le sage vieillard, qu'elle croit être son père, elle s'avance comme la déesse de la Paix vers l'armée romaine.

A la vue de cette transformation inattendue et de la profonde douleur qu'elle ne cherche pas à dissimuler, la fureur des enfants de Mars fait place à une vive curiosité, voire même à un sentiment de religieux respect pour ce vénérable vieillard et cette jeune fille dont l'héroïsme rehausse les charmes aux yeux des deux armées. Tels deux rayons de lumière, perçant les sombres nuages amoncelés par la tempête, font succéder tout à coup le jour aux ténèbres sur les flots de l'abîme frémissant, telle la vue de ces deux messagers de paix suspend les haines et les fureurs guerrières et fait naître le calme sur toutes les physionomies.

Manassès et Amsade s'arrêtent vers le milieu de l'espace qui sépare les Numides des Romains.

III

Avant de leur faire dire d'avancer, Cossus voulut savoir de son fils ce qui s'était passé au camp des auxiliaires Massésyliens, dont il n'avait reçu que des nouvelles vagues et contradictoires. Après que Fortunatus lui eut fait connaître la cause du soulèvement des troupes du roi Juba, le danger auquel Lupus et lui-même avaient été exposés et la manière dont Masgaba et ce même vieillard, qui venait lui faire des propositions de paix, les avaient délivrés, Cossus agissant dans cette circonstance plutôt comme père que comme proconsul, va avec empressement au-devant des messagers numides, lesquels, voyant ce beau mouvement du général romain, s'avancent de leur côté.

Les soldats de Cossus eussent volontiers quitté leurs rangs pour aller contempler de plus près les perfections de cette charmante créature qui réunissait à leurs yeux éblouis le courage de Bellone aux grâces de Vénus ; mais il suffit d'un geste de leur général, dont ils connaissaient la sévérité à l'endroit de la discipline, pour les retenir.

Que se passait-il dans le cœur du jeune Fortunatus depuis qu'il avait vu l'héroïsme et la beauté d'Amsade ? Il faudrait avoir ses dix-huit ans et ressentir les feux dont l'amour avait subitement embrasé tout son être pour pouvoir exprimer ce qu'il éprouvait.

— Parle, dit le proconsul à Manassès. Grâce à ce que mon fils vient de me dire de ton noble caractère, et du pouvoir que ta sagesse exerce sur les Numides, je veux bien t'écouter ; mais ne pense pas que la reconnaissance du père de Fortunatus puisse être de quelque poids dans la balance de la justice du proconsul. Chargé des intérêts de Rome et de faire respecter en ces lieux la volonté souveraine de César-Auguste, mon maître, rien ne saurait me faire dévier de la ligne de conduite que je me suis tracée.

— Il est des hommes, ô Cossus, qui ont pour prin-

cipe de faire le bien par amour du bien et non pour
le profit qui pourrait leur en revenir. Je suis de ce
nombre. Si donc ton noble fils ne t'avait instruit
de ce que j'ai fait pour le sauver, sois bien persuadé que tu ne l'eusses pas appris de ma bouche : car, celui qui se vante du bien qu'il a pu faire
usurpe une chose qui n'appartient qu'aux dieux immortels, d'où émanent toute bonne action et toute
justice. Et c'est même au nom de cette divine justice,
que j'oserai prendre la liberté de demander à Cossus
de me faire connaître en quoi et comment nous avons
pu mériter la guerre que Rome nous fait, et cela, à
l'improviste, sans avoir préalablement daigné s'informer de nos intentions et de nos sentiments à son
égard, s'exposant à pousser au désespoir une nation
qui était toute disposée à vivre en bonne intelligence
avec le peuple romain ; oubliant enfin que lors des
guerres puniques et des guerres civiles, les Scipions
et Jules-César trouvèrent en nous des auxiliaires et
des amis ! Dis-nous, noble Cossus, avec cette franchise qui est le propre de la véritable force et de la
justice, ce que les Numides montagnards ont fait au
peuple romain et à son auguste Empereur.

— Votre opiniâtreté à vouloir conserver une indépendance impossible au sein de nos possessions, a dû
faire croire au divin Auguste que puisque vous dé-
daigniez les bienfaits de la civilisation romaine, vous
étiez nos ennemis.

— Ainsi, sur la supposition que nous pourrions être
vos ennemis, quoique nous vous ayons donné des
preuves contraires, cimentées de notre sang, et par
cet autre motif que nous désirons vivre pauvres et
indépendants dans nos montagnes..., vous nous faites
la guerre comme à une bande de malfaiteurs ! sans

daigner nous la déclarer et nous en faire connaître les motifs !

— Mais qui a pu vous faire croire que je venais vous faire la guerre ! Si votre intention n'est pas de résister aux volontés de l'Empereur, congédiez et désarmez vos troupes, et enfin, comme garantie de vos intentions pacifiques, livrez-moi des otages sérieux.

— Des otages, je puis te les promettre ; je puis engager les chefs de notre armée à disperser leurs troupes ; mais demander à un peuple qu'il désarme c'est lui demander l'abdication de sa liberté !

— Tu te trompes ; la meilleure garantie de votre liberté, c'est l'amitié de Rome. Cette amitié est un bouclier à l'ombre duquel vous pourrez vivre plus libres et plus heureux qu'en vous appuyant sur vos faibles forces que, d'un souffle, Rome peut balayer comme l'ouragan fait de la poussière des chemins.

— Je prends les dieux à témoin.....

— Il suffit... Va faire part de ces conditions aux chefs de votre armée. Je leur accorde douze heures de trêve, après l'expiration de laquelle, le sort des armes décidera de quel côté est la justice ; mais en attendant, et comme garantie de ton retour auprès de moi, je garde en otage cette jeune guerrière.

— Mon père ! s'écrie Amsade en se jetant aux pieds du vieillard, plutôt la mort que me séparer de toi.

— Calme tes alarmes, ma belle enfant, lui dit Cossus ; la qualité d'otage te rend sacrée à mes yeux. Tu seras respectée à l'égal de ma propre fille ; j'en fais le serment.

— A cette condition, je consens à la laisser auprès de toi, ô Cossus, et je la confie à ton honneur.

8.

— Malheur à celui qui oserait lui manquer, s'écrie Fortunatus, avec une expression indéfinissable, qui est le prélude de l'orage qui devait bouleverser son âme et son cœur.

— Mon fils, dit le proconsul, tu feras conduire cette noble Numide à Thamugadis, auprès de ta mère et de ta sœur ; et toi, ô vieillard, de la conduite de qui dépend la liberté de ta fille, promets-moi, sous le sceau du serment, de rapporter fidèlement mes paroles aux chefs de votre armée et de revenir avant l'expiration de la trêve.

— J'en fais le serment devant les dieux immortels.

IV

Masgaba, comprenant que son inaction et surtout l'arrestation de Lupus ne pourraient se justifier aux yeux du proconsul, impatient d'ailleurs de connaître le résultat de la démarche que Manassès allait tenter auprès du général romain, avait laissé le commandement des troupes massésyliennes à son frère Tacfarinas et s'était rendu au sein de l'armée de l'Indépendance.

Grâce à cette bonne inspiration, il put se trouver à la convocation des chefs guerriers qui fut provoquée par le sage du Tumar, aussitôt après son retour.

Dès qu'ils furent tous réunis dans un lieu isolé dont l'accès était défendu par des sentinelles, Manassès s'exprima ainsi :

— Ayant peu de temps à rester auprès de vous, je n'entrerai pas dans tous les détails de la conférence que j'ai eue avec Cossus ; aussi bien, les paroles de l'orgueilleux proconsul se résument clairement par ces mots : « Désarmement général et dispersion de notre armée ; livraison de toutes nos armes et d'un certain nombre d'otages ; telles sont les conditions de la paix avec Rome. »

— Et que penses-tu de ces conditions ? demande Mazippa.

— Je pense que nous ne pouvons y souscrire.

— Alors...

— Alors, reprit Manassès, c'est la guerre..... cette terrible et suprême extrémité, que nous eussions pu éviter, peut-être, ou du moins éloigner encore, si au lieu de recevoir les Romains les armes à la main, nous avions envoyé au-devant de Cossus une simple ambassade de sages vieillards avec des présents et des paroles de paix et de soumission ; mais ce n'est pas pour vous faire des reproches intempestifs que je vous ai réunis, c'est pour vous faire part des conseils de ma vieille expérience, — conseils qui peut-être seront les derniers, et que je puise uniquement dans l'ardent désir de servir notre chère Numidie dont les destinées sont en ce moment entre vos mains : car, je ne dois pas vous le cacher, de la résolution que vous allez prendre, dépend ou la vie ou la mort de la nation numide.

Comme, à l'issue de cette conférence, je dois retourner auprès du proconsul.....

— A quoi bon, s'écrie Kyphox, puisque nous sommes en guerre !

— Parce qu'il me l'a fait promettre sous le sceau du serment.

— Un serment fait à un Romain, dit Mazippa, ne saurait être obligatoire.

— Pourquoi cela ?

— Parce que les Romains se sont toujours fait un

jeu de leurs promesses les plus solennelles et soi-disant les plus sacrées.

— Si les Romains font mal, devons-nous les imiter?
Toute promesse est sacrée lorsqu'elle est faite librement. Il importe d'ailleurs à notre cause que je sois
auprès du proconsul. Il est très probable que ceux qui
ne me connnaissent pas, ne comprenant point le but
de certains de mes actes, m'accusent de trahison;
mais je suis habitué à placer l'intérêt général bien au-
dessus de mon intérêt particulier ; c'est pourquoi je
suis bien résolu à retourner vers Cossus; mais je
voudrais pouvoir le persuader, ne serait-ce que pour
gagner du temps, que vous n'êtes pas éloignés d'accepter ses conditions, si dures qu'elles soient.

— Puisque, de ton propre aveu, s'écrie Mazippa, il
ne nous reste d'autre recours que les armes, je
propose d'attaquer les Romains dès cette nuit.

— C'est aussi mon avis, dit Kyphox.

— Et Masgaba, qu'en pense-t-il? demande le vieillard.

— Dès qu'en principe tu es pour la guerre, j'attends
les conseils de ton expérience pour savoir comment
et quand nous devons la faire.

— S'il ne s'agissait que de battre la légion de
Cossus, je vous dirais : profitons du premier avantage qu'Adinax a remporté sur les Romains; nous
pouvons nous battre avec quelques chances de
succès... mais il s'agit moins de battre le proconsul,
que de chasser les Romains du territoire africain ;
car, tant que Rome aura garnison sur notre sol, nous
serons toujours sous la menace de la servitude; or,
ce n'est que par une sainte et universelle ligue de
toutes les nations africaines, de tous les ennemis que
la tyrannie des Césars a suscités dans les vastes

contrées qui s'étendent des Colonnes d'Hercule aux bords du Tigre, que nous pouvons espérer d'en expulser les Romains. Mais vouloir seuls tenter cette lutte de géants, serait une immense folie.

— Que faire alors, demanda Mazippa à moitié subjugué par la grandeur du projet du Sage du Tumar, que faire des troupes que nous avons réunies et qui n'attendent que le signal du combat ?

— Les disperser cette nuit même et promettre au proconsul que le désarmement pourra s'effectuer ensuite partiellement et sans que cela ait l'air d'une mesure générale imposée par lui ; mais cependant diriger nos troupes par détachements, les unes au pays des Nasamons et des Tritoniens nos amis, les autres chez nos frères de l'Ouest, en disant secrètement à leurs chefs que c'est un piège tendu aux Romains ; que nous reviendrons en bien plus grand nombre au moment où, comptant sur notre soumission, ils ne s'y attendront pas ; proposer enfin à Cossus un certain nombre d'otages et six cents cavaliers choisis parmi les familles les plus considérables pour servir sous ses ordres. — Ce serait pour ces jeunes gens une bonne école qu'ils pourraient mettre un jour à profit, dans l'interêt de l'Indépendance, contre les Romains eux-mêmes.

J'ai dit. Maintenant il ne me reste plus qu'à prier les Immortels de sauver la Numidie !

Avant de regagner le camp romain, Manassès eut un entretien particulier avec Kyphox et Masgaba, à la suite duquel il fut convenu que ce dernier rendrait la liberté à Pétréius et l'engagerait à aller visiter ensemble les Gétules, les Cyrénéens, les Garamantes, etc., qu'ils s'efforceraient de faire entrer dans la grande ligue des ennemis de Rome ; puis résiliant le commandement des troupes massésyliennes, entre les mains de son lieutenant Tacfarinas, Masgaba écrirait une lettre au proconsul par laquelle il ferait retomber sur la maladresse et l'impéritie de Lupus l'insubordination et le mécontentement des Massésyliens. Après quoi il irait au Mont-de-Fer, dont il lui serait facile de faire entrer dans la ligue les nombreuses tribus.

Ayant ainsi fait tout son possible pour faire sortir l'Indépendance numide de la dangereuse voie où elle s'était fourvoyée, Manassès retourne au camp romain, que la nuit recouvrait déjà de ses ombres.

V

Pétréius ne fut pas médiocrement étonné d'apprendre que c'était par les conseils du *Génie de la paix*, qu'il était mis en liberté.

Dès qu'il eut été informé de tout ce qui s'était passé et notamment du vaste projet d'une ligue de toutes les nations ou peuplades africaines contre le despotisme d'Auguste, il se rendit à la hâte auprès de Mazippa. Il n'eut pas de peine à faire comprendre à l'ardeur belliqueuse du jeune guerrier que le meilleur moyen d'inviter les ennemis de Rome à secouer le joug, c'était de commencer par battre et anéantir sur-le-champ la petite armée de Cossus, à moitié démoralisée; qu'avant qu'Auguste fût instruit de ce désastre, toute la Numidie, la Mauritanie et la Gétulie seraient debout et en armes.....

Kyphox, qui avait voulu accompagner son cher Adinax, mais dont il dut enfin se séparer, non sans une profonde douleur, se dirigeait tristement avec Nabazor du côté du Mont-de-Fer.

Pétréius et Mazippa étant désormais seuls à la tête de l'Indépendance numide, convoquent immédiatement tous les chefs guerriers, leur font part de leur projet d'attaque pour cette nuit même et leur donnent pour mot du guet : *Mort ou liberté.*

VI

Il était nuit, et Cossus, imbu du préjugé romain à l'endroit de la *fides punica*, qui s'appliquait aussi bien aux Numides qu'aux Carthaginois, doutait que le *rusé vieillard*, revînt se remettre lui-même entre ses mains. Aussi, dès qu'on lui annonça son retour, s'empressa-t-il de le faire conduire dans son propre pavillon, et il lui adressa ces flatteuses paroles :

— Noble vieillard, qui fais du serment une religion, je t'accueille moins comme otage que comme ami.

—Je suis profondément touché, puissant et généreux Cossus, d'un accueil aussi flatteur que bienveillant, et j'accepte avec reconnaissance l'offre toute libérale de ton amitié.

— Eh bien ! quelle est la réponse des chefs de l'armée numide à mes conditions?

— Je suis heureux de pouvoir dire au proconsul que j'ai obtenu plus que je n'avais osé attendre : ainsi, dès demain, avant l'expiration de la trêve, toute l'armée sera congédiée et en attendant qu'on puisse te livrer toutes les armes.....

— Comment?...

— Le désarmement, de l'avis de tous les chefs, ne pouvant s'effectuer que partiellement et par district, en attendant, tu recevras dès demain un secours

de six cents jeunes cavaliers, appartenant aux premières familles, ainsi que des troupeaux de bœufs
et de brebis.

— C'est fort bien !... mais il est tard et tu dois
avoir besoin de repos.

VII

Manassès ayant été conduit par un esclave de
Cossus dans le pavillon qu'on avait fait dresser pour
lui ne tarda pas à s'endormir.

Cependant, quelques espions romains qui, déguisés
en transfuges carthaginois, avaient été accueillis sans
défiance par les Numides, vinrent annoncer à Cossus
que l'armée numide, recrutée d'un grand nombre de
cavaliers massésyliens, se disposait à attaquer le
camp romain vers le milieu de la nuit.

A cette nouvelle, le proconsul se croyant joué par
Massintha le fait charger de chaînes et garder à vue.
Puis, il mande promptement auprès de lui ses principaux officiers de la légion, auxquels il fait part des
projets de l'ennemi ; et après avoir écouté attentivement les avis divers des membres de cette espèce de
conseil de guerre, il arrête : 1° que le camp sera immédiatement évacué, dans le plus grand silence, sans
en faire connaître le motif aux soldats ; 2° qu'on fera
aussitôt porter sous les pavillons laissés debout des
viandes, de la farine et des boissons fermentées en
abondance, comme pour un grand festin ; 3° que des
feux seront allumés devant chaque pavillon ; 4° qu'on
jettera çà et là en dehors des pavillons, comme ayant
été oubliés et abandonnés en fuyant avec précipitation, quelques armes et des effets ; 5° et enfin, que la
légion, retirée à deux milles du camp et couchée dans

l'ombre des bois qui recouvrent le versant nord-est de la vallée, ne sera informée de ce stratagème qu'alors qu'elle reviendra sur ses pas.

Pendant que tous ces ordres sont exécutés, il fait transférer, en dehors de la partie du camp qui était en face des positions occupées par l'ennemi, douze prisonniers numides enchaînés, avec ordre donné à dessein à haute voix de les mettre à mort « afin qu'ils » ne puissent faire connaître à leurs compatriotes la » cause du désastre qui obligeait le proconsul de se » retirer précipitamment pour voler au secours de » Rome, menacée par les Gaulois.» Les deux Romains chargés d'exécuter cet ordre, après en avoir mis à mort quatre ou cinq, devaient jeter leurs glaives, et prendre la fuite, en s'écriant : « Sauvons-nous, voilà » les Numides ! »

Cossus espérait que les Numides, apprenant par ces derniers la retraite précipitée des Romains, ne songeraient qu'à satisfaire leur faim, pour se livrer ensuite insouciants aux douceurs du sommeil dans lequel il lui serait facile de les surprendre.

VIII

Le premier acte de Pétréius fut un acte de haute justice : il fit prendre Lupus et lui fit trancher la tête par le bourreau, nonobstant les protestations, les menaces et les lâches supplications de cet infâme espion d'Auguste : « Va protester, lui dit Pétréius, devant le » tribunal des enfers ; en attendant, je vais envoyer ta » hideuse tête à Juba l'apostat, ton digne maître. »

C'est en effet ce qu'il fit en joignant à la sanglante offrande ces mots tracés de sa main avec le sang de Lupus : « Pétréius, ancien compagnon d'armes du

9

» roi Juba, très grand et très courageux, à Juba
» très petit et très lâchement courbé sous le joug des
» bourreaux de la Numidie ! »

Sur la tête de Lupus étaient ces mots : « Tête de
» l'infâme ministre de Juba, espion du tyran Auguste,
» tranchée sous les yeux de Pétréius, général en chef
» de l'armée de l'Indépendance numide. »

Quatre coureurs de Nigritie, furent chargés de
porter cette offrande au jeune Juba. La tête de Lupus
était renfermée dans un coffre richement travaillé et
portant cette devise : *Au prince Juba IIe de nom, roi
des Massésyliens.*

Pétréius consulta les devins qui, par ses ordres et
pour encourager l'armée numide augurèrent la défaite
des Romains sur l'inspection des entrailles de deux
génisses blanches sacrifiées aux Génies de la Numidie.

Après le sacrifice, l'attaque du camp romain est
ordonnée simultanément par le côté sud de la vallée
et par deux defilés qui la coupent du côté du levant.

Grande fut la joie des Numides quand ils apprirent
des prisonniers, laissés sains et saufs par l'ennemi,
la retraite précipitée de l'armée romaine, et lorsque,
se répandant dans le camp avec la confiance de gens
inexpérimentés, ils virent, à la clarté des feux les pré-
paratifs d'un festin auquel les génies immortels et
mieux encore leurs appétits les conviaient.

Pétréius, à cette vue, soupçonnant un de ces stra-
tagèmes qui, dans ces temps d'ignorance jouaient un
si grand rôle dans l'art de la guerre, essaya d'empêcher les Numides de rompre les rangs et de se répandre sous les pavillons ; mais il lui eût été plus facile
de détourner le cours d'un fleuve que d'empêcher
cette armée indisciplinée de suivre son instinct pour

le pillage et de s'assouvir des viandes et des vins qu'ils considéraient comme un présent des dieux.

Voyant son autorité méconnue, on dit que Pétréius voulut se donner la mort, tant il avait le pressentiment d'un immense désastre ; mais qu'en étant empêché par ceux qui l'entouraient et particulièrement par Mazippa, qui ne partageait pas ses appréhensions, il se contenta de faire garder les deux principales entrées du camp.

Cossus était trop clairvoyant pour retourner de sitôt sur ses pas, quoiqu'il fût informé que les Numides étaient entrés au camp. Il voulut attendre, suivant ses prévisions, que l'ennemi, bien persuadé de la fuite des Romains, se livrât sans crainte au plaisir de la table et aux douceurs du sommeil.

Cependant Pétréius, désespérant de pouvoir empêcher cette malheureuse armée d'accomplir le sort affreux qui lui paraît irrévocablement écrit dans sa destinée, prenant à part Mazippa, lui parla ainsi :

— Je pressens, je vois avec une profonde douleur que, par suite de son indiscipline, c'en est fait de cette misérable armée.....

— Qu'entends-je, ô dieux !

— Vainement nous tenterions de nous mettre en travers de sa perte.....

— Que faire donc ?

— Forts de la justice, de la sainteté de notre cause et certains qu'elle doit finir par triompher, nous devons songer à nous conserver, nous et les quelques braves qui veillent avec nous. Car il n'est pas juste que ceux qui sont debout à l'heure du danger partagent le sort de ceux qui dorment du sommeil des lâches.

— Quels sont tes projets ?

— Sortir de ces lieux s'il en est temps encore, avec tous ceux qui voudront nous suivre, et nous embusquant à quelques centaines de pas en avant du camp nous essaierons ou d'arrêter les Romains dans leur marche rétrograde — qui doit être dans leur plan, — ou de mettre le désordre dans les premiers rangs.....

— J'approuve ce projet; nous aurons fait preuve de vigilance au cas où les Romains se soient réellement retirés, ou, dans le cas contraire, notre résistance pourrait donner le temps à nos soldats d'ouvrir les yeux et de se rallier à notre voix ; mais si nous ne réussissons point, laissant alors passer la vengeance des dieux, nous nous réfugierons chez nos frères les montagnards de l'Ouest.

Ce projet arrêté, Pétréius et Mazippa, suivis de quelques centaines de vieux guerriers, — les seuls restés fidèles à la voix de leurs chefs, — sortent du camp dans un profond silence, laissant à l'endroit par où il était probable que l'ennemi rentrerait, des sentinelles chargées d'appeler les Numides aux armes, à l'approche des Romains.

IX

Ils attendaient depuis à peine trois quarts d'heure, quand le proconsul, qui marchait à la tête de sa légion, arriva à la hauteur du bosquet où grâce aux ténèbres de la nuit se tenait silencieuse cette petite troupe de vaillants.

N'écoutant que son impétuosité, Mazippa allait se précipiter sur les premiers rangs ennemis ; mais il en fut empêché par Pétréius, qui jugea plus prudent de laisser passer le premier corps, dans l'espoir qu'en coupant la colonne en deux, le désordre qui s'ensuivrait pourrait mettre les Romains en fuite.

Mais Cossus avait expressément recommandé à ses troupes de marcher en colonne serrée, avec défense formelle de rompre les rangs même pour poursuivre l'ennemi, dans le cas où il se présenterait. Elles devaient se contenter, tant qu'il ne ferait pas jour, de repousser toute attaque

C'est ainsi que dès que les cavaliers numides tombèrent résolûment sur les Romains, ne se manifesta-t-il aucun désordre parmi les vieux légionnaires ; mais la colonne s'arrêtant aussitôt comme un seul homme, et faisant face à l'ennemi, les efforts des guerriers numides furent impuissants à ébranler ces puissantes et vivantes murailles, hérissées de fer, et dont l'admirable discipline décuplait le nombre et la valeur.

Cossus ayant pu constater le petit nombre des assaillants, ordonna au préfet de cavalerie de se développer en arc afin de rejeter l'ennemi sur les flancs mêmes de sa légion. Nul Numide n'eût pu s'échapper sans la vaillance éprouvée de Pétréius et la pétulante ardeur de Mazippa. Du premier, on eût dit d'un terrible sanglier qui se voit entouré d'une meute de chiens : à chaque coup de lance, il renverse un ennemi. Quant à Mazippa, ce n'était plus un homme mais un léopard furieux et bondissant çà et là, frappant et terrassant de sa massue tout ennemi que son malheureux destin pousse devant ce nouvel Achille ! Seules les ténèbres de la nuit furent témoins des héroïques exploits de ces deux soldats de la liberté....

Mais que pouvaient ces quelques guerriers contre la masse compacte et aguerrie de la troisième légion, dont la constante vaillance lui mérita les noms d'*Augusta, Vindex!*

Cette mémorable résistance d'une poignée de Numides dut néanmoins faire comprendre aux Romains que le jour où ces barbares voudraient se discipliner et marcher en bon ordre sous le commandement d'un chef capable, ils pourraient devenir les premiers soldats du monde.

Pendant ce même temps, que se passait-il au camp?

Aux cris répétés de : « Voilà les Romains ! aux armes ! » poussés par les sentinelles, un grand nombre de Numides, s'éveillant en sursaut, prennent les armes mais avec une telle confusion, que les uns courant d'un côté, les autres dans un sens opposé, ils s'entre-choquent, se renversent mutuellement et parfois en viennent aux mains ! Enfin, la panique soufflant ses terreurs sur cette cohue en armes, ceux qui ne trouvent pas la mort dans ce chaos, prennent la fuite dans toutes les directions.

De son côté, Pétréius, se voyant attaqué et pressé par une masse d'ennemis s'amoncelant autour de lui comme les flots de l'abîme : « Mes amis, cria-t-il à » ses compagnons, formons le coin et ouvrons-nous » un chemin vers la gauche. » Alors Mazippa prenant la tête de l'angle, ils purent se dégager, non sans éprouver de grandes pertes, car les Romains, contre lesquels ils avaient combattu jusque-là isolément, les voyant réunis en un seul petit corps, ne cessent de faire pleuvoir sur eux une grêle de flèches et de dards.

Cossus étant rentré dans le camp à la faveur du désordre qui y règne, fait passer au fil de l'épée tous ceux qui essayent de résister. Ceux qui se soumettent sont faits prisonniers de guerre, chargés de chaînes et destinés à être vendus sur les marchés de Rome.

Le nombre de ces derniers s'éleva à plus de six mille, un plus grand nombre perdit la vie, et le reste de cette misérable armée, parvint à gagner, partie le Mont-de-Fer, partie le pays des Gétules de l'est; d'autres enfin, après des fatigues et des privations de toute sorte, portèrent jusque chez les Garamantes et plus loin encore dans le désert de Libye, la nouvelle de ce grand désastre.

X

Dès que la nouvelle de la défaite de l'armée numide fut connue dans les contrées aurasienne, sétifienne, etc., tous leurs habitants s'empressèrent de gagner nuitamment les oasis du désert et les sommets inaccessibles du Djurjura. « Heureux et favo-» risés des Dieux, disaient-ils, ceux d'entre les pauvres » expatriés qui pourront éviter la rencontre des nom-» breux détachements de cavalerie envoyés par » Cossus à leur poursuite. »

Tout Numide surpris en fuite dans cet affreux moment était considéré ou comme ennemi de Rome ou comme ayant fait partie de l'Indépendance numide et partant déclaré prisonnier de guerre, suivant le fameux et vieil adage invoqué par le plus odieux despotisme: « Qui n'est pas avec moi est contre moi. »

Lors donc que les colonnes de prisonniers qu'on dirigeait soit sur Sétifis, soit sur Thamugadis, soit sur Cirta, pour être conduits de là à Hyppo-Regius où l'on devait les embarquer pour Rome; quand ces pauvres prisonniers traversèrent les vastes plaines qui séparent l'une de l'autre ces anciennes cités, ils ne virent accourir à eux aucune âme qui osât s'apitoyer sur leur sort. Ça et là l'on apercevait des mapales vides des nombreuses familles qui s'y pressaient naguère, ou des corps inanimés de tout âge et de tout sexe, portant les traces récentes d'une mort qui dut être affreuse à voir les barbares mutilations dont ils furent l'objet de la part du vainqueur.

Seuls les corbeaux et les vautours, disputant aux chacals et aux hyènes des lambeaux de chair humaine, animaient ces plaines lugubres et désolées. Seule aussi la vue des nombreux prisonniers qu'on traînait à travers cette désolation s'harmonisait avec cette immense infortune de toute une nation, si toutefois il peut y avoir harmonie dans la mort.

Les prisonniers enchaînés marchaient sur quatre de front, les plus forts de la chaîne traînant les plus faibles. Les enfants en bas-âge étaient portés principalement par les femmes. Heureuses encore les pauvres mères qui avaient obtenu la faveur d'emporter ces chers fardeaux.

La plupart ayant été violemment séparés de leurs familles, ignoraient si ceux qui leur étaient le plus chers se trouvaient parmi les vivants ou parmi les morts...

Manassès, — toujours sous le nom de Massyntha, — faisait partie du convoi qui était dirigé sur Tamugadis. Il avait été chaleureusement recommandé par Fortunatus à l'officier qui avait le commandement. Aussi arriva-t-il que les soins particuliers et les égards dont le père d'Amsade était l'objet de la part de l'officier romain, tranchaient tellement avec la froide cruauté dont il s'étudiait à persécuter les autres Numides, qu'ils donnèrent lieu à des chuchotements et

parfois à de grossiers propos, entre ces derniers, à
l'endroit du sage vieillard, lequel ne se doutait même
pas qu'il avait été recommandé par le fils du proconsul.

— Pourquoi lui a-t-on laissé les mains libres ? Pour
quel motif le primopile a-t-il défendu à ses soldats
de le frapper sous aucun prétexte ? Pourquoi lui
adresse-t-il la parole avec respect, tandis que son
regard est plein de colère lorsqu'il se porte sur nous,
disait un prisonnier à ses compagnons de chaîne,
mais de façon à être entendu de Manassès, qui marchait devant.

— Qu'en sais-je ? répondait un interlocuteur, sans
doute que c'est quelque personnage de distinction...

— Dis plutôt un traître vendu à nos ennemis.

— S'il en était ainsi, il ne serait pas prisonnier
comme nous.

— Il n'est prisonnier qu'en apparence, et sans
doute afin de continuer son espionnage.

— Pauvres gens !.. s'écrie Manassès, en jetant un
un regard de compassion sur celui qui l'injuriait de
la sorte.

— C'est fort mal, compagnon, dit avec menace à
ce dernier l'un de ceux qui marchaient avec le sage
vieillard.

— Je lui pardonne volontiers parce qu'il souffre
pour une sainte cause; l'homme n'est d'ailleurs véritablement sage qu'alors que, fort de sa conscience, il
sait placer son âme hors d'atteinte des traits des
méchants.

— Tiens, misérable hypocrite, s'écrie le calom-
niateur, en crachant au visage du vénérable vieillard,
reçois la digne récompense de ta trahison.

9.

Manassès se contente de s'essuyer avec le pan de son vêtement, sans manifester la moindre indignation.

Mais l'officier qui avait été témoin de l'outrage lève son épée pour en frapper l'auteur.

— De grâce, s'écrie Manassès, en étendant ses bras sur le malheureux Numide, je te prie de lui pardonner comme je lui pardonne. C'est moi, ajoute-t-il, qui ai provoqué ses injures... par un propos déplacé.

— C'est différent, dit l'officier en s'éloignant.

— Eh bien ! qu'en dis-tu, demande à son camarade de chaîne l'un des témoins de cette admirable conduite de Manassès.

— Je dis... que je tuerais celui qui m'outragerait de la sorte.

— Et s'il était ton frère ? lui demande le sage.

— Mais il n'est pas le tien...

— Tu te trompes, reprend le digne vieillard avec une expression sublime : tous les hommes sont frères, surtout quand ils souffrent pour une même et sainte cause.

Dire l'effet que ces simples paroles produisirent sur tous ceux qui les entendirent est chose impossible. Quant à l'auteur de l'injure, il aurait donné sa vie pour ne pas avoir fait un pareil outrage à celui qu'il vénéra depuis ce moment comme son père.

CHAPITRE QUATRIÈME

I

La flamme sacrée ne brillait plus au faîte du Tumar; et les quelques pasteurs qui avaient reparu sur les hauteurs incultes de l'Aurès, disaient que les génies immortels, irrités contre la nation numide, l'avaient abandonnée à son malheureux sort !

C'est qu'ils ignoraient que celui en qui s'était incarné l'amour de la patrie, vivait obscurément parmi les quelques milliers d'esclaves que Statilius Taurus avait envoyés à Cossus en échange d'un égal nombre de Numides ; ce dernier n'ayant pas cru qu'il fût prudent de les garder dans le pays.

La plupart des esclaves expédiés de la sorte par S. Taurus avaient travaillé à la construction de la nouvelle Carthage, ainsi qu'aux voies publiques, aqueducs, canaux d'irrigation dont l'empereur Auguste avait enrichi les principales villes du littoral.

Cette armée industrielle, dont le nombre dépassait celui de la troisième légion, fut divisée en plusieurs corps principaux, lesquels étaient divisés en centuries, le tout sous le commandement des officiers de la légion à tour de rôle et sous la surveillance immédiate de gardiens spéciaux, que l'on pourrait assimiler aux gardes-chiourmes des bagnes de notre temps.

L'esclavage paraissait tellement naturel alors ; cet élément, cet agent social était si bien maîtrisé, si bien

ordonné — dans le sens qu'on donnait à ce mot élas-
tique l'*ordre*, — qu'il suffisait de quelques gardiens
armés et de quelques soldats pour contenir des masses
d'esclaves.

II

Quoique, pour éviter une trop grande perte de
temps, l'on fît parquer les esclaves manouvriers sur
les lieux mêmes des travaux, le proconsul Cossus
avait établi le dépôt central de son armée industrielle
dans une plaine située entre le pays lambésien et
Thamugadis, non loin du camp romain.

Là, dans un vaste espace entouré d'un mur de
clôture assez élevé, afin qu'il ne pût être facilement
franchi, furent installés sous de simples hangars,
dans un premier quartier, les esclaves mâles, dans
un autre les esclaves femelles, dans un troisième, les
couples unis avec leurs petits (les familles), dans un
quatrième (appelé l'*ergastulum*) les insoumis, et enfin
dans un cinquième quartier les malades.

Dans la même enceinte furent également établis
divers ateliers (provisoires) pour la confection des
machines et chars de guerre, instruments aratoires,
armes, meules à farine, à huiles, etc., le tout à l'usage
de la légion et de la future colonie mixte que Cossus
se proposait de fonder dans cette contrée, une fois les
travaux du camp fortifié terminés, — sans parler des
nombreuses voies romaines qui devaient mettre la nouvelle Lambésis en communication avec Cirta, Sétif,
Thamugadis, etc.

III

L'accumulation de tout ce monde dans une enceinte

relativement trop étroite et peu aérée, puisqu'elle était située dans la partie basse de la plaine, cette accumulation, jointe à une température très élevée pendant neuf mois de l'année, avait engendré un commencement de typhus qui menaçait de faire de grands ravages dans cette *villa impériale*, qui eût été mieux dénommée *Parc aux esclaves*.

Manassès qui depuis son arrivée à Thamugadis, — à la sollicitation d'Ennia Saturnina et de Valeria, femme et fille du proconsul, auprès desquelles Amsade servait comme esclave, — avait été attaché à la maison de Cossus et s'était bientôt fait connaître dans l'art de guérir, fut chargé d'aller donner des soins aux malades de la villa impériale ; ce qu'apprenant, sa fille pria avec tant de larmes ses excellentes maîtresses, dont elle avait vite conquis l'amitié, — autant du moins qu'il était permis à l'orgueil des matrones romaines d'aimer d'*amitié* une esclave — ; elle se montra si malheureuse de se séparer de son père, qu'on lui accorda *la faveur grande* d'aller servir les malades comme infirmière sous la direction de Massyntha.

Si dans cette circonstance le dévouement et l'amour filial d'Amsade furent sublimes, le sentiment qu'éprouva son père ne le fût pas moins. Car, faisant taire les craintes qui troublaient son âme et lui déchiraient le cœur à l'endroit du danger qu'il y avait pour sa fille [1] d'aller habiter un semblable lieu..... ; il se soumit à la voix du devoir, lui disant intérieurement : « Il est nécessaire à l'éducation d'Amsade qu'elle voie

---

1. Quoique Amsade ne soit en réalité que la petite fille de Manassès, comme elle se croit toujours sa fille, nous continueront de la tenir pour telle.

» cette immense misère de l'esclavage, qu'elle soit
» plongée dans cet enfer de la terre, afin que ses yeux
» voient et ses oreilles entendent l'homme y torturer
» l'homme au nom des lois ! »

Aux temps de l'ancienne Rome et sous *le beau
siècle d'Auguste,* tant vanté par les poëtes ! les parcs
aux esclaves et les ergastules étaient les corollaires
nécessaires de l'institution de l'esclavage, comme les
bagnes et les maisons de prostitution de nos sociétés
modernes, sont la conséquence de ces mêmes sociétés.....

IV

Dans cet enfer, où gémissaient et expiraient chaque
jour tant d'innocentes victimes d'un *ordre* de choses,
barbare à nos yeux, mais qu'on disait alors et que
l'on croyait juste et légitime, Manassès et Amsade
apparurent comme deux célestes envoyés : l'un gué-
rissant le corps et fortifiant les âmes, l'autre épan-
dant, par la grâce et l'ineffable douceur de ses paroles et de ses sourires, un baume divin dans tous les
cœurs.

On sait combien les malheureux et surtout ceux
qui subissent une injuste condamnation, sont sensi-
bles aux moindres attentions, aux moindres bienfaits
de leurs semblables : un regard sympathique un mot
bienveillant provoquent leurs larmes. Qu'on juge,
d'après cela, de l'effet que devait produire le dévouement de ce vertueux vieillard et de cette jeune
et belle enfant sur ces pauvres esclaves de tout sexe,
de tout âge et de toute condition que les Romains
avaient l'habitude de traiter avec une telle barbarie
que l'on vit le législateur s'en émouvoir et faire inter-

venir la loi pour mettre des limites à l'*abus* que le possesseur d'esclaves faisait de *sa chose*.....; mais qu'on ne s'y trompe pas, le motif de cette tardive intervention ne reposera pas sur un sentiment d'humanité — si ce sentiment fut connu dans le monde romain, il ne pouvait s'appliquer à l'esclave qui ne faisait pas partie de l'espèce humaine, — mais il s'appuiera sur des considérations de l'ordre économique : ce sera afin d'empêcher la trop rapide destruction d'une richesse sur laquelle reposait la fortune de l'Empire.

Déjà avant l'arrivée de Manassès, la maladie avait fait de tels progrès et produit de si grands vides dans l'établissement impérial, que le commandant en chef avait dû en informer le proconsul, lequel ne voulant pas priver sa légion du seul médecin qu'il eût auprès de lui, jeta les yeux sur l'esclave Massyntha qu'il chargea de lui faire « un rapport sur la situation sa-
» nitaire de cet établissement, en indiquant les amé-
» liorations qu'il jugerait le plus efficaces, lui promet-
» tant de le seconder pour tout ce qui dépendrait de
» son pouvoir, et même de l'affranchir s'il était
» content de lui. »

Ces ordres du proconsul furent transmis verbalement à Manassès par le préteur de Thamugadis, lequel en informa l'officier commandant la villa impériale, auquel il adressait l'esclave Massyntha ainsi que sa fille, esclave comme lui.

Afin d'engager Cossus à entrer dans ses vues, le sage vieillard s'appliqua, dans son rapport, à le convaincre que c'en était fait de « ce bel établissement impérial, » s'il ne donnait l'ordre : 1° de faire sortir immédiatement tous les fiévreux et les faire camper, non loin de là, sur un petit plateau ombragé et parfaitement aéré ; 2° de faire ouvrir les portes de tous les cachots [1], d'où le plus grand nombre d'entre les esclaves qui y étaient renfermés, ne sortaient pas vivants. Il fallait renoncer à l'application de cette peine jusqu'à la disparition de la maladie qui, vu l'élévation de la température, menaçait de prendre le caractère épidémique, dont les miasmes léthifères, en se répandant dans la contrée, pouvaient la changer en une vaste nécropole ; 3° de faire défendre les travaux en plein soleil durant les trois ou quatre heures du passage du soleil au zénith, pendant toute la saison de l'été ; 4° quant aux moyens d'assainissement des lieux, dont la malencontreuse situation était une des principales causes de la maladie, il proposait d'abord de baigner d'eau de chaux les murailles, les cloisons, et le sol de tout l'établissement, et ensuite de soumettre pendant quelques jours à des bains de vapeur aromatisée toutes les personnes sans exception — esclaves et gardiens — et tous les vêtements ou tentures.

Massyntha se chargeait de trouver dans la montagne, avec l'aide de quelques esclaves, les plantes aromatiques ainsi que les simples dont il pourrait avoir besoin pour la composition des médicaments et pour les bains.

Tel est le résumé du rapport que Massyntha fit remettre au proconsul. Or, ce général qui se sentait beaucoup plus compétent dans le métier de la guerre, c'est-à-dire dans l'art de tuer les hommes que dans celui de leur rendre la santé, manda auprès de lui Postumius, médecin de la légion, et lui communiqua le rapport de Massyntha, en le priant de lui

1. *Ergastula.*

dire ce qu'il en pensait. C'était rendre l'ignorance juge d'un savoir qui, relativement aux temps dont nous parlons, était véritablement supérieur. Si encore le médecin de la troisième légion n'avait été qu'ignorant, si la jalousie, compagne ordinaire de l'incapacité, n'eût dicté la conduite de cet indigne disciple d'Esculape, le projet de réforme sanitaire du sage du Tumar n'eût pas été rejeté.

— Pour apprécier à sa juste valeur un travail de cette nature, répond Postumius au proconsul, il me faudrait voir moi-même d'abord si son auteur n'exagère point la gravité du mal; ensuite, s'il a bien compris le véritable caractère de la maladie, et enfin, s'il est nécessaire d'opérer un transfèrement des esclaves malades, dont un des moindres inconvénients serait, sinon l'abandon total de la villa actuelle, du moins la construction d'une nouvelle.

— Si cependant, dit Cossus, la santé publique l'exigeait?.. si nous étions réellement menacés de la peste ?...

— S'il en était ainsi, je sais que notre très-magnanime et très-humain proconsul ne reculerait devant aucun sacrifice.

— Eh bien! mon cher Postumius, va voir par toi-même ce qu'il y a de mieux à faire. Aussi bien, tu sauras me dire si le savoir et la sagesse de cet esclave numide sont à la hauteur de la réputation qu'on lui a faite à Thamugadis.

Oh, combien il est difficile aux grands de connaître la vérité, et combien sont rares ceux qui, pour arriver à cette précieuse connaissance, savent n'employer que des hommes qui ne soient pas intéressés à les tromper. Que de peuples, que d'empires dont les destinées furent trop souvent dans les mains d'un seul homme ! A voir avec quelle facilité les peuples se laissent gouverner au gré des princes que le hasard de la naissance ou la violence et le crime mirent et continuèrent de mettre à leur tête, ne dirait-on pas d'imbéciles troupeaux !

V

La beauté de l'esclave Amsade excitait la criminelle convoitise de C. Proculinus, à la direction duquel Cossus avait confié la villa impériale. Cet officier n'osant arracher violemment la jeune esclave des bras de son père, cherchait l'occasion de s'en emparer par ruse. Il saisit donc avec l'aveugle empressement de sa brutale passion le moyen que lui offrait l'heureuse découverte de la jalousie de Postumius à l'endroit de Massyntha. Les âmes viles et dégradées se comprennent et s'associent d'autant plus facilement pour faire le mal, que leurs mutuels épanchements ne sont empêchés par aucun sentiment de pudeur.

Il fut donc convenu entre ces deux hommes que Proculinus impliquerait le père d'Amsade dans un complot d'évasion ou d'insubordination. Postumius s'efforcerait de convaincre le proconsul que non-seulement les moyens sanitaires proposés par Massyntha occasionneraient des frais considérables sans résultats sérieux, mais encore qu'ils ne pouvaient être justifiés par la science, et qu'enfin, d'après les longues conférences qu'il avait eues avec ce soi-disant disciple d'Esculape, il était convaincu que ce rusé vieillard n'était qu'un intrigant qui ne visait très-probablement qu'à s'emparer de l'esprit des esclaves pour en faire les instruments de coupables projets.

C'est dans ce sens que cet indigne médecin écrivit
à Cossus, et il terminait sa lettre par ces mots :
« Enfin, c'est un esclave numide, et à propos des ser-
» vices qu'il nous offre, je ne puis m'empêcher de
» m'écrier avec le divin poëte :

» Timeo Danaos et dona ferentes. »

VI

Le jeune Fortunatus n'avait pas oublié les charmes
d'Amsade, qu'il croyait toujours à Thamugadis au
service de sa mère et de sa sœur. C'est là qu'il la
voyait dans ses rêves de dix-huit ans à travers ce
prisme enchanteur que le fils de la reine des grâces se
fait un malin jeu de placer devant les yeux des
amants.

Quand son gouverneur, le bon Celtorick, le conduisait à la campagne pour lui donner des leçons de
géographie, l'élève ne voyait que la belle Numide sur
les eaux et les montagnes. Quand il lui expliquait,
pendant la nuit, le cours des astres et la position
respective des constellations, Fortunatus ne voyait
au firmament que celle dont les yeux incomparables
éclipsaient tous les soleils ; et lorsque, passant des
astres aux dieux, le savant Gaulois lui racontait l'origine astronomique et l'histoire des diverses théogo-
nies, nulle divinité n'était comparable, selon l'adora-
teur d'Amsade, à cette intrépide amazone se montrant entre les deux armées et faisant mordre la poussière au redoutable Furiosus.

On sait que rien n'est plus ingénieux que l'amour
pour se rapprocher de l'objet aimé, en fût-il séparé

par l'abîme des mers, — je parle d'un amour véritable, profond comme celui du noble jeune homme.

Quoique à peine une demi-journée de marche le
séparât d'Amsade, il lui était cependant fort difficile
de s'en rapprocher, car un obstacle puissant se dres-
sait devant lui, infranchissable : l'autorité paternelle,
ce pouvoir absolu que les mœurs et les lois romaines
donnaient au père de famille sur ses enfants.

Avouer à son père les sentiments qu'il éprouvait
pour une esclave, c'eût été non-seulement encourir
sa disgrâce, mais encore, — et c'était ce qu'il redoutait
le plus, — perdre Amsade à jamais. Que faire donc ?
Tourner l'obstacle, puisqu'il ne pouvait l'aborder de
front.

Le bon naturel de Fortunatus et sa grande docilité
lui avaient acquis l'attachement de Celtorick, chez
lequel notre jeune élève s'était habitué à voir moins
un gouverneur qu'un ami vénéré.

Plein de confiance en la bienveillance de son *moderator*, le fils du proconsul, à qui Celtorick reprochait
doucement un jour de négliger depuis quelque temps
ses études, n'hésite pas à lui faire l'aveu des sentiments qu'il éprouve pour *la belle esclave*.

— Quelle esclave, lui demande Celtorick, très étonné
d'un tel aveu?

— Il faut que je la voie, il faut que je la sauve...
ou je mourrai, poursuit le jeune homme, sans répondre à la question du gouverneur qu'il ne paraît
pas même avoir entendue.

— Mon enfant, calme-toi, lui dit Celtorick en lui
mettant la main sur le front dans la pensée qu'il avait
la fièvre.

— Surtout, ajoute Fortunatus avec mystère, pas
un mot à mon père!... il la ferait mourir.

— Sois sans crainte, mon ami... — C'est de la folie, ajoute-t-il à part lui.

— Jure-le-moi.

— A la condition que tu ne t'exposeras plus nu-tête aux rayons du soleil d'Afrique.

— Je ferai tout ce que tu voudras, pourvu que tu obtiennes de mon père de me conduire à Thamugadis.

— Pour aller voir ton auguste mère ?

— Il y a si longtemps que je ne l'ai vue.

— Et puis, ce sera une occasion de te faire connaître l'art scénique d'Athènes : car le théâtre de Thamugadis est le seul de cette contrée où l'on reproduise les œuvres des poètes grecs.

— Je te devrai plus que la vie si je puis la revoir.

— Allons ! se dit le bon vieillard, c'est une idée fixe.....

— Partons aujourd'hui, à l'instant.

— Je vais trouver le proconsul qui est au camp.

VII

Quelques heures après, le précepteur et son élève montés sur un chariot rustique quittaient le camp et se dirigeaient vers Thamugadis.

Tandis que l'excellent Celtorick cherchait à distraire Fortunatus tantôt par des narrations historiques se rattachant au pays que l'on parcourait, tantôt par des légendes numides, notre jeune amoureux, entièrement absorbé par l'idée qu'il allait revoir la belle Amsade, faisait des rêves charmants, comme nous en avons tous fait à cet âge qui est celui des plus agréables illusions..... Rêves aux ailes saupoudrées d'or et de rubis, mais que trop tôt, hélas ! le souffle impitoyable de la réalité, emporte et fait à jamais évanouir.....

Mais, ô contre-temps fâcheux! le proconsul, à la tête d'un fort détachement de cavalerie, accourant dans la même direction, se montre presque tout à coup aux yeux de nos deux voyageurs.

— Voilà mon père ! s'écrie Fortunatus en se retournant.

— Le proconsul ! dit avec calme Celtorick. — Qu'y a-t-il de nouveau, mon noble maître, demande familièrement à Cossus le vénérable précepteur?

— Peu de chose, répond le général sans s'arrêter : une petite rébellion d'esclaves... que je vais châtier; après quoi, je vous rejoindrai à Thamugadis.

Dans le même moment accourait, du côté du parc aux esclaves, que l'on voyait à peu de distance de là, un cavalier qui, ayant mis pied à terre devant le proconsul, lui dit : « Proculinus, mon maître, m'envoie vers toi, ô notre très puissant et très glorieux proconsul pour t'informer que, grâce à la promptitude et à l'énergie des moyens qu'il a employés, tout est rentré dans l'ordre et le devoir..... »

— C'est bien.

— Mon maître m'a chargé de dire encore à notre très heureux proconsul qu'il peut se dispenser de souiller ses yeux de la vue hideuse des esclaves.

— J'irai, dit Cossus, pour punir d'une manière exemplaire les auteurs de l'insubordination. De pareils faits sont graves, surtout quand ils se produisent dans une contrée à peine soumise..... Va prévenir ton maître de mon arrivée ; et le général ralentissant sa marche afin de laisser le temps à Proculinus de venir à sa rencontre, s'entretient familièrement avec Celtorick et Fortunatus, marchant à côté de leur chariot.

VIII

Comme on approchait du vaste enclos où étaient parqués les esclaves — la plupart Gaulois, Germains et Libyens, — dans l'intérieur duquel on pouvait distinguer comme des troupeaux de bétail de diverses couleurs, une jeune esclave, les cheveux et la robe [1] en désordre, en sortait avec la rapidité d'une gazelle fuyant devant des chasseurs. Bientôt on put l'entendre s'écrier d'une voix égarée : « Mon père !... On va faire » mourir mon père !... ».

Après elle courait une troupe d'esclaves auxquels une voix criait avec autorité : « Arrêtez-la ! »

Mais au moment où le plus agile de ces malheureux allait mettre la main sur la jeune femme, Fortunatus, qui a reconnu la voix et les traits d'Amsade, oubliant qu'il est en présence de son père, et n'écoutant que le violent désir de venger l'outrage qu'un vil esclave va faire à sa divinité..... Fortunatus, armé d'un glaive qu'il s'est fait remettre par un soldat de l'escorte du proconsul, se précipite sur l'esclave et le transperce de part en part, tant est grande la fureur qui l'agite. « Ainsi périront de ma main, s'écrie-t-il » avec égarement et en brandissant l'arme ensanglantée, tout ceux qui toucheront à un seul de ses » cheveux ! »

— Désarmez ce fou, dit Cossus à ses cavaliers, et conduisez-le à la citadelle de Thamugadis.

— Grâce pour ton fils, s'écrie Celtorick en se jetant aux pieds du proconsul ! Sa raison est égarée...

---

1. Si l'on peut donner ce nom à une grossière toile en forme de chemise qui la recouvrait à peine.

— Ceci est une affaire de famille que j'examinerai plus tard.

— Souffre du moins, ô mon noble maître, que j'accompagne mon cher élève dans sa prison !

— Tu le peux ; mais puisses-tu, ô Celtorick, ne pas être complice de son prétendu égarement !

Il y avait tant de sévérité dans la voix et le geste du proconsul, que cet excellent vieillard en fut anéanti. Il n'eut pas eu la force de se relever si l'un des esclaves de la maison de Cossus, le prenant par la main, ne l'eut aidé à remonter sur le chariot à côté de Fortunatus.

— Quelle est cette jeune esclave, demanda le général, après que ces derniers se furent éloignés ?

Il s'adressait à Proculinus qui venait d'arriver et dont le visage empourpré décélait le trouble de son âme.

— Pourquoi cette hésitation à me répondre ? J'ai demandé quelle est cette esclave ?

— C'est la fille de l'auteur de complot... que j'ai fait remettre aux mains du questionnaire.

— Pourquoi fuyait-elle ?

— Parce que... sans doute elle aussi... se sentant coupable...

— Coupable de quoi ? d'avoir comploté ? Une si jeune fille ! ajoute le proconsul dont l'esprit investigateur semble pénétrer jusqu'au fond de l'âme de boue de ce misérable. — Faites approcher cette esclave.

— Grâce pour mon père ! s'écrie Amsade, en arrosant de ses larmes les pieds de Cossus ; je jure par ta noble fille Valeria que mon père est innocent ; daigne ordonner qu'il vienne se justifier en ta présence et devant les dieux immortels !

— Quel est le nom de ton père, demande le proconsul qui ne reconnaissait point la jeune héroïne ?

— On l'appelle Massyntha.

— Massyntha ! l'auteur du mémoire ?... Fais venir cet esclave, dit-il à Proculinus.

— Il est entre les mains du questionnaire, avec un chef du complot insurrectionnel.

— Quand je donne un ordre, j'entends qu'il soit exécuté sur l'heure et sans observation aucune ; va prendre toi-même ces deux esclaves ; centurion Zaraüs, accompagne Proculinus ; et le proconsul fit au centurion un signe d'intelligence qui voulait dire : « Ne le perds pas de vue. »

— Relève-toi, dit le proconsul à Amsade, et sois sans crainte ; si ton père n'est pas coupable, il ne lui sera fait aucun mal.

— Alors il est sauvé ! s'écrie la jeune fille en élevant les yeux et les mains au ciel avec une expression de confiance et de bonheur indéfinissable.

IX

« Fais en sorte, avait dit Proculinus au questionnaire (le bourreau), que ces deux esclaves (Massyntha et Ambérius) expirent dans l'épreuve, et quoi qu'ils disent, voici le procès-verbal des demandes et des réponses qui seront censées avoir été faites de part et d'autre. Une récompense et mon amitié te sont assurées..... »

Suivant ces instructions, le bourreau, après avoir fait enchaîner les deux patients chacun sur un lit de granit et en attendant les lames, dards et pinces de fer qui rougissaient sur l'ardent brasier, copiait le

10

véridique et *sincère* procès-verbal; après l'avoir signé, ce digne magistrat prend avec des tenailles une large et épaisse semelle de fer rougi au feu et se disposait à l'appliquer aux pieds de Massyntha. . . . .

— De par le proconsul, dit le centurion au bourreau, j'ai ordre de faire suspendre la question et d'amener les deux accusés.

— Voici le procès-verbal, dit le questionnaire à voix basse à Proculinus, lequel s'en empare avec empressement, mais non sans être vu du centurion.

— Accompagne tes victimes. dit l'officier au bourreau, d'un ton qui fit pâlir ce dernier.

— Où nous conduisez-vous, demanda l'esclave gaulois (Ambérius), plutôt par un sentiment de curiosité, qui est le propre de sa nation, que pour savoir ce qu'on allait faire de lui?

— Auprès du proconsul, répond le centurion.

— Dans ce cas, chargez sur mes épaules ce vieillard, car vous voyez bien qu'il ne peut marcher: aussi bien on aurait mieux fait de commencer par moi.

— Voilà, dit le centurion, un sentiment qui témoigne d'un noble cœur!

— Tu crois donc, dit le Gaulois d'un ton ironique et en recevant Massyntha sur ses épaules, qu'il puisse y avoir quelque noblesse dans l'âme d'un esclave?

— Ta conduite le prouve.

En passant devant les hangars où étaient enchaînés des centaines d'esclaves, ces derniers, à la vue du sage vieillard levant les mains au ciel, implorent à haute voix pour leur père, la protection des dieux.

Touchant témoignage de reconnaissance qui fit oublier à Manassès toute une vie de douleurs et de persécutions.

— Prends bonne note de ce que tu vois et entends, dit Proculinus au centurion.

— Je prends note que ce digne vieillard emporte l'estime et les bénédictions de tous ces malheureux.

— Cela prouve qu'il était réellement le chef du complot.

— Si tu n'as pas d'autres preuves à donner au proconsul, tu feras mieux de ne rien dire, mon cher Proculinus.

X

A la vue de son père, Amsade, que les soldats empêchent de s'éloigner, tombe à genoux et remercie à haute voix les génies immortels d'avoir conservé ses jours. Témoin de cette touchante expression de piété filiale, Cossus se sent profondément ému, et l'on dit même qu'il se détourna pour essuyer une larme d'attendrissement, afin de ne pas faire voir à ses soldats qu'un cœur d'homme battait sous la cuirasse du guerrier !

— Ce vieillard a été soumis à la question, dit le proconsul ; où est le procès-verbal du questionnaire ?

— L'opération commençait à peine quand nous sommes arrivés... et c'est pourquoi il n'existe pas de procès-verbal.

— Tu mens, dit le centurion ; il existe un procès-verbal, et, si mon général m'y autorise, je me charge de le trouver dans les plis de sa toge.

— Par le Styx ! s'écrie Cossus, si tu as voulu me tromper, tu mourras.

— Le voici, dit en tremblant ce misérable.

— Que le questionnaire lise cet acte.

Le questionnaire lisant d'une voix tremblante :

« En présence...

— Passe les préliminaires et arrive aux questions faites aux deux accusés.

.... « Et ayant appliqué les lames ardentes à la
» plante des pieds du vieil esclave, inscrit sous le
» n° 463, et que ses pareils appellent « leur père »,
» mais qui a refusé de dire son nom, ainsi que celui
» de sa patrie, je lui ai demandé s'il s'avouait l'un des
» chefs du complot.

» Mais ne daignant pas répondre à cette première
» question, je lui ai fait de profondes incisions sur la
» poitrine, dans lesquelles j'ai versé du vinaigre ; et il
» a persisté dans son mutisme...

» Enfin, comme dernière épreuve, qu'une mort
» certaine devait suivre, — ce dont je l'avais pré-
» venu par humanité — ....

— Un bourreau qui parle humanité ! s'écrie l'esclave gaulois en éclatant de rire.

— Silence, dit le proconsul, ou je vais te faire baillonner.

Le Gaulois allait répondre, mais Manassès, qui était assis près de lui, l'en empêcha.

— Poursuis, dit le général, au questionnaire.

— « Je lui fis appliquer des griffes de fer qui
» devaient lui entr'ouvrir la poitrine lentement, afin
» de lui donner le temps de faire quelque révélation,
» — même silence.

» Mais lorsqu'il sent les crocs acérés pénétrer dans
» ses côtes... alors vaincu par la douleur, il s'écrie :
» — Je conviens de tout ; moi et l'esclave Ambérius
» sommes les auteurs du complot... Notre projet
» était de poignarder le chef et les gardiens de l'éta-
» blissement afin de nous évader pendant la nuit.

» Puis, lui ayant fait de nouvelles questions afin
» de connaître ses autres complices...

Ici le questionnaire s'arrête n'osant plus poursuivre.

— Achève misérable, ton œuvre de mensonge, ou
je te fais couper la tête comme à un serpent !

» — Mais il ne put y répondre, car le criminel
» esclave avait expiré... »

— Que signifie ce tissu de mensonges, demanda
Cossus ?

— Ce n'est pas moi qui ai rédigé ce procès-verbal
dit le questionnaire...

— Il ment, répond Proculinus, et la preuve c'est
qu'il est écrit et signé de sa main.

— C'est toi qui me l'as dicté avant de soumettre
les deux esclaves à la question.

— Je prends les dieux à témoin...

— Assez, dit le proconsul. Centurion, fais conduire
ces deux misérables imposteurs dans les prisons de
Thamugadis et qu'à l'instant on ôte les fers à l'esclave
que j'ai vu portant le vieillard.

— Ils sont rivés au marteau, et sans le secours de
la lime...

— Qu'à cela ne tienne, dit Ambérius ; et mettant
la chaîne dont ses mains sont liées, sous l'un de ses
pieds, il la rompt, comme un faible lien, en relevant
son torse herculéen.

— Par Jupiter, s'écrie Cossus, voilà un trait de
force qui provoquerait les applaudissements de Rome !
Veux-tu de la liberté ?

— Qu'en ferais-je... quand ma patrie est lâchement
courbée sous le joug de la tyrannie romaine !

— Tu es Gaulois.

— Qui te l'a dit ?

— La fierté que tu gardes jusque dans les fers. Si tu veux jurer fidélité à l'empereur Auguste, je te ferai incorporer dans ma légion.

— Plutôt mourir !

— Pourquoi?

— Servir les tyrans de ma patrie est pire que la mort.

— Où as-tu puisé de pareils sentiments?

— Dans l'amour de mon pays.

— Ton stoïcisme me plaît ; et malgré tes injustes préventions contre Rome, je veux dès demain à Thamugadis te mettre à même de recouvrer ta liberté.

Le proconsul ayant fait retirer tout le monde et approcher le centurion lui parla ainsi:

En te chargeant de la direction de la villa impériale, dont la bonne organisation importe beaucoup à la prompte réalisation des projets de César-Auguste, je te donne le plus haut témoignage de confiance que ton intelligence et ta vigilance m'inspirent. En attendant de plus amples instructions et le nouveau règlement que je veux appliquer à ce grand établissement, ne perds pas de vue les principes généraux suivants:

1° Isoler le plus possible les esclaves dans leurs quartiers respectifs, afin qu'ils ne puissent communiquer entre eux. Les attentats individuels peuvent être facilement comprimés ; mais il n'en serait pas de même d'un conjuration ayant des ramifications dans tous les quartiers et dont tous les fils pourraient être réunis dans la main d'un chef audacieux et habile, à l'exemple d'un Sertorius ; 2° établir un système d'espionnage non-seulement entre les esclaves mais encore entre les gardiens, afin de bien convaincre les uns et les autres qu'ils sont partout sous un œil vigilant, qui voit tout, même dans l'ombre, et qu'une oreille est constamment ouverte pour entendre tout ce qui se dit, même à travers les murs des ergastules ; 3° obliger tout esclave à qui l'on ferait quelque proposition d'évasion, de soulèvement ou qui apprendrait soit directement, soit indirectement qu'il se trame quelque complot, l'obliger, sous peine de mort, d'en faire immédiatement et avant le coucher du soleil la révélation au commandant de la villa impériale ; et comme épreuve, faire faire de temps à autre des propositions de complot à un ou deux esclaves de chaque quartier, et punir très sévèrement ceux qui les écouteraient sans les révéler dans l'espace de temps prescrit par le règlement ; 4° faire que tous les esclaves sans exception soient incessamment occupés pendant le jour, afin que la fatigue les empêche de réfléchir dans l'ombre de la nuit ; 5° empêcher qu'ils s'instruisent les uns les autres ; car les lumières donnent l'amour de l'indépendance et de la liberté ; 6° les nourrir suffisamment pour qu'ils puissent supporter le fardeau du labeur journalier, mais éviter qu'ils puissent satisfaire entièrement leur faim, car cette satisfaction pourrait leur procurer un embonpoint qui les rendrait moins actifs ; 7° éviter que les esclaves femelles soient communes à plusieurs mâles et *vice versa*, cette promiscuité étant nuisible à la propagation de l'espèce ; mais encourager les mariages et la fécondité des femelles en récompensant celles qui produiront le plus de petits à l'empire ; dans ce sens, ne pas maltraiter l'esclave afin que son part vienne bien.

Il ne faut pas perdre de vue que l'élevage d'esclaves fait la principale richesse de l'empire.

Cossus recommanda au nouveau directeur de la villa impériale d'avoir « quelques égards » pour les

esclaves Massyntha et sa fille, tout en ayant les yeux
ouverts sur leurs agissements.

Et après avoir pourvu à tout avec son activité habi-
tuelle, il se dirigea vers Thamugadis.

XI

A cette époque, la cité de Thamugadis, ancienne
colonie carthaginoise, était encore assez florissante,
grâce à la richesse de son territoire qui ne demandait qu'à être fécondé par le travail de l'homme.
Depuis la destruction de Carthage, Thamugadis avait
garnison romaine, laquelle occupait une vaste citadelle construite sur la partie nord-est d'une colline
d'où elle dominait la ville. Les vieux murs de cet
édifice sont encore debout et servent d'abri aux troupeaux que les nomades pasteurs y font parquer dans
la belle saison, et où les animaux carnassiers — successeurs des Romains — vont dévorer leur proie
dans la saison des frimas.

Un vaste théâtre en plein air était adossé à la colline centrale. Les spectateurs voyaient devant eux,
vers le sud, le bel arc triomphal, qui y fut élevé plus
tard, et dont la riche architecture rappelle l'époque
des Antonins.

Dès que les avant-coureurs annoncèrent l'approche
du proconsul, toutes les autorités se hâtèrent d'aller
à sa rencontre, tandis que la population (numido-
romaine) s'empressa, sur l'ordre de la curie, de tendre des tapis et de couvrir de fleurs de safran les
rues par lesquelles le cortège devait passer pour se
rendre au palais du préteur où Cossus devait descendre.

Partout sur son passage le proconsul fut salué par

des acclamations universelles, mais auxquelles ce magistrat répondit froidement, car il n'ignorait point que de la part des indigènes, ces hypocrites manifestations étaient provoquées moins par un élan sympathique que par la crainte qu'il inspirait.

Après s'être rendu dans les appartements que Saturnia son épouse, et sa fille Valéria occupaient au palais du préteur, pour leur annoncer que tout était disposé au camp lambœsien pour les recevoir, et qu'il allait donner des ordres au préteur pour leur départ du lendemain, il se rendit à la curie, pour recevoir la visite et entendre les fastidieux compliments des autorités de la cité, auxquelles il promit en les congédiant un combat de gladiateurs et d'animaux pour le lendemain. Puis il se rendit à la citadelle, sous prétexte de faire l'inspection de la garnison, mais dans le but réel de voir par lui-même quel était l'état moral de son fils envers lequel il craignait de s'être montré trop sévère. Avant de voir Fortunatus, il manda auprès de lui Celtorick, dont la profonde affliction l'effraya.

— D'où vient, lui dit-il, cette tristesse que je lis sur ton visage, mon cher Celtorick ?

— Elle vient de ce que je suis coupable envers le meilleur des maîtres, dit le vieillard en se prosternant.

— Relève-toi, et sois sans crainte ; parle-moi de mon fils, de notre enfant ; car, si je suis son père selon le sang, il est ton fils selon l'esprit.

— Voilà un langage qui me redonne la vie avec l'espoir de le sauver.

— Serait-il sérieusement malade ?

— Physiquement, non ; mais sa tête et surtout son pauvre cœur sont dangereusement atteints. C'était

dans le but de le distraire que je t'avais demandé
l'autorisation de le conduire auprès de son auguste
mère.....

— Pour son instruction, m'as-tu dit.

— Je n'ai pas osé t'avouer que c'était pour souscrire à une idée fixe de son cœur égaré.

— Et qu'elle est cette idée?

— Il voulait voir et sauver, disait-il, une jeune fille
qu'il a sans doute vue dans ses rêves de jeune
homme, et ce qui l'a porté à donner la mort à l'esclave qui poursuivait la jeune fille qui s'est offerte à
sa vue, c'est sans doute parce que, dans sa folie, il
a cru qu'elle était la femme qu'il voit dans ses
rêves. Souffre donc, ô mon généreux maître, que
j'implore sa grâce pour le meurtre qu'il a commis.

— Ce n'est pas pour avoir tué un esclave que j'ai
voulu le punir : qu'est-ce que la vie d'un esclave, et
surtout d'un esclave sans valeur? Mais j'ai dû le
punir pour s'être permis un pareil acte devant moi
son père, devant le proconsul.

— Fortunatus a reçu de moi de trop bons principes pour avoir pu manquer volontairement et avec
intention au profond et religieux respect que je lui
ai inspiré pour un père et un magistrat tel que
Cossus. Sa conduite et son acte furent irréfléchis et
ils trouvent malheureusement leur excuse dans l'é-
clipse de sa raison.

— Je ne sais, mais il y a dans l'action de Fortunatus et surtout dans les conséquences de cette action..... quelque chose que je ne m'explique pas.

— Les dieux se plaisent souvent à voiler leurs des-
seins aux yeux des mortels, et si Cossus consultait le
grand-prêtre d'Esculape.....

— Les prêtres, s'écrie le proconsul avec un sourire

d'incrédulité, nous leur faisons dire ce que nous voulons, et les décrets des dieux sont nos propres décrets... Mais, allons voir mon fils... peut-être ses aveux m'expliqueront-ils ce mystère.

— Il serait peut-être bon de le préparer à la visite de son père qui, lui dirai-je, n'est plus irrité contre lui...

— Et qui est disposé à lui pardonner, s'il est sincère dans ses aveux.

— Oh! ces bonnes paroles, si elles ne peuvent le guérir instantanément, calmeront du moins l'agitation de son esprit et de son cœur.

Nous ne dirons de cette entrevue de Cossus avec son fils que ceci : c'est qu'il fut convenu avec Celtorick que Fortunatus repartirait avec ses parents pour le camp fortifié de Lambœsis.

XII

Le lendemain, Cossus, accompagné de Celtorick et de son fils Fortunatus, sur l'état duquel il était un peu plus rassuré que la veille et qu'il cherchait à distraire, se rendit à l'amphithéâtre de Thamugadis. Il serait superflu de dire qu'il y fut reçu avec ces acclamations et cette apparence d'enthousiasme, que la population joua presque au naturel, et qui du moins cette fois s'harmonisaient avec le milieu, puisqu'on était au théâtre ; si bien que le proconsul lui-même, qui savait être comédien quand il le voulait, se montra tellement satisfait et flatté, qu'on eût dit qu'il croyait naïvement à la sincérité d'une pareille réception.

On préluda par des chants exécutés en chœur et

accompagnés de flûtes, de citares et de tambours, et dont les sujets étaient religieux, je veux dire mythologiques. Cependant les gladiateurs entrent dans l'arène et, sur le signal du proconsul, commencent un combat d'autant plus barbare, que les combattants étaient entièrement nus.

A la vue du sang qui ne tarde pas à couler, le spectateur, avide de pareils combats, applaudit les vainqueurs ; mais plus particulièrement un esclave, ancien laniste [1], dont la surprenante adresse l'avait fait surnommer le *Prince des gladiateurs*.

— Cossus, l'ayant fait approcher : « Tu seras libre, » lui dit-il à haute voix, si tu l'emportes sur un nou-» vel athlète qui va paraître dans l'arène. »

Dans ce cas, ô Liberté je te salue !

— Fais venir l'esclave gaulois, dit Cossus à l'édile chargé de la direction des jeux.

Et le proconsul ayant fait approcher aussi l'esclave Ambérius, lui dit : « Je t'offre le moyen de te faire » libre toi-même, par ton adresse et ton courage : le » gladiateur qui t'attend dans l'arène veut te dispu-» ter ta liberté. »

— Je ne tiens pas à la défendre contre lui... à moins qu'il ne soit Romain.

— Je suis Romain, répond le Prince de gladiateurs, et je vais te le montrer.

— Plût au ciel que tous les cœurs romains palpitassent dans ta poitrine ! Je jure par Teutatès et par ce fer, que bientôt ils ne battraient plus !

En disant ces mots, il fond sur son adversaire avec la rage et la souplesse du tigre ; mais le Romain, opposant la ruse et le sang-froid à l'impétuosité du

---

1. Professeur d'escrime ou instructeur des gladiateurs.

gaulois, esquive adroitement le coup en se baissant, puis, se retournant, il allait porter à Ambérius un coup de maître, — quand le Gaulois, que son premier élan avait emporté quelques pas plus loin, se retournant à son tour et se couvrant du bouclier sous lequel il se ramasse, attend de pied ferme son ennemi, et parant le coup que ce dernier lui porte, il le saisit d'un bras vigoureux, l'étreint sur sa large poitrine comme dans un étau ; puis le soulever, le renverser, lui enfoncer le fer dans la gorge ; tout cela se fit en quelques instants aux applaudissements frénétiques de tous les indigènes. Ils eussent mieux fait de maîtriser la joie qu'ils ressentaient à la vue du triomphe du Gaulois, car cet imprudent témoignage de satisfaction leur coûtera cher !

— Cossus, dit le Gaulois en s'avançant fièrement vers lui, cette victoire a été trop facile et ne vaut pas la liberté d'un ennemi tel que moi (A ce moment le ciel se couvre d'épais nuages que déchirent de fréquents éclairs.)

— Tu as raison, lu dit le proconsul, d'un ton sinistre ; aussi bien, t'ai-je réservé un adversaire digne de ton courage. Et sur un signe fait à l'édile, les esclaves préparent l'arme pour le combat des animaux. les réservoirs s'ouvrent et remplissent d'eau le fossé circulaire, un pont-levis se baisse devant une grille de fer entr'ouverte, et l'on voit s'avancer fièrement un superbe lion au regard terrifiant et à la stature gigantesque.

— Très-bien, Cossus ! dit le gaulois, je vois que tu sais faire les choses noblement ; mais daigne me dire si ce combat doit être le dernier pour moi. (On entend le tonnerre).

— Par Jupiter tonnant je le jure. Cette fois, la pro-

11

messe du proconsul était sincère, car il ne doutait pas de l'issue d'un pareil combat.

— Ce n'est pas à dire que je craigne la mort ; mais depuis que j'ai pu comprendre combien tu t'en réjouirais, de ce moment, je tiens à conserver mes jours. Et se retournant du côté du roi des animaux, à nous deux, lui dit-il, très puissant, très superbe, très auguste César Lion, salut !

On dit qu'au moment où le féroce animal vit s'avancer le héros gaulois, il fit entendre un rugissement auquel répondit la voix du tonnerre, comme signal d'un combat digne de fixer le monarque des cieux.

A la vue du danger qui menace l'esclave gaulois, Fortunatus, comme s'il s'éveillait en sursaut, se précipite aux pieds du proconsul en s'écriant : « Père, grâce pour cet esclave ! »

— Tais-toi.

— Grâce au nom des dieux qui m'inspirent.

— Tais-toi, reprit Cossus avec un ton et un geste d'autorité qui fit comprendre au généreux jeune homme que le sort du gaulois était irrévocablement arrêté.

Cependant les paroles de Fortunatus furent religieusement recueillies par le gaulois. Les Romains, qui affectionnaient entre tous ce genre de combat, battent des mains et des pieds afin d'exciter le lion, qui ne paraît pas se douter qu'il est en présence d'un ennemi et auquel la vue des éclairs et le bruit du tonnerre semblent imposer.

Le morne silence gardé par les indigènes, contraste singulièrement avec l'indécente et cruelle agitation des Romains.

Mais chose étrange et que tous ceux qui s'intéressaient au sort de notre héros, tiennent pour être d'un bon augure, à la vue de l'attitude tout à la fois calme

et martiale du gaulois, le lion s'arrête, fixe les yeux
sur son adversaire et puis, se détournant lentement,
il promène ses regards sur les autre parties de l'arène
comme pour chercher un autre ennemi à combattre ;
mais l'hercule de Bibracte (il était né dans cette ville
des Gaules) tient, sans bouger de place, ses grands
yeux bleus constamment fixés sur l'animal à qui cette
constante fixité impose.

D'aucuns racontent que l'on vit en cette occurence
une couronne de flammes briller sur la tête de l'esclave gaulois, signe manifeste que les dieux veillaient
sur lui, que c'était là ce qui imposeit au roi des animaux. Mais voici qu'à l'exemple de Cossus, tous les
Romains poussent de nouvelles clameurs auxquelles
le féroce animal répond par un terrible rugissement
dont retentissent les échos d'alentour ; puis bondissant de fureur, il court sus au gaulois comme sur une
proie facile à dévorer... ; et ce fut dans ce moment
suprême que le spectateur put admirer la force véritablement herculéenne de notre héros. Le glaive d'une
main ferme, il met un genou à terre, en s'arc-boutant
dans le sable, et reçoit ainsi sans reculer le choc de
l'animal dans la poitrine duquel il plonge le fer jusqu'à la garde.

Quoique mortellement atteint, le lion enfonce sa
redoutable griffe dans l'épaule gauche d'Ambérius,
lequel se sentant blessé, devient comme furieux, et
perdant son sang froid, il jette le glaive comme désormais inutile ; puis ramassant toutes ses forces,
tandis que l'animal perd les siennes avec le sang qui
sort à flots de sa large blessure, le héros gaulois prend
le lion à bras le corps, le terrasse aux acclamations
des spectateurs, et pesant du genou sur ses flancs, lui
fait rendre le dernier souffle...

A cette vue, un vieillard versé, dit-on, dans les connaissances augurales, s'écria en langue phénicienne : « La Gaule esclave aujourd'hui, dominera un » jour les Romains et les soumettra à sa puissance. »

XIII

Lié par son serment, Cossus déclare solennellement à Ambérius qu'il est libre et fait ratifier son affranchissement par le préteur de Thamugadis qui, après avoir légèrement frappé l'esclave de la *vendicta* [1] et l'avoir fait tourner une fois sur lui-même, le déclare légalement affranchi.

Après cette cérémonie, le proconsul Cossus fait mander le préteur auprès de lui et secrètement lui donne l'ordre de faire arrêter et exécuter cet ennemi de Rome, sur le moindre prétexte : « Il faut qu'il » meure, » fut sa dernière parole.

— Où veux-tu aller, demande le proconsul à Ambérius ?

— Tant que le vénérable Massyntha sera ton esclave je te demande la faveur de le servir librement... Après quoi je me mettrai, corps et âme à la disposition de ton noble fils Fortunatus.

— Je te l'accorde.

Surpris et vaincu par la générosité du Gaulois, Cossus contremande l'ordre qu'il vient de donner au préteur.

Avant de regagner le camp, le proconsul ne voulut pas se séparer des Thamugadiens sans leur faire payer, en romain de noble souche, les applaudisse-

1. Baguette de cérémonie.

ments réitérés dont ils avaient eu la maladresse d'accueillir la double victoire d'Ambérius.

A cet effet, ayant mandé auprès de lui les principaux citoyens de la cité, il leur fit ces adieux en ces termes :

« Les travaux; que par l'ordre de César Auguste,
» notre divin empereur, j'ai déjà commencés et que
» je veux poursuivre activement, devant être parti-
» culièrement utiles aux habitants de cette riche cité,
» je me vois forcé d'imposer extraordinairement les
» indigènes de quatre mille boisseaux de froment,
» quatre cents chevaux, six cents bœufs, deux mille
» têtes de bêtes à laine, et enfin je recevrai à titre
» d'offrande grâcieuse et spontanée, six lions et autant
» de panthères, destinés à l'amphithéâtre de Rome,
» les céréales et les bêtes à corne et à laine me
» devant être remises dans l'espace de douze jours
» et les animaux féroces dans quarante-cinq jours au
» plus tard. »

— Le proconsul n'ignore pas, dit l'un d'eux, avec quel empressement nous avons déjà concouru aux grands travaux stratégiques que Rome a commencés dans l'Ourazon pour la défense des frontières...

— Défendre nos frontières contre les incursions des barbares ennemis de Rome, n'est-ce pas vous défendre vous mêmes ?

— Nous ne prétendons pas dire le contraire, mais...

— Mais, ajoute Cossus en interrompant brusquement l'orateur, si la modération de ma demande n'était pas accueillie sans discussion, sans observation aucune, je dois vous prévenir que j'ai le pouvoir d'anéantir cette cité, qui compte dans son sein un grand nombre d'ennemis de Rome...

— Cependant...

— J'ai vu et entendu. — Au reste, ce ne sont pas des discours que je demande, mais l'obéissance, si vous ne voulez que Thamugadis ne partage le sort de l'ancienne Carthage.

CHAPITRE CINQUIÈME

I

Si Fortunatus était fou d'amour pour Amsade, le cœur de la jeune fille était brisé, et ses beaux yeux devenus tristes et languissants se remplissaient de larmes alors que la nuit la conduisait chaque soir sur sa natte solitaire... Là, son chaste sein se gonflait de profonds soupirs en pensant à son cher Adinax, à son fiancé pour la vie !...

— Où es-tu? Si tu es au nombre des vivants, pourquoi cette longue absence? Tu n'as donc pu revoir le Tumar sacré ?... Non, car tu y aurais trouvé la flèche missive... Si tu es esclave comme nous, pourquoi ne pas briser tes fers ? J'eusse, moi, brisé vingt fois les miens, si n'était mon père. Si tu n'es plus de ce monde, pourquoi ton ombre ne vient-elle pas visiter la mienne ? Puisque nous sommes fiancés, nous sommes l'un à l'autre pour l'éternité, et la mort elle-même ne saurait nous séparer.... Adinax, mon bien-aimé Adinax !...

Telle était sa prière de chaque nuit, prière sainte, car c'était l'amour qui l'inspirait.

II

Quel est ce squelette qui se meut et semble respirer encore... là-bas, devant cette grotte creusée par la main de la nature, au-delà du torrent qui sépare le rocher du Tumar du reste du monde ? Cette fosse que depuis deux jours, avec ses mains, lentement il creuse dans le sable, à qui est-elle destinée ? Veut-il se donner la sépulture à lui-même ? C'est en effet son intention ; mais il doit commencer par une autre, par sa bonne nourrice, Hertylie, laquelle, épuisée de douleur, de fatigue, de besoin, avait rendu son dernier soupir auprès d'Adinax, en prononçant ces dernières paroles :

« Le chien qui meurt pour son maître obéit tout » simplement à l'instinct de sa nature... ainsi je » fais. »

— Oh ! si les dieux me font sortir de ce tombeau, s'écrie Adinax, s'ils me rendent la force avec la santé, je vous prends à témoins, dieux immortels, je ne veux plus voir dans tout esclave qu'un frère, qu'une sœur.

Ces nobles sentiments lui redonnent de nouvelles forces, il veut finir son œuvre avant la fin du jour ; mais se sentant défaillir, il s'affaisse sur la tombe dans l'intention de la préserver de l'injure des chacals en leur offrant en pâture son propre corps.

Pendant son sommeil, dont il avait pris les indécises clartés pour les ombres de la mort, il se crût transporté au faîte du Tumar où il revit Amsade et Massyntha et le prince Kyphox, son père, comme au jour où il y fut conduit pour la première fois.

Frappé de ce rêve, il ne songe plus, à son réveil, qu'à reprendre assez de forces pour pouvoir faire l'ascension du rocher sacré. Car, nul doute, se dit-il, ce sont les génies immortels qui lui ont envoyé ce songe ; c'est là qu'il apprendra ce que sont devenus ceux qu'il aime.

III

Quelques jours après ce songe, je pourrais dire cette vision, car il en avait les apparences, Adinax, quoique très faible encore, mais dont l'espérance décuplait le courage, montait lentement et avec les plus grandes précautions; on eût dit d'un pauvre naufragé s'arrachant de l'abîme avec des efforts inouïs. Son cœur battait plus vite à mesure qu'il se rapprochait du but. Mais bientôt les forces physiques lui font défaut. Il s'arrête, et les aiguillons de la faim, d'une faim qu'il n'avait jamais ressentie aussi poignante, lui presse les flancs. « Faut-il se résoudre à mourir, s'écrie-t-il? Non. » Si grande est sa foi que l'idée qu'il pouvait succomber ne fit que traverser pour ainsi dire son esprit, mais sans s'y arrêter. Cependant, il ne peut plus se tenir debout... Mais en véritable enfant de la nature, il attend que sa mère lui tende ses mamelles ou lui offre un fruit de sa divine main. Mystérieux pouvoir de la foi, que de miracles tu accomplis chaque jour dans l'affreux *sauve-qui-peut* de notre insolidaire société! Combien, dans le monde civilisé, de pauvres mères, au sein desséché par le simoun de la misère, sortent chaque matin de leurs sombres réduits, et rentrent le soir pour donner la pâture à leurs chers petits enfants qui ont faim.

D'où viennent-elles? Oh, ne le leur demandez pas. N'essayez point de soulever le voile de ce mystère de l'amour maternel..... Car, vous la feriez rougir..... Et cependant, il faut bien qu'elle donne à manger à ses enfants; il le faut, dût-elle se prostituer...

Mais où me laissé-je entraîner. Ce n'est pas de ces

11.

mères de chair et d'os qu'il est question ici, mais
de la nature ou plutôt d'un de ces faits dans l'accomplissement desquels, — sans être pourtant bien extraor-
dinaires, — nous nous plaisons à faire intervenir la
Providence.

Au lieu même où Adinax s'est laissé choir, il sent
sous la main un corps frais et vivant : c'était une tortue que la chaleur du jour avait fait se retirer à
l'ombre d'un bouquet d'asphodèle. S'emparer du
crustacé, essayer d'ouvrir la dure carapace, mais ne
le pouvant pas, prendre une pierre en forme de coin,
l'enfoncer entre les deux écailles, les briser enfin, et
en sucer le sang, ainsi fait Adinax. Ce sang frais et
léger étant insuffisant à satisfaire sa faim, il attaque
la chair de l'animal et s'en repait comme d'un met dé-
licieux.

Grâce à ce repas et à un peu de repos, il peut poursuivre et accomplir enfin cette difficile ascension.

IV.

Rien n'était changé au Tumar. Tout y respirait
cette paix, cette fraîcheur, cette fécondité qui faisaient de ce jardin sublunaire, aux yeux du croyant
Numide, le séjour des Génies immortels. Seulement,
à la vue d'Adinax, un troupeau de chèvres devenues
sauvages, prit aussitôt la fuite vers les lieux les plus
élevés.

Le fiancé d'Amsade eût voulu, dès son arrivée,
courir à l'endroit du rocher où se trouvait le disque
aux flèches missives ; mais les jambes fléchirent et
refusèrent, pour le moment, de servir son impatient
désir. Il pressentait, que dis-je, il était certain, tant
était grande sa croyance dans les songes, que là, à

quelques pas, il allait savoir des nouvelles d'Amsade.
Et il était retenu au pied du rocher comme un pa-
ralytique sur son lit de douleur. Il faut renoncer à
dire ce qu'il souffrit alors ; car, pour le bien dire, il
faudrait être Adinax lui-même, Adinax le fiancé de la
belle Amsade. Le supplice de Tantale était moins
affreux que le sien. Les quelques heures que la prostration complète de ses forces le tint cloué sur la pelouse furent des siècles pour son cœur.

Enfin, un peu de repos lui ayant redonné des forces,
il put, avant le déclin du jour se traîner en vue du
disque encore quelque peu blanc où, de ses yeux de
Numide, il distingua une flèche... O Christophe Co-
lomb, alors que, quinze siècles plus tard, tu décou-
vriras un Nouveau-Monde, tu ne te sentiras pas plus
heureux qu'Adinax. Ses yeux se fixent sur le disque
comme ceux du naufragé sur la blanche voile qui se
montre à l'horizon. Son cœur bat avec violence. Il
fait un suprême effort. On dirait d'un cadavre que le
fluide galvanique fait mouvoir, et d'un aimant qui
l'attire lentement, il est vrai, mais d'une manière
continue. Chaque branche qu'il rencontre dans sa
nouvelle ascension, est une main amie qu'il saisit
avec empressement, chaque rocher est un point d'ap-
pui où il s'arc-boute pour soulever le poids de son
corps. Parvenu enfin au pied du rocher granitique,
sur la face orientale duquel Manassès fixa le disque à
signaux, à la hauteur d'environ dix coudées du sol qui
forme le plateau du Tumar, et où l'on ne pouvait arriver qu'en contournant le rocher, il s'arrête anéanti...
mais cette nouvelle prostration de forces n'est que
physique, son énergie morale ne veut plus attendre... il la lui faut, la flèche missive qui est là, au-
dessus de sa tête... Il la lui faut, comme au naufragé

la planche de salut. Il cherche... et trouve une branche d'arbre brisée par l'ouragan, il parvient à la soulever ; la flèche tombe à ses pieds. Sur le papyrus il
dévore, tremblant d'émotion, ces quelques mots:
« Elle et moi sommes esclaves des Romains. Si tu
» nous aimes, attends-nous au rocher. Ne t'en éloi-
» gne jamais ; c'est ma prière et celle de ta fiancée. »

V

Cossus avait fait construire son palais vers le milieu du camp lambésien. Il en avait confié les travaux à une corporation d'ouvriers libres et étrangers,
dite *Corporation égyptienne*, laquelle lui avait été envoyée par S. Taurus, après que ce dernier eût terminé
la réédification de la *Nouvelle Carthage*, qui, nous
l'avons dit, avait nom aussi *Junonia*.

Plusieurs de ces corporations (composées d'archi-
tectes, ciseleurs, statuaires, maîtres-maçons, serruriers, charpentiers, etc.,) parcouraient alors les plages
orientales et septentrionales de l'Afrique, l'Italie,
l'Ibérie d'où elles poussaient quelquefois dans les
Gaules. Expatriés volontaires des contrées où la
belle architecture et la sculpture avaient pris naissance et produit des merveilles depuis déjà bien des
siècles, ces libres corporations semblaient obéir moins
à une pensée cupide qu'à une impulsion mystérieuse,
comme si, apôtres du travail, elles se fussent donné
pour mission, — souvent inconsciente, — de communiquer aux civilisations de l'Occident le feu sacré
de l'art.

VI

L'état de prostration physique et morale de Fortunatus s'aggravant d'une façon véritablement alarmante, le proconsul, ayant mandé Celtorik, lui demanda avec des larmes dans la voix si c'était bien sérieusement qu'il avait dit devant Valéria, sa fille que « si je consentais à faire venir l'esclave Massyn- » tha et sa fille Amsade au camp, et à confier à leurs » soins notre cher malade, tu répondrais...

— Sinon de sa guérison morale, — ce qui ne pourrait être que l'œuvre du temps, au dire du sage Massyntha; — du moins au rétablissement de sa santé physique.

— Sur quoi appuies-tu ta conviction? Réponds-moi sans crainte de me déplaire, mon cher Celtorik.

— Connaissant bien l'attachement affectueux qu'il m'a toujours manifesté pour ces deux esclaves, toutes les fois — du moins avant l'extrême abattement où il est tombé depuis deux jours, — que je lui parlais d'eux, j'en obtenais plus facilement ce que je voulais.

— Surtout quand tu lui parlais de la jeune esclave.

— Je ne dis pas non... Mais aux yeux du pauvre malade, je suis bien convaincu que ces deux esclaves ne sont pas de simples mortels...

— Eh bien, quoique je ne partage pas ton espoir, bon Celtorik, je te charge d'aller prendre toi-même Massyntha et sa fille, et si par eux, par leurs soins assidus, la situation de mon cher fils s'améliore, alors même qu'il ne guérirait pas complétement, dis leur que je leur accorderai la liberté ; à toi aussi, excellent Celtorik.

— Pour moi, je serai assez récompensé pourvu que Fortunatus vive.

Et en parlant ainsi, Celtorik s'éloigna à la hâte pour ne pas laisser voir ses larmes.

— Que de dévouement dans cet esclave, se dit Cossus en lui-même !

VII

Dans le même jour voyant venir avec empressement Massyntha et sa fille, conduits par Celtorik, le proconsul va les attendre dans la chambre du malade et fait signe à tout le monde de s'éloigner ; et se jetant sur un lit de réception qui était auprès du malade, il laissa couler ses larmes, en disant avec une profonde tristesse : « Il ne faudrait rien moins qu'un miracle » pour le guérir ! »

Ce malheureux père ne savait pas que les plus grands miracles sont ceux qu'opère l'amour.

— Ma chère fille, dit le proconsul à voix basse à Amsade, j'ai pensé que nul ne mettrait plus de zèle que ton père, le sage Massyntha et toi à servir mon fils pendant sa maladie.

Le père d'Amsade s'étant arrêté à l'office pour préparer des simples et comptant d'ailleurs beaucoup plus sur la présence de sa fille que sur l'efficacité du médicament, avait prié Celtorik de conduire cette dernière auprès du malade.

— Je suis la très humble esclave, répond Amsade avec une grande émotion, de celui à la générosité duquel je dois le salut de mon père.

— Quelle est cette voix !... murmura Fortunatus, mais sans ouvrir les yeux.

— Espoir ! s'écrie Celtorik ; il l'a entendue...

Et alors seulement la jeune fille regardant le malade avec une certaine terreur, et se tournant vers Celtorik, elle lui dit de manière à n'être entendue que de lui : « Ce n'est pas Fortunatus ! »

— Mon cher Fortunatus, s'écrie Celtorik, réveille-toi, voici Massyntha qui t'amène Amsade pour te servir.

— Amsade !... répète le malade en essayant de se lever, où est-elle ?

— Me voici à tes pieds, mon noble maître, dit Amsade en se prosternant toute tremblante auprès du lit du malade, qu'elle a fini par reconnaître, mais dont l'aspect presque cadavéreux lui arrache un torrent de larmes.

— Amsade ! répète Fortunatus...... Et au fond de leurs orbites décharnées ses yeux s'ouvrent comme deux lueurs sépulcrales ; puis écartant ses longs bras d'ivoire comme pour chercher un objet qu'ils ne peuvent saisir, il les laissa retomber immobiles sur son lit de douleur.

— Présente-lui ce breuvage en l'appelant ton frère, dit Massyntha à sa fille.

— De la main de ta sœur Amsade, dit Celtorik, prends ce breuvage préparé par son père le bon Massyntha.

— Ma sœur Amsade, répète le jeune homme ! Elle veut donc que je vive...

— Oui, oui, répond la jeune fille.

— Donne, ma sœur,... de ta main... de ta main...

Il ne peut achever d'exprimer sa pensée, mais sentant à ses lèvres la coupe d'or que lui présente Amsade et rouvrant les yeux, il avale d'un seul trait le cordial.

— Maintenant, dit Massyntha à Cossus, avec cette assurance que donne le vrai savoir, maintenant avec l'aide des dieux nous le sauverons.

— Dieux immortels, s'écrie le proconsul en levant les yeux au ciel, si vous confirmez la parole de ce digne vieillard, je fais serment devant vous de lui donner ainsi qu'à sa fille la liberté.

VIII

Grâce aux soins éclairés de Massyntha et surtout à la présence de sa fille, laquelle s'était habituée à ne voir dans Fortunatus qu'un jeune homme plein de cœur qui n'avait pas craint d'encourir la disgrâce de son père en tuant l'esclave qui la poursuivait, la santé de notre malade faisait de rapides progrès, à la satisfaction non-seulement de Cossus et de sa famille, mais encore de toute la légion romaine.

Une seule personne redoutait la complète guérison du convalescent, et, chose étrange ! cette personne était précisément celle qui avait travaillé avec le plus grand zèle à cette guérison et dont les soins ne continuaient pas moins à être toujours aussi empressés : j'ai nommé Massyntha. Depuis le jour où le père d'Amsade avait compris que la maladie de langueur avec des alternances d'aliénation mentale, avait l'amour pour unique cause et que c'était malheureusement sa fille qu'il aimait ; de ce jour la pensée lui vint qu'en travaillant au rétablissement de la santé de Fortunatus, c'était travailler peut-être à la perte de sa chère enfant..... Cette pensée était sans doute encore dans le vague du pressentiment, mais chez un esprit aussi perspicace, un pressentiment, quoique vague, a toujours une certaine logique, qu'on pourrait appeler *logique intuitive*.

Aussi bien, tout en s'efforçant de rendre la santé au fils du proconsul, Massyntha jugea-t-il prudent de se prémunir d'avance contre un danger qui, quoique éloigné encore, troublait son cœur.

Ce fut dans le but de préparer les voies soit d'une retraite consentie par Cossus, soit d'une fuite, qu'il chargea Ambérius d'aller diriger sur le disque du rocher du Tumar la flèche missive dont Adinax nous a fait connaître la teneur.

« Tu attendras, avait-il dit au Gaulois, que deux » fois l'astre du jour ait passé sur le faîte du rocher ; » ce temps écoulé, si tu ne trouves aucune flèche sur » le tronc du *Figuier du salut*, tu reviendras au » camp. »

Or, Ambérius était retourné les mains vides auprès de Massyntha, ce qui jeta ce dernier dans une affreuse perplexité ; car, il conclut, du silence du Tumar, ou qu'Adinax n'existait plus, ou qu'étant tombé au pouvoir des Romains, il avait été vendu comme esclave.

Il se garda bien de faire connaître à sa fille le résultat négatif du voyage d'Ambérius ; seulement, toutes les fois que celle-ci lui parlait de son fiancé, il répondait de manière à faire entrer insensiblement dans l'esprit d'Amsade la pensée qu'Adinax était sans doute à leur recherche ou bien qu'il était peut-être esclave comme eux..... « Mais ajoutait-il aussitôt, ne désespérons pas de le revoir.... ; » sachant bien que la pauvre enfant ne pourrait se faire, sans souffrir affreusement, à l'idée d'une séparation éternelle de son cher Adinax !

IX

Massyntha n'eut pas de peine à faire comprendre à Celtorik et, par l'entremise de ce dernier à Cossus que « maintenant que Fortunatus était physiquement
» hors de danger, le seul moyen de le guérir morale-
» ment c'était de faire disparaître Amsade. — Ambé-
» rius se chargerait de la conduire auprès d'un vieux
» parent à Sétifis, — et de faire courir le bruit de sa
» mort ; que si cette nouvelle produisait un effet trop
» violent sur lui, Massyntha, s'aidant de l'exaltation
» même du malade, se faisait fort de lui suggérer
» qu'Amsade n'était pas une simple mortelle, mais
» une aimable divinité qui, sous la figure de cette
» jeune esclave, s'était plu à venir le visiter pendant
» sa maladie ; que partant il devait renoncer à la re-
» voir, à moins qu'en lui offrant le sacrifice d'un agneau
» sans tache dans le temple d'Esculape, elle ne dai-
» gnât redescendre de l'Olympe pour venir lui faire
» ses adieux. »

— Ce sont les dieux immortels qui inspirent ce sage vieillard, dit Cossus à Celtorik. Va lui dire que j'approuve son projet.

Hâtons-nous d'ajouter que dès la nuit suivante Amsade conduite par Ambérius retrouvait son cher Adinax au rocher du Tumar.

Massyntha était auprès de Fortunatus avec lequel il allait faire une petite promenade hors du camp lambé- sien, quand Ambérius, l'air tout bouleversé, vint lui annoncer comme une chose secrète, mystérieuse, mais de façon à être entendu du malade, « qu'au mo-
» ment où il allait prendre Amsade pour la conduire
» auprès de Fortunatus, le ciel s'était ouvert, des

» éclairs avaient brillé au-dessus de la tête d'Amsade;
» un nuage d'or, d'azur et de pourpre était descendu
» sous la forme d'une brillante nacelle, où elle s'était
» assise, et que doucement elle avait été emportée,
» souriante d'un céleste sourire, dans l'espace, où elle
» avait disparu..... »

X

Grâce au concours de Valéria et de Caïa, qui se
prêtèrent de grand cœur à tout ce qui dépendait d'elles
par affection pour Fortunatus, Massyntha put faire
choix d'une esclave du même âge et de la taille d'Amsade et qu'il avait fait habiller exactement comme
l'était sa fille.

Après avoir tout préparé et s'être assuré par des
répétitions réitérées que la nouvelle Amsade jouerait
bien son rôle, il proposa à Fortunatus d'aller sacrifier un agneau d'une parfaite blancheur sur un autel
que, sur sa demande, le proconsul avait fait ériger à
l'aimable divinité qui, par affection pour son fils avait
pris la figure d'Amsade. Fortunatus y ayant consenti
avec joie, on se dirigea vers la charmante fontaine,
qui a nom aujourd'hui Aïn-Drim, alors ombragée de
grands arbres et à côté de laquelle on avait érigé un
temple consacré à Neptune et où se trouvait le nouvel
autel en question.

Caïa et Valéria y étant allées de leur côté, se trouvèrent sur les mêmes lieux comme par hasard.

Après que Massyntha eut sacrifié l'agneau, on
s'assit sur la pelouse, où l'on fit un petit repas champêtre; puis ayant pris la cythare, il joua l'air d'un
chant numide qu'affectionnait Amsade.

— Je connais cet air, dit Valéria ; hier encore l'esclave Amsade le chantait avec moi.

— Tu es folle, ma chère sœur Valéria, lui dit doucement Fortunatus ! Amsade chante avec ses immortelles sœurs sur les bords sacrés du Permesse.

— Je suis folle dis-tu ! Eh bien écoute ce qu'elle m'a dit en me quittant...

— Je t'écoute, ma bonne petite sœur.

— Ma chère Valéria, trouve-toi demain vers le soir auprès de la Nymphe de la montagne qui nous désaltéra souvent de son onde glacée : je m'y trouverai pour te remettre un souvenir préservateur de la santé de ton cher frère Fortunatus...

— Oh, merci ! immortelle Amsade !

— Mais ne le lui dis pas ; car je veux qu'il me croie descendue dans le royaume des ombres.

— La cruelle ! pourquoi veut-elle être morte pour moi ?

— Je l'ignore ; mais celui dont elle se disait la fille, doit le savoir.

— Fortunatus, mon fils, dit Massyntha, je vais te le dire. Amsade n'était pas une mortelle ; elle en avait seulement pris les apparences afin de venir à mon aide pour te guérir.

— Je comprends maintenant ses divines perfections... Mais ma sœur Valéria m'a promis de me la faire voir une dernière fois.

— Oui, si tu te sens assez fort pour ne pas chercher à t'approcher d'elle et à la suivre.

— J'aurai cette force, dit le pauvre malade, en se levant avec énergie. Je le veux, je le veux.

— Eh bien ! viens t'asseoir près de moi, et regarde sans bouger.

Et ayant repris son instrument de musique, il préluda par des sons d'une douce harmonie qui avaient le pouvoir de calmer le malade, même au paroxysme de sa folie.

Bientôt l'on vit sortir la nouvelle Amsade, du sein de l'épaisse feuillée ; puis, s'enveloppant d'un grand voile blanc de la tête aux pieds, elle passe à une dizaine de pas de Fortunatus, — qui s'est prosterné à sa vue ; — et s'arrêtant : « Valeria, ma sœur, dit-elle » en lui tendant une amulette richement ornée, viens » prendre pour notre cher Fortunatus ce préservatif » contre le mal, que j'ai brodé à son intention. Adieu. » Fortunatus, adieu pour toujours ! » — Et elle disparaît.

— Adieu, divine Amsade ! répond le malade avec des larmes dans la voix.

De ce moment, la folie de Fortunatus se changera en une paisible langueur qui n'aura pour terme que la tombe. — Terme encore éloigné il est vrai, mais durant le temps qui lui reste à vivre, il ne trouvera ni fleurs ni joies dans le désert de sa triste existence !

CHAPITRE SIXIÈME

I

En apprenant la désastreuse nouvelle de la défaite et de la dispersion de l'armée numide, Kyphox, accompagné de son fidèle Nabazor, avait gagné le désert et, de là, le pays habité par les Massésyliens, dirigeant ses pas du côté de Julia-Cæsarea. N'ayant reçu aucune nouvelle de son fils Mastabal, qu'il savait auprès de Juba, il allait trouver le roi dans l'espoir qu'il pourrait être renseigné par ce prince touchant les événements et aussi touchant son fils et Adinax.

Bâtie en amphithéâtre sur la pente douce d'une colline dont les pieds sont baignés par les flots de la mer, cette cité,— construite sur l'emplacement de l'antique Iol, — s'inclinait coquettement sur le mobile miroir des eaux comme pour s'y mirer. Charmante situation si le sol où elle reposait n'eût été fréquemment ébranlé et bouleversé par les efforts du feu central de la planète, ou comme le disaient les Romains, par la redoutable colère du monarque des Enfers.

Parvenu au but de son voyage, non sans avoir lutté chaque jour contre les difficultés d'une route à travers un pays de montagnes et de bois séculaires, — les deux voyageurs avaient voulu éviter les sentiers fréquentés, — le prince numide, frappé de l'aspect florissant de Julia-Cæsarea, s'arrête sur une éminence et invite Nabazor à donner des soins à leurs chevaux.

De cette hauteur, Kyphox voyait cette capitale des Massésyliens s'épanouir et briller, sous les premiers feux du soleil, comme d'un riche parterre d'arbustes fleuris.

Le vieux guerrier se sentit ému, — la vue du beau touche profondément les grandes âmes, — à l'aspect de cette forêt de navires dont plusieurs sillonnaient la rade et le port. Bientôt les quais s'animent d'une foule active et affairée qui va et vient dans toutes les directions. A l'ouverture des portes, ses regards suivent avec non moins d'intérêt les nombreuses troupes d'esclaves et de laboureurs qui se répandent dans les campagnes, conduisant, les uns des chariots, les autres des bêtes de somme, des bœufs, des moutons dont les chiens activent la marche et mordent les retardataires.

Il admirait tous ces éléments de production et de vie qui rayonnaient de ce centre civilisateur dans toutes les directions, et les yeux de son âme et de son corps se reposaient avec bonheur sur ce vivant tableau.

Mais, ô constraste de la vie humaine ! voici que ses regards ont rencontré un nombreux convoi funèbre, à la marche grave et aux chants lamentables et lugubres comme la mort ! A ce moment, un frisson le pénètre jusqu'au cœur. Se levant aussitôt, il hâte son entrée dans Julia-Cæsarea, impatient de savoir si son fils vit encore.

O père infortuné, mieux vaudrait pour toi que Mastabal ne vît plus la lumière du jour !

II

Tandis que le prince numide, recouvert d'une espèce de burnous de laine grossièrement tissée, entrait seul dans la ville, appuyé sur le bâton patriarcal, — il avait laissé Nabazor à la garde des chevaux, — il sortait par la même porte un superbe char cyrénien conduit par quatre chevaux blancs richement harnachés et caparaçonnés. Ils étaient ferrés d'or massif et parés de housses de soie écarlate à franges et à glands d'or et d'argent. La tête ombragée de plumes d'autruche, ils avaient chacun au milieu du front une étoile de rubis scintillants. Quatre coureurs de Nigritie guidaient les chevaux à droite et à gauche.

Sur le char, dont la partie supérieure se rapprochait de la forme du palanquin chinois, étaient indolemment assis une femme qui paraissait jeune encore et un beau jeune homme à l'air efféminé. L'un et l'autre étaient légèrement vêtus d'éclatantes robes de soie rehaussées de broderies d'or. Quelques cavaliers suivaient.

Au rapide passage de l'éblouissant quadrige, chacun se hâte de gagner le large ; mais malheur à l'aveugle ou au vieillard dont le pas attardé ne lui laisserait pas le temps de se garer ! Il serait impitoyablement foulé aux pieds des royaux coursiers ou écrasé sous les roues du char.

— « La reine ! » crient de distance en distance deux coureurs qui précèdent le cortège d'une centaine de pas.

Ni Kyphox ne reconnut son fils, ni Mastabal ne

reconnut son père, tant l'un était humble et l'autre était éblouissant !

III

S'étant fait indiquer le palais du roi, Kyphox s'avance librement à travers une forêt de colonnes de marbre et de jardins ornés de statues romaines et de fontaines, jusqu'à l'entrée principale des pavillons habités par Juba le Jeune. Arrivé sous un immense péristyle, le long duquel il voit encore d'autres colonnades conduisant à d'autres portiques plus superbes encore, il s'arrête, ne sachant plus où diriger ses pas. Voyant passer un centurion, il le prie en langue punique de lui dire dans quelle partie du palais il pourra trouver le roi.

— *Nescio ; regis non sum servus* [1], répond l'officier romain.

Un esclave de la maison royale qui avait entendu Kyphox parler sa langue natale, s'étant approché, lui dit à voix basse : « Je vois, mon père, que la langue latine, la seule qu'il soit permis de parler à la cour, ne t'est pas familière. Dis-moi quels renseignements tu voudrais avoir, ô vénérable étranger, et si c'est en mon pouvoir, je te répondrai, moi qui ne suis point Romain.

— Je demande à parler au roi.

En l'absence du puissant seigneur Lucius Lupus, nul ne peut être admis en son auguste présence, s'il n'est présenté par son premier favori, le seigneur Mastabal.

Au nom de son fils, Kyphox ne put maîtriser un mouvement de surprise.

1. Je l'ignore ; je ne suis pas serviteur du roi.

— Eh ! bien...... conduis-moi auprès du « premier favori ».

— Le seigneur Mastabal est sorti avec notre gracieuse reine, et je ne saurais dire quand il rentrera.

— J'aurais besoin de voir le roi incontinent.

— C'est impossible..... à moins que tu ne sois personnellement connu du roi.

— Et s'il en était ainsi ?

— Tu pourrais lui écrire ; et puisque je vois que tu es Numide, ajoute l'esclave en jetant un regard craintif autour de lui, je me chargerai de remettre ta lettre à mon auguste prince.

Kyphox, ayant pris ses tablettes qu'il portait sous ses vêtements, traça les lignes suivantes :

« Un ancien guerrier qui combattit dans les armées » du roi Juba l'Ancien, demande la faveur d'un en- » tretien au roi Juba son fils. »

IV

Le prince était à ce moment dans le jardin qui entourait la bibliothèque. Là, couché sur de moelleux tapis, à l'ombre d'un bosquet d'orangers et d'autres arbustes odoriférants, il se livrait à l'étude qui fut l'unique passion de toute sa vie. Quoique bon et affable — c'est le propre de la vraie science de se rendre facilement accessible, — nul cependant n'osait l'interrompre ; nul ne se fût permis d'approcher de sa personne sans y être autorisé ; les esclaves mêmes du palais évitaient avec le plus grand soin d'être vus du prince philosophe, de crainte de le distraire de ses occupations.

Cependant l'esclave numide, n'écoutant que le désir de rendre service à un vieillard de sa nation qui pa-

raissait de noble origine, n'hésite pas à pénétrer dans
le bosquet où était le roi, et se prosternant la face
contre terre à quelques pas du prince, il lui présente
la tablette dont il est porteur, mais sans rien dire.

— Que veux-tu, lui dit le roi d'une voix qui respirait moins de courroux que de contrariété?

— O roi mon auguste maître, daigne lire les quelques mots qu'un vénérable étranger m'a chargé de
remettre au roi, et puis fais-moi punir.

— Ton action est donc mauvaise?

— La vue de ce vieillard m'a rappelé celle de mon
père et j'ai voulu lui rendre le service qu'il m'a demandé.

Dans ce cas, ton action est bonne. Donne-moi cet
écrit. Fais venir cet étranger, reprend Juba après
avoir lu les quelques mots que le prince numide avait
tracés en caractères libyques.

V

A la vue de Kyphox, dont le mâle visage et je ne
sais quoi de calme et de digne imposaient, le roi des
Massésyliens se sentit pénétré de respect. Ce bon
sentiment avait sa source dans la louable habitude
qu'avaient les anciens d'inspirer à la jeunesse des
sentiments de vénération pour la vieillesse, et aussi
dans la croyance que les dieux se plaisaient, dans
leurs rapports avec les mortels, à revêtir de préfé-
rence la forme de la vieillesse et de l'indigence.

Kyphox, suivant l'usage des cours orientales, allait
se prosterner devant le roi, lorsque celui-ci lui dit :
Je te fais grâce, ô noble vieillard, des cérémonies que
l'esprit de servitude a mises en usage. Je ne les aime
non plus que les discours superflus : dis-moi sans

préambule quel sujet t'amène auprès de moi ; mais dis-moi d'abord quel est ton nom ?

— Je suis envoyé par un prince qui est petit-fils de Micipsa et neveu d'Hiertas.

— Son nom ?

— Nabor.....

— Le prince Nabor vit encore ?

— Il fit répandre lui-même le bruit de sa mort afin de se soustraire aux poursuites de ses ennemis.

— Pourquoi ce cher parent, ce courageux ami du roi mon père, au dévouement duquel je n'ai rien à refuser, ne vint-il pas me trouver dès qu'il apprit de quelles faveurs m'avait comblé l'empereur Auguste ?

— Parce qu'il a craint.....

— Tu peux parler librement. J'aime d'autant plus la vérité qu'elle semble fuir les palais des rois comme les pluies célestes fuient les plaines désertes de l'ardente Libye.

— Il a craint que pendant le long séjour que le jeune Juba fit à la cour des Césars, le sang qui coule dans ses veines ne fût dégénéré.

— Et qui a pu lui inspirer une telle pensée ?

— Cette couronne même que Juba a acceptée de la main de nos ennemis ; cette pourpre romaine, tout ce que l'on voit en entrant dans cette capitale où il ne reste plus rien de numide pas même le nom sacré d'Iol !

— Nabor n'ignore pas que lorsqu'on veut atteindre un but, on n'a pas toujours le choix des moyens.

— Quand les moyens sont mauvais, le sage doit renoncer au but qu'il s'était proposé.

— Qu'est-ce à dire, reprit le roi dont le front se couvrit de cette rougeur que provoque l'offense, si c'est pour me faire outrage que tu es venu, ô faible vieillard, tu oublies que je suis roi !

— Je sais que ma vie est dans tes mains; mais, si tu as le pouvoir de mettre un terme à l'affreuse existence que m'ont faite les Romains et tes armes, je défie César lui-même de toucher à mon âme. La hache du bourreau peut la séparer de sa caduque enveloppe, mais nulle puissance humaine ne saurait l'empêcher de remonter à la source immortelle d'où elle est sortie. Eh que m'importe la mort quand ma nation est dans les fers ! Mais que dis-je, et à quoi bon t'entretenir de moi qui ne suis rien ! Je ne suis venu ni pour me plaindre ni pour te braver.

L'attitude du fier numide et la fermeté de son langage imposent au jeune prince.

— Parle ; que veux-tu, lui dit-il d'un ton qui semblait lui demander pardon de son emportement?

— Nabor veut savoir si le fils du grand Juba est l'ami ou l'ennemi de la nation numide.

— Comment serais-je son ennemi, puisque je suis son roi ; puisque je n'ai accepté le pouvoir des mains d'Auguste, que dans le but de policer mon peuple, de le faire meilleur et plus heureux ! Sans doute la forme extérieure de mon gouvernement est romaine, mais qu'importe la forme si le fond est bon ! Vois ces florissantes cités que j'ai relevées, ces campagnes cultivées, ces nombreux troupeaux qui les animent, ces canaux d'irrigation, ces voies de communication, cette forêt de mâts qui recouvre le port de cette métropole... Et dis-moi si ce résultat n'est pas préférable aux ruines et au silence lugubre qui régnaient dans ces contrées ?

— Je ne disconviens pas que tout cela ne soit bon;

12.

mais dois-je dire quelle impression la vue de tous ces biens a produite sur mon âme ?

— Parle librement.

— Et si mon langage offense le roi comme tout à l'heure ?...

— Le roi ne le saura pas, seul, le philosophe t'écoute.

— Eh bien ! il m'a semblé voir des abeilles et des fleurs sur un vaste tombeau... J'ai pénétré au fond de toutes ces belles choses et je n'y ai trouvé qu'un cadavre de peuple mutilé, ensanglanté et dont on voudrait effacer le souvenir avec le soc d'une fausse civilisation.

— Si tu appelles fausse la civilisation qui féconde les campagnes, édifie des cités, fait fleurir le commerce et les arts, et dont la confiance et la paix sont le couronnement, dis-moi ce qu'il faut entendre par une civilisation vraie ?

— Ce que je vais dire n'est pas de moi, mais d'un sage inspiré par les génies immortels de la Numidie.

— Qu'importe la source, si ce que tu as à dire repose sur la vérité !

— Une civilisation sans liberté, me disait-il, est pire que l'esclavage matériel et violent. Car, un peuple qui subit forcément le joug de la tyrannie peut aspirer à sa délivrance, et cette sainte aspiration le fortifie et le préserve de la corruption ; seul, son corps est esclave, mais son âme est libre. Il n'en est pas de même d'un peuple qui, considérant la perte de sa liberté comme irréparable, accepterait lâchement la situation où il se trouve, comme un fait accompli, et ne songeant pas même à en sortir, ne s'appliquerait qu'à une chose, satisfaire ses appétits grossiers, se procurer le bien-être matériel même au prix de sa dignité, arriver à la fortune par tous les moyens, même par le déshonneur et le crime... Dès lors, toute noblesse, tout sentiment moral étant éteints, il ne resterait à ce peuple que l'amour de sa conservation animale. Un pareil peuple ne mériterait plus le beau titre de nation ; il ne serait plus qu'un vil troupeau. De ces esclaves résignés et soumis, les despotes peuvent faire des laboureurs, des industriels, des commerçants, voire même des écrivains et des poètes et même encore des soldats... mais ils n'en feront jamais des citoyens, des hommes !

— Cette façon d'envisager la liberté d'un peuple ne me déplaît point, mais que veux-tu en conclure ?

— Qu'il faut aider les Numides à secouer le joug de Rome.

— Par quels moyens ?

— En chassant les Romains du sol africain.

— As-tu vu le Mont Dyris [1] ?

— Oui.

— Crois-tu que les peuples d'Europe, d'Afrique et d'Asie réunis autour de cette colonne du monde pourraient l'ébranler dans ses fondements ?

— Non.

— Eh bien ! il en serait de même de la puissance romaine.

Ce dialogue fut interrompu par l'arrivée d'un officier du palais qui annonça au roi que quatre nègres demandaient à lui remettre un riche présent dont ils étaient porteurs.

— Tu ne les feras entrer qu'alors que tu auras reconduit le très honorable vieillard avec lequel j'ai encore à m'entretenir.

1. L'Atlas.

— Dès que le roi refuse, dit Kyphox...

— Je refuse de m'associer à une impossibilité, pour ne pas dire une folle entreprise.

— Il ne me reste plus qu'à me retirer. (Kyphox s'éloigne accompagné de l'officier, lequel rentre bientôt après, suivi des envoyés de Pétréius).

— Les quatre porteurs noirs, après avoir déposé le coffre, se prosternent aux pieds du roi.

Leur ayant dit de se relever, Juba leur demanda qui les envoyait. L'un d'eux répondit que c'était le général Pétréius, lequel ne leur avait dit que ces simples paroles : « Allez à Julia Cœsarea porter cette » offrande respectueuse au roi des Massésyliens et » ce grand prince vous récompensera. »

Les sceaux étant brisés et le coffre ouvert par l'officier du palais, celui-ci lut à haute voix sur le couvercle d'airain : « Pétréius, ancien compagnon d'armes du roi Juba, très grand et très courageux à » Juba, très... (l'officier s'arrête) — Je ne puis poursuivre. »

— Pourquoi?

— Parce que c'est un sanglant outrage pour la personne sacrée de mon souverain.

— Voyons dit le roi.

Et reprenant avec un grand calme, il lut, d'une voix ferme l'odieuse adresse jusqu'au bout.

— Qu'on nous fasse mourir, s'écrient les porteurs en tombant la face contre terre !

— L'auteur de cette infamie, demande le prince aux porteurs, vous avait-il fait connaître l'objet de votre mission ?

— Le misérable s'en est bien gardé. Car il savait bien que nous ne l'eussions accepté à aucun prix.

— Lui seul est donc coupable, (et s'adressant à

l'officier) qu'on laisse ces hommes se retirer librement.

VI

Au sortir de la ville, Kyphox voyant revenir le char de la reine Sélène, s'arrête et, sans s'incliner à l'exemple de tous les passants, il fixe ses yeux sur Mastabal, mais avec une telle expression de mépris que la reine l'ayant remarqué — rien n'échappe aux yeux d'une amante à l'endroit de ses amours — en devient toute rouge de honte ou de colère.

— Quel est donc ce vieillard, mon ami, qui semble nous braver.

— Ce vieillard......

Mais le jeune homme n'achève point, car il a peur d'avoir reconnu son père, et cette vue a comme glacé sa langue et pétrifié ses bras ; il baisse la tête, tremblant de se convaincre d'une vérité qu'il ne se sent pas la force de supporter.

— Ne perds pas de vue ce vieillard, dit la reine au chef de son escorte, et fais-le conduire en lieu sûr. Ces derniers mots furent prononcés à voix basse.

Tandis que le char emportait rapidement les deux amants dans les rues de Cæsarea, Kyphox était arrêté et jeté avec mystère dans l'un des cachots de la citadelle ; car telle était l'interprétation que l'officier qui commandait l'escorte de la reine, dans un excès de zèle commun à tous les valets des rois, avait donnée aux paroles de la princesse.

Juba, absorbé par ses études, laissait la reine vivre à sa guise et parfois gouverner à sa place ; ce qui convenait d'autant mieux à cette femme qu'elle se plaisait à déléguer son pouvoir à son beau Mastabal.

Le fils de Nabor, ayant accompagné la reine dans ses appartements, allait pour se retirer, quand sa royale maîtresse lui dit : « J'ai besoin, mon cher Mas- » tabal, que tu m'accompagnes cette nuit en un lieu où » je veux aller incognito. »

— Je ne suis pas bien, balbutia le jeune homme ; et si ma présence...

— Ta présence est indispensable puisque cette excursion nocturne ne sera peut-être pas sans danger pour moi.

— Dans ce cas, mon devoir me fait une loi d'accompagner la reine, reprit nonchalamment Mastabal.

— Naguère c'était l'amour, aujourd'hui c'est le devoir' ou comme qui dirait la reconnaissance qui dicte ton dévouement, non pas à *ta chère Sélène*, mais à la reine !

— Devoir est synonyme d'amour, dans le sens que j'attache à ce mot, dit finement le Numide qui parlait déjà le langage des cours.

— A la bonne heure ! reprend la princesse en jetant un regard de sirène sur le jeune homme, et lui montrant la statue de Vénus qui était au fond de l'appartement, dans un espèce de mystérieux sanctuaire reculé et à l'ombre d'arbrisseaux et de fleurs, les deux amants s'approchèrent de l'autel de la déesse où ils brûlèrent......... de l'encens.

Lorsqu'ils sortirent du sanctuaire sacré, la nuit était venue et avec elle le chef de l'escorte de la reine qui lui rendit compte de la mission secrète dont elle l'avait chargé.

VII

Couché sur la terre humide et nue d'un noir cachot

de la citadelle battue par les flots de la mer, Kyphox dormait du sommeil du juste, laissant, en vrai numide, sa destinée suivre son cours. Il ne doutait point que ce fût par l'ordre de Juba qu'il avait été arrêté. Dans son indifférence de la vie, il n'avait adressé aucune question au vil geôlier qui, après l'avoir fait descendre au fond de ce noir réduit, avait verrouillé la porte de la prison. Seulement le geôlier, avant de se retirer, avait dit au prisonnier, avec cette voix de bête fauve qui caractérise les êtres de cette espèce: « Voici de » l'eau, si tu as soif, et voilà des fèves cuites dans ce » vase si tu as faim. »

Quelques heures plus tard, pressé par l'aiguillon de la faim, il s'éveilla et se souvenant des paroles du geôlier, il prit une poignée de fèves qu'il trouva à tâtons à côté de lui, et tandis qu'il avalait quelques gorgées d'eau, il entendit ouvrir la porte de son cachot.

Précédée du geôlier, qui se retira presque aussitôt, et d'un sourd-muet qui portait un flambeau, la reine voilée et Mastabal entrèrent sans proférer un parole. Sur un geste de la reine, la porte se referma sur eux, et sur le porte-flambeau.

— Quoiqu'il arrive, se dit Kyphox, j'ai là de quoi défier mes ennemis. Il pressait de sa main le manche d'un poignard qu'il portait caché à sa ceinture.

— Où me conduit la reine, demanda Mastabal?

Le jeune homme n'avait pas encore vu le prisonnier qui, ne daignant pas même tourner ses regards sur ceux qui venaient d'entrer, continuait son frugal repas.

— Auprès de cet homme dont la vue t'a troublé au retour de la promenade.

— Quel homme, s'écrie Mastabal avec un affreux

pressentiment ? Et ayant reconnu son père au fond du
cachot, il pousse un cri déchirant et va tomber,
anéanti de douleur, aux pieds du vieillard sur lequel
il n'ose lever les yeux.

— Quel est ce jeune homme, demanda Kyphox
avec un calme apparent ? Je ne le connais point.

— Qui es-tu toi-même, lui dit la reine avec autorité ?

— Que t'importe, répond le fier numide ?

— Sais-tu qui je suis ?

— Je voudrais l'ignorer.

— Je suis la reine.

— Tant pis pour toi.

— Songe que tu es en mon pouvoir.

— Je ne crains que les dieux immortels.

— Tu seras libre, si tu me dis qui tu es.

— Quoique dans les fers, je suis plus libre que toi,
car nulle puissance ne peut me faire baisser la tête,
tandis que toi...

— Achève.

— Non, car tu es une faible femme.

— Insensé ! tu vas éprouver mon pouvoir. Gardes !

La porte du cachot s'ouvre et l'on voit paraître le
capitaine des gardes de la reine. A cette vue, Mastabal se lève vivement et met l'épée à la main.

— Pour arriver à cet auguste vieillard, il faudra
passer sur mon corps.

— Dis-moi qui il est.

— Mon juge... Et s'il m'ordonne de verser tout
mon sang pour expier mon crime, je suis prêt à lui
obéir.

— Mourons plutôt que de lui pardonner, se dit l'impitoyable vieillard !

— Mon père, j'attends tes ordres.

— Son père, s'écrie la reine stupéfaite !

— Je ne suis pas son père... J'avais deux fils :
l'un tomba héroïquement sur le champ de bataille pour
la défense de sa patrie ; l'infamie de l'autre enfonce
ce poignard dans mon cœur...

Kyphox se poignarde avant que Mastabal ait le
temps d'arrêter son bras. Ce fils malheureux voulant
imiter son père tournait contre sa poitrine la pointe
de son épée, mais Sélène s'empare vivement de son
arme et, enlaçant le jeune homme de ses deux bras,
ils se laissent tomber l'un et l'autre à genoux auprès
du vieillard agonisant.

— Pourquoi venir troubler mon repos, reprend
Kyphox en relevant la tête ? Retirez-vous. Ce sombre
séjour, dans ce temps de corruption, n'appartient
qu'à la vertu... Laissez-moi descendre en paix dans
la tombe désormais mon refuge ! Pour vous, retour-
nez à vos criminels plaisirs ; allez vous rouler sur les
moelleux tapis de vos royales demeures... Fuyez, vous
dis-je, sinon je vous maudis !...

En entendant ces dernières paroles qui furent pro-
noncées d'une voix solennelle et terrible, et en voyant
le vieillard expirer,... la reine, tremblante de frayeur,
saisit la main de Mastabal pour l'entraîner.

— Femme, va-t-en, lui dit le jeune homme au
désespoir ! Tu as mis entre nous deux le cadavre de
mon père !

VIII

— Quelques jours après, un jeune Numide, portant
dans ses bras une urne funéraire recouverte d'un voile
noir, sortait nuitamment de la capitale du royaume
de Juba par la porte Augustine. Il n'avait pour

13

l'accompagner que le souvenir de la fin tragique d'un père dont il ne lui restait plus que les cendres refroidies !...

L'astre de la nuit qui était resté voilé jusque-là, comme pour prendre part au deuil de ce fils malheureux, jeta un regard furtif sur la silencieuse ville qui s'éclaira d'un demi-jour.

A ce moment, le pieux jeune homme se retourna vers la grande cité, et, s'inspirant de sa douleur, prononça ces paroles :

« Orgueilleux remparts, qui avez été les témoins
» impassibles de la mort de mon auguste père, soyez
» maudits avec tous les lâches habitants que vous
» abritez ! Puisse Neptune soulever un jour de son
» trident le sol qui vous porte, et vous engloutir dans
» l'abîme. Puissé-je moi-même rentrer bientôt dans
» votre enceinte la torche à la main et vous livrer aux
» flammes vengeresses afin d'apaiser les mânes de
» mon père ! »

— Je ne me trompe pas, s'écrie Nabazor, c'est la voix de Mastabal.

Le fidèle compagnon de Kyphox n'avait pas quitté le lieu où le prince numide lui avait dit de l'attendre.

— C'est toi Nabazor, s'écrie Mastabal d'une voix qu'étouffent les sanglots !

— Ciel ! que vois-je et quel affreux pressentiment ! cette urne funéraire...

— Renferme.... un trésor inépuisable de douleur et de vengeances ! Viens, Nabazor, fuyons cette criminelle cité.

L'accent farouche avec lequel le fils de Nabor prononça ces paroles rendit d'abord muet de stupéfaction ce guerrier dévoué, et ne pouvant croire à ce qu'il voyait et entendait, il s'écria : fuir sans lui, sans mon

général... ! Non, non ! Il m'a dit de l'attendre en ce
lieu ; je l'y attendrai... Le soldat ne doit pas abandonner son poste.

— Voici ses cendres augustes que je confie à ta
garde, dit Mastabal en déposant l'urne aux mains de
Nabazor ; et voyant dans le même moment un mé-
téore tracer dans l'espace un sillon de lumière dans
la direction de l'Aurès : voilà ses mânes immortels,
ajoute-t-il d'un air inspiré, qui nous indiquent le chemin que nous devons suivre.

Mastabal étant monté sur Guimboth, — unique mais
précieux héritage du prince son père, — et Nabazor
sur son propre cheval, se dirigeaient lentement du
côté du Tumar, qui se trouvait sur le versant d'une
des dernières ramifications du petit Atlas.

Il y a tant de douleur sur le visage de ces deux
hommes ; cette marche silencieuse et lugubre, la vue
de l'urne funéraire qu'ils portent alternativement, tout
cela respire un caractère si profondément religieux,
que, durant leur longue pérégrination, nul ne songe à
les interroger, chacun s'arrêtant pour les laisser
passer.

Du reste, à mesure qu'ils s'éloignent de la mer se
dirigeant vers le sud-est, le pays devient de moins en
moins peuplé. Après avoir traversé la chaîne du Mont-
de-Fer et être descendus des hauts plateaux du Djurjura par l'étroit passage qui devait prendre plus tard
le nom célèbre de *Portes de Fer*, ils voient s'ouvrir
devant eux les immenses et fertiles plaines qui devaient
nourrir, sous peu d'années, la florissante colonie sitifienne qu'ils laissent à gauche ; puis, suivant les
sinuosités de la charmante vallée qu'arrose l'Abigus
et évitant le pays lambésien où les Romains se sont
fortement établis, ils arrivent enfin en vue du Tumar

où Mastabal a résolu de déposer en un lieu sûr et bien caché les précieuses cendres sous l'aile des génies de la Numidie.

IX

La nuit était venue. Elle était noire comme aux saisons pluvieuses, alors que d'épais nuages voilent aux yeux des mortels le scintillement des diamants des cieux.

Au moment où les pieux pèlerins vont pour entrer dans le labyrinthe de bois qui entoure la montagne sainte, ils voient la flamme briller au faîte du Tumar.

Depuis quelques jours seulement ce signe d'espérance reparaissait. A cette vue, les quelques pasteurs numides qui, depuis l'occupation des Romains, n'avaient pas craint de retourner dans les Aurès, s'étaient écriés avec une expression de joie profonde comme la naïveté de leur foi : « Espoir ! espoir ! » les génies de la Numidie ont reparu sur le Tumar » sacré ! »

Bientôt cette bonne nouvelle propagée de vallée en vallée par les échos des montagnes qui s'enchaînent jusqu'à la mer, fait renaître le courage dans tous les cœurs.

Une autre nouvelle non moins importante arrivait du nord-ouest. On racontait qu'un navire, à voiles noires et à la proue recouverte d'un crêpe funèbre, venait d'entrer au port de la Nouvelle-Carthage et que, malgré le mystère ou plutôt à cause du mystère dont l'envoyé de Rome s'enveloppait, ce navire annonçait la mort de l'empereur Auguste.

A cette grande nouvelle, Numides, Gétules, Maurinsiens, Cyrénéens, Garamantes, en un mot toutes

les nations et peuplades du nord et de l'est de l'Afrique, depuis les colonnes d'Hercule jusqu'aux rives
du Nil, poussèrent un immense soupir comme après
un long et pénible assoupissement ; mais hélas ! ce
soupir devait être bientôt étouffé sous le lourd bouclier du despotisme romain.

Mais afin de ne pas interrompre l'ordre chronolo-
gique des événements, je dois ramener le lecteur sur
le rocher du Tumar, à la suite du sage Manassès.

X

La santé de Fortunatus n'inspirant plus aucune
crainte au consciencieux disciple d'Esculape, le père
d'Amsade ne songea plus qu'à aller rejoindre sa
fille. Dans ce but, il pria le bon Celtorick, dont il
s'était fait un véritable ami, de s'enquérir indirectement des véritables intentions du proconsul à l'endroit de sa liberté qui lui avait été solennellement
promise. Or la réponse du gouverneur de Fortunatus
étant loin d'encourager Manassès, celui-ci résolut
d'user, n'importe par quels moyens, de son droit
naturel.

La difficulté consistait bien moins à fuir, — vu le
voisinage des montagnes et des frontières, — qu'à
faire croire à Cossus que Manassès avait cessé de
vivre, seul moyen de se mettre à l'abri des recherches que ne manquerait pas d'ordonner dans tout
le pays le puissant possesseur d'un esclave qui aurait
la criminelle audace de briser ses fers !

Manassès après s'en être entendu avec un maître
compagnon de la corporation égyptienne, dont il s'était
fait un ami dévoué quelques jours après son arrivée
au camp romain où l'on travaillait encore, fit propo-

ser à·Fortunatus par Celtorick une promenade pour
le lendemain aux sources de la petite rivière qui a
nom aujourd'hui Mériel. Le proconsul devait aller ce
même jour inspecter une série de fortins détachés
dont il avait hérissé la crête de l'Aurès du côté du
sud-ouest.

Le maître compagnon avait organisé, de son côté,
une partie de chasse avec plusieurs autres ouvriers
qu'il avait mis dans le secret et qui devaient se rencontrer comme par hasard dans la montagne avec la
suite de Fortunatus et puis marcher tous de conserve,
vu la présence du lion dont les chasseurs auraient
entendu les rugissements. Ces derniers devaient porter, pour déguiser Manassès, tout un vêtement de
vieille femme numide, des ciseaux et un rasoir.

Le surlendemain, on racontait dans le camp romain
et dans tout le pays lambésien comment un esclave
de la maison du proconsul Massyntha, dont chacun
vantait la rare sagesse et les vastes connaissances
dans l'art divin de guérir, était devenu la proie du
lion avec des circonstances qui avaient dû être
affreuses, à voir les quelques lambeaux ensanglantés
de sa robe et de son bonnet d'esclave que l'on avait
trouvés sur des ronces avec quelques touffes de sa
barbe et de ses cheveux blancs.

XI

Le sage du Tumar venait d'arriver sans accident au
pied de la montagne sainte ; il était entré dans le labyrinthe de bois touffu où il se reposait en attendant
que la nuit lui permît de faire, sans crainte d'être vu,
l'ascension du rocher, quand il entendit le dialogue

suivant entre son neveu Mastabal et Nabazor, dont la voix lui était bien connue :

— Mon cher Nabazor, je te fais gardien des cendres de mon père... jusqu'au jour où je reviendrai te rede-mander ce dépôt sacré, ce trésor le plus cher à mon cœur !

— Le prince Nabor, ton auguste père, me trouva digne de le suivre partout, de partager ses dangers dans les combats et dans l'exil... Pourquoi son fils Mastabal dédaigne-t-il mes services ?

— Qu'entends-je grands dieux, s'écrie Manassès !

— Loin de dédaigner tes services, mon brave Nabazor, je te donne au contraire, en te faisant le gar-dien de cette urne sacrée, le plus haut témoignage de mon amitié. Si comme toi j'avais acquis le droit de me reposer, je mettrais tout mon bonheur à finir mes jours dans un lieu retiré avec celui qui fut l'ami le plus dévoué de mon père, avec toi, Nabazor ; mais le repos ne convient pas à ma jeunesse, et alors même que je serais assez lâche pour vouloir fuir la fatigue et les dangers, je ne le pourrais sans savoir ce que sont devenus mon frère Adinax et ma sœur Amsade.

— Nous le saurons au Mont-de-Fer où se sont réfu-giés plusieurs chefs de l'Indépendance numide.

— Aux mains de qui confier ce dépôt sacré ?

— A ce bois consacré aux génies de la Numidie.

— Les génies du Tumar, s'écrie Manassès d'une voix solennelle, mais sans se montrer, couvriront de l'aile de leur protection les cendres augustes de Na-bor. Allez, Mastabal et Nabazor, où le devoir vous appelle.

Et les deux Numides prosternés la face contre terre, adorent les génies du Tumar à la garde desquels ils laissent l'urne vénérée, et, pleins de confiance en la

protection divine, ils se dirigent vers le plateau D'ju-
rassin.

XII

Toujours maître de lui-même, et sa haute raison
guidant ses actions comme fait de son coursier l'habile écuyer, Manassès, après avoir pressé sur son
cœur et baigné de ses larmes l'urne où sont renfer-
mées les cendres de son frère, s'achemine lentement
vers le sommet du Tumar à la faveur de l'astre
argenté.

Parvenu au faîte du rocher aux premières lueurs
de l'aube, il dépose l'urne dans un bosquet de myrthe
attendant en ce lieu qu'Amsade et peut-être Adinax,
— son plus doux espoir ! — viennent se montrer à sa
vue.

Il ne tarda pas à voir sortir de la grotte son cher
Adinax. Sur ses épaules recouvertes de la peau d'un
lion, il portait le carquois garni de flèches et tenait à
la main une lance au fer luisant.

A la vue de cet accoutrement guerrier, Manassès
comprend qu'Adinax part pour la guerre.

Il est bientôt suivi d'Amsade, dont l'air est triste
mais sans abattement. Sur son beau visage, le vieillard
croit remarquer un peu d'embarras et de timidité qui
n'étaient que l'expression naturelle de cet état de
charmante pudeur dont se voilent les yeux de la jeune
femme alors que, sortant de sa première couche
nuptiale, elle se retrouve en présence de son jeune
époux.

Adinax voyant cette timidité d'Amsade, va la prendre vivement par la main et lui déposant un baiser au
front, lui demande la cause de son embarras.

— Je crains, répond-elle en rougissant que notre auguste père ne me reproche d'avoir accepté ton amour sans son consentement.

— Ne nous a-t-il pas lui-même fiancés l'un à l'autre? Bannis toute crainte, ma bonne amie. D'ailleurs, je le verrai certainement en passant dans le pays lambésien...

— Je tremble que tu ne tombes aux mains de nos ennemis !

— Guidé par notre amour, suave fleur de mon âme, je saurai m'entourer de prudence même dans les combats ; car, désormais, ma vie ne m'appartient plus exclusivement : elle est à toi comme la tienne est à moi, et l'amour n'a fait qu'une âme de nos âmes, qu'une existence de nos deux existences.

— Je le sens comme toi, ô mon frère...

— Désormais je suis plus que ton frère, je suis ton époux.

Et à la vue du soleil levant, les deux amants s'inclinent trois fois selon l'usage des Numides, après quoi Adinax adresse cette prière à l'astre immortel :

« Seigneur de l'immense univers, toi seul es témoin » de l'union de nos cœurs. Nous te prions de la bénir » et de l'avoir pour agréable, en attendant que l'au- » guste prêtre du Tumar daigne la consacrer par » l'imposition de ses mains. »

A ces mots, Manassès qui s'était approché sans bruit, s'écrie, en levant les mains sur leurs têtes :

« Au nom du principe éternel d'amour et d'har- » monie, votre père, Adinax et Amsade, bénit votre » union. »

D'abord étonnés, puis transportés de bonheur, les nouveaux époux se précipitent dans les bras du vieillard ; et ces trois existences qui paraissent n'en faire

13.

qu'une, confondent les larmes d'une félicité sans exemple.

A ce moment, paraît aussi en armes le Gaulois Ambérius.

— Pourquoi ces armes et quels sont vos projets? leur demande Manassès.

— Nous allions au Mont-de-Fer où ont dû se rallier les débris épars de l'armée de l'Indépendance.

— Laisse là ces armes qui sont impuissantes en ce moment à reconquérir la liberté de notre chère patrie. Je te mettrai au courant de nos affaires, mais c'était très imprudent à toi, mon fils, de laisser seule en ces lieux ta jeune compagne.

— J'y avais consenti, se hâte de dire Amsade, car autant qu'Adinax, je désirais savoir où en sont les affaires de l'Indépendance numide. Nous avons appris à l'école de ta sagesse, ô notre auguste mentor, à ne pas séparer les intérêts de notre chère Numidie de nos intérêts particuliers. Je disais à Adinax que nous ne serions pas dignes de toi, ni de nos ancêtres, si nous ne songions qu'à vivre heureux alors que nos frères les Numides gémissent dans les fers.

— A ces nobles sentiments, je reconnais avec satisfaction que les semences de patriotisme que j'ai mises dans vos cœurs ne sont pas tombées sur un sol ingrat ; mais j'ai à vous initier encore à d'autres connaissances que vous transmettrez après ma mort à vos enfants comme un héritage dont je ne vous lègue que l'usufruit, car c'est ainsi qu'il m'a été légué à moi-même par ceux dont je l'ai reçu comme un dépôt sacré.

XIII

Dans la nuit même qui suivit ce jour, on put

voir du haut du plateau du Tumar, des feux briller successivement sur les points les plus culminants de la longue chaîne de montagnes qui sépare la Numidie du désert de Libye.

Adinax ayant les yeux fixés vers l'occident, comme s'il pressentait que les hauts plateaux du Djurjura allaient devenir le théâtre de grands événements, fut le premier à faire remarquer ces feux à Manassès.

— C'est le signal d'une nouvelle insurrection des Numides montagnards, s'écrie le sage vieillard : il y a du Pétréius dans ces flammes... A moins que Mastabal...

— Adinax as-tu regardé le disque du rocher avant le coucher du soleil ?

— Oui, mon père ; mais je n'y ai vu aucune flèche, et cependant, j'avais cru remarquer comme une ombre humaine se diriger vers le figuier du Salut à la tombée du jour.

— Va éclairer le disque.

— A peine la flamme brillait-elle qu'une flèche alla se fixer sur le disque avant que le fils de Nabor se retirât.

— C'est une missive de Magasba, s'écrie Manassès, près avoir enlevé l'enduit de cire molle sous lequel était roulé le papyrus, et il lut, mais pour lui seulement, ces mots tracés de la main de Masgaba : « De retour d'Égypte et d'Éthyopie, je t'écris de Gara- » mante où je viens d'arriver. Si ma lettre te trouve » au Tumar, fais savoir à nos frères du Mont-de- » Fer que je serai dans trois mois à Gétule, où doivent » se concentrer toutes les forces auxiliaires que les » nations de l'est m'ont promises. Engage les géné- » reux Kyphox, Pétréius et Mazippa, dans l'intérêt de » notre sainte cause, de ne pas recommencer les hos-

» tilités contre les Romains avant la réunion de
» toutes nos forces dans la Gétulie et sur le Mont-de-
» Fer. »

Après avoir fait part de la teneur de cette lettre à
Adinax et à Ambérius : — Reprenez vos armes, leur dit-
il, et partez, pour le Mont-de-Fer où vous communique-
rez cette bonne nouvelle à Pétréius et à Mazippa. Pour
Amsade et moi, du haut de ce rocher, nous implore-
rons les Immortels en faveur de notre chère Numidie.

CHAPITRE SEPTIÈME

I

En sa qualité de généralissime de l'armée de l'Indépendance, dont quelques débris s'étaient réfugiés chez les Quingentiens — espèce de république fédérative qui occupait de temps immémorial le haut massif connu sous le nom moderne de D'jurjura, — Pétrius, impatient à supporter l'inaction et voyant approcher le terme de sa carrière, se hâta, en apprenant la nouvelle de la mort d'Auguste, de convoquer les chefs des peuplades de la contrée.

Au sein de ces nations confédérées qui furent tributaires de Rome, mais jamais complètement soumises, s'étaient aussi réfugiés un certain nombre d'anciens partisans de Pompée et des proscrits volontaires. La plupart s'étaient créé une position indépendante par diverses industries qu'ils purent introduire facilement dans un pays dont les habitants, généralement pasteurs et guerriers, n'avaient aucune idée des bienfaits de la civilisation. Ceux d'entre les proscrits qui réussirent le mieux furent les serruriers, les armuriers et les maçons, sans parler des charpentiers, menuisiers, etc. Les armuriers firent de petites fortunes, car ils ne pouvaient suffire à fabriquer la quantité d'armes qu'on venait leur demander, chacun voulant avoir des armes romaines réputées les meilleures du monde.

II

Bellus et Ario, anciens réfugiés romains, habitaient le même district. Le premier s'était fait distinguer entre tous les proscrits par une grande sévérité de mœurs. On ne l'avait jamais vu dérider son front ; sa bouche ne s'ouvrait jamais pour dire une futilité.

Ario était d'un caractère très insouciant et de mœurs forts relachées. Son indifférence à l'endroit des reproches que les autres réfugiés lui faisaient touchant son inconduite allait jusqu'au cynisme le plus éhonté. Bien manger, boire, jouer et plaisanter sur toutes choses, sur la religion, la vertu, la politique ; faire le lézard au soleil d'été, s'endormir auprès d'un grand feu dans la mauvaise saison, telle était sa manière de vivre. Ario était l'antipode de Bellus, et cependant, chose bizarre et qui ne s'explique que par ce que l'on pourrait appeler l'harmonie des contrastes, ces deux hommes aimaient à se trouver ensemble ; il est vrai de dire qu'ils se touchaient toujours par les angles, jamais par les facettes.

Or, le jour même de la convocation faite par Pétréius, Ario assis ou plutôt étendu devant la porte de sa hutte, voyant passer Bellus qui, dans sa préoccupation ne faisait pas attention à lui, l'interpella par ces mots :

— Par Hercule ! mon cher Bellus, on dirait d'un sénateur de la *vieille* allant trôner dans sa chaise curule. Que se passe-t-il donc ?

— Rien qui puisse intéresser ceux dont l'égoïsme les fait étrangers à notre liberté ; rien qui ait le pouvoir de faire lever Ario de la natte où la paresse l'enchaîne dans un honteux repos.

— Voilà, certes, une grave accusation, ô Bellus, lui dit-il, en se mettant sur son séant avec une certaine vivacité qui étonna son interlocuteur, et comme tu passes pour être juste, tu daigneras t'arrêter un moment, ô mon juge, pour entendre ma défense.

— Je n'ai pas le temps.

— Bellus voudrait-il imiter ceux qui nous ont condamnés sans nous entendre ?

— Le sceptique Ario serait-il accessible à quelque sentiment de dignité ? L'homme moral ne serait donc pas complètement éclipsé en lui par les grossières vapeurs qui s'élèvent du fond du bourbier où est plongé l'homme physique ?

— J'ignorais qu'il y eût deux hommes en moi ou, comme diraient nos astrologues, deux mondes pouvant s'éclipser mutuellement.

— Il y a bien autre chose que tu ne sais pas, non pas faute d'intelligence, mais parce que ton esprit paresseux ne veut se donner la peine ni d'étudier, ni de réfléchir.

— A quoi bon, puisque au bout de la carrière humaine le savant n'est pas plus avancé que l'ignorant ?

— Tu crois cependant à l'immortalité de l'âme, ou ce qui est la même chose, à une autre vie ?

J'ai cru à toutes les sornettes religieuses dont ma nourrice et ma mère ont bercé mon enfance, et à bien d'autres dont mes professeurs ont fatigué ma jeunesse, comme j'ai cru aux grands mots de *liberté*, *d'indépendance*, de *république*, qui sont aussi vides de sens que les mots *immortalité, vie future, dieux, enfers*, etc.

— Cependant, tu vas parfois aux temples, et lors

de ta dernière maladie tu fis vœu d'ériger un autel à
Esculape...

— Et j'ai accompli mon vœu... sans y croire.

— Par hypocrisie.

— Un peu, mais aussi par habitude et parce que
cela paraissait faire plaisir à ma vieille esclave dont
la crédulité religieuse est aussi grande que son ignorance.

— Ainsi, quoique incrédule, tu as agi comme ceux
qui croient à *toutes ces sornettes*.

— Je n'ai fait qu'imiter en cela le commun des
mortels qui sont éminemment hypocrites.

— Puisque tu imites ce que les hommes ont de
mauvais, pourquoi ne cherches-tu pas à imiter aussi
ce qu'ils ont de bon ?

— Parce que je ne vois rien de bon chez eux.

— Alors tu vis comme la brute ?

— Oui, mais avec cette différence qu'il y a des
bêtes telle que le chien, le cheval, le bœuf, etc., qui
valent évidemment plus que moi.

— A la bonne heure ! je vois que tu te rends justice, et qu'il y a une certaine logique dans ton cynisme.

— Puisque tu reconnais cela, — ce dont je suis très
flatté, — tu dois aussi reconnaître que c'est une folie
de prendre les hommes au sérieux, et pour ne parler
que de la liberté, pour laquelle tu professes un véritable culte, travailler à en faire jouir les peuples, si
ce n'était une impossibilité ce serait leur faire un bien
funeste présent.

— C'est du nouveau.

— Ne disais-tu pas l'autre jour que la corruption
était universelle ?

— C'est malheureusement trop vrai !

— Eh bien ! supposons que cette universelle corruption soit parfaitement *libre* de se traduire dans tous les actes publics et privés, la société ne serait qu'un immense bourbier, elle me ressemblerait.

— Tu aurais raison si par liberté j'entendais licence ou faculté de faire même ce qui serait nuisible à la société ; mais tel n'est pas le sens que j'attache à ce grand mot de liberté. Appliquée à l'individu, à tout membre d'une véritable république, liberté veut dire seulement faculté de faire tout ce qui n'est pas nuisible aux autres citoyens, appliquée à un peuple, à la collection de la grande famille, liberté veut dire se gouverner comme l'entend la majorité des citoyens ou dans l'intérêt des masses.

— Tu parles comme Cicéron ; seulement tu supposes que les hommes sont sages, tandis que je fais, moi, la supposition contraire, et c'est pourquoi je soutiens qu'il faut les gouverner despotiquement.

— Dans ce cas, tu condamnerais les sociétés humaines à une servitude éternelle.

— Comme je condamnerais des loups à vivre dans une cage de fer.

— De même que la lumière du soleil éclaire et vivifie, de même la vraie liberté a le don de rendre les hommes meilleurs.

— Je ne vois pas les choses ainsi.

— Parce que tu les vois à travers le verre obscur de ton scepticisme.

— Tu ne voudrais pas sans doute que je les visse avec d'autres yeux que les miens.

— Tu les voyais autrement quand nous combattions ensemble contre Jules César.

— Je conviens que lorsque je fis la sottise de me jeter dans le parti de Pompée et que je jouai ma tête et ma fortune pour le service d'autrui, j'avais d'autres idées, mais dont je suis bien revenu aujourd'hui que l'âge a refroidi ma tête en la dépouillant.

— Pour moi, les souffrances de mon exil ne m'ont jamais fait repentir d'avoir combattu pour la défense de nos institutions républicaines. Les événements ont prouvé surabondamment que nous avions raison de vouloir empêcher Jules César de réaliser ses projets liberticides.

— A mes yeux, les événements n'ont prouvé qu'une chose, c'est que les peuples ne sont que d'imbéciles troupeaux qui se laissent conduire, tondre et égorger par les plus rusés et les plus audacieux. Mon exil m'a appris que les peuples abandonnent à leur malheureux sort les citoyens qui se sont sacrifiés à l'intérêt général. Vois plutôt le peuple romain : il a déifié César qui l'a dépouillé du peu de liberté dont il jouissait, et il oublie complètement les défenseurs des institutions républicaines qui avaient fait la puissance, la gloire et la prospérité de Rome.

— C'est par une pareille argumentation que dans tous les temps, ceux qui furent déçus dans leurs dévouement intéressé à la cause du peuple, essayèrent de justifier la lâcheté de leur conduite et leurs palinodies ; mais enfin, toute mauvaise qu'elle soit, que prétends-tu conclure de ton argumentation?

— Que se dévouer à la défense des peuples contre leurs tyrans et aux intérêts publics c'est tout simplement une duperie.

— Tu devrais ajouter, comme corollaire, que mieux vaut *laisser faire* les tyrans, se laisser dépouiller de tous droits, de toute liberté, de la fortune même plutôt que de se lever pour défendre énergiquement ce que nos pères ont conquis par des combats séculaires et au prix de leur sang.

— J'accepte ce corollaire et je tiens cette conduite pour la plus sage, parce qu'elle est la moins dangereuse.

— Voilà des principes qui te mériteraient bien certainement la faveur des tyrans.

— Je ne tiens pas plus à leurs faveurs qu'à celle du peuple, je ne veux aujourd'hui que trois choses : manger quand j'ai faim, me désaltérer quand j'ai soif, dormir quand j'ai sommeil.

— Et si les satellites du tyran te dépouillaient arbitrairement du peu de fortune que tu possèdes, sans laquelle tu ne pourrais plus satisfaire tes grossiers appétits ?

— Je crierais aux voleurs.

— Et si tes voisins, pratiquant ton système du *laisser faire*, ne venaient pas à ton aide ?

— Eh bien! je me résignerais.

— Je t'admire, vraiment.

— J'en suis enchanté.

— Sais-tu quel est le nom qui conviendrait à une pareille conduite ?

— Peu importe le nom, pourvu que la chose soit juste.

— Elle s'appellerait *lâcheté*.

— C'est possible.

— Et si je ne craignais de me salir...

— Que ferais-tu? dit le cynique en s'étendant sur sa natte comme un homme fatigué d'un long effort.

— Je t'écraserais du pied comme un dégoûtant reptile.

— Tu aurais, mon cher Bellus, une besogne herculéenne s'il te fallait écraser tous ceux qui me ressemblent.

Et, après avoir baillé, il s'endormit dans la béate quiétude d'un mortel satisfait de son sort.

III

Quand Bellus arriva au lieu où étaient convoqués les chefs de peuplade ainsi que les exilés les plus notables, Pétréius, après avoir fait l'exposé de la situation de l'Indépendance numide, terminait son discours par ces mots :

« ...... Je pense donc que le moment est opportun » pour aller nous joindre aux Musulans nos frères » qui viennent de s'insurger.....»

— Oui, oui, s'écrie l'assemblée.

— Je demande, répond Mazippa, qu'il soit sursis à la proposition de notre général jusqu'au retour de Masgaba, ainsi que nous en sommes convenus lors de son départ pour l'Égypte.

— Mazippa n'ignore point, répond Pétréius, que Masgaba ne s'inspire dans tout ce qu'il fait que des conseils ou des ordres du soi-disant génie de la Paix, qui, le jour même de notre défaite, alla se réfugier dans le camp de Cossus avec lequel ils sont peut-être tous les deux d'intelligence.

— Je repousse de toutes mes forces de pareilles insinuations à l'endroit de deux hommes dont le patriotisme et le dévouement ne sauraient être mis en doute.

— Je connais leurs actes et cela me suffit : l'un est coupable, à mes yeux, d'avoir su mériter la confiance de Juba et du proconsul puisqu'il commandait l'armée auxiliaire des Massésyliens, l'autre d'avoir paralysé, par ses discours pacifiques, l'ardeur de ses guerriers, et d'avoir été, par cela même la principale cause de la déroute de notre belle armée ; et s'il est vrai, comme je le soupçonne fort, que Masgaba soit fils ou neveu du mystérieux vieillard, nous devons nous défier de l'un comme de l'autre.

— Je vois que Pétréius n'a pas oublié la terrible sentence que ce *mystérieux vieillard* prononça contre lui la veille même de notre malheureuse défaite.

— Et quelle est cette sentence ?

— Que l'épée que tu plongeas dans le cœur de Juba l'Ancien, porte malheur aux nations que tu prétends servir.

— Sans doute que l'épée de Mazippa a moissonné plus d'ennemis que la mienne sur l'autel de notre patrie ?

— Puisque Pétréius vient de prononcer le mot sacré de patrie, s'écrie Bellus, je l'adjure, ainsi que Mazippa, au nom des intérêts de cette même patrie, d'abandonner toute question, toute lutte personnelles, pour ne songer qu'à sauver notre chère Numidie. (Assentiment général.)

— Je remercie Bellus, reprend le général Pétréius, de sa patriotique invitation. Aussi bien, en ma qualité de chef suprême de l'armée de l'Indépendance numide reconstituée, grâce au puissant concours de nos frères les Quingentiens, j'ordonne au général Mazippa et à tous les chefs guerriers d'aller se mettre sur-le-champ à la tête de leurs troupes. (Murmures.) Je ne dis plus qu'un mot : Masgaba, l'ancien général de l'armée auxiliaire de Juba notre ennemi, vous invite à attendre ; moi, votre chef suprême, je vous commande de marcher. (Nouveaux murmures.)

— Quand j'ai donné ma voix à Pétréius, s'écrie Mazippa, comme généralissime de notre armée, je n'ai eu nullement l'intention d'aliéner ma liberté

d'action, et quand je me suis dévoué au triomphe de
l'Indépendance numide, ce n'a été qu'à la condition
virtuelle de rester moi-même indépendant. Je dois à
l'amitié que je professe hautement pour le général
Masgaba, de repousser de toutes mes forces l'accusation portée contre lui et je m'offre à défendre son
honneur les armes à la main.

Ce défi adressé à Pétréius avec un regard de
sang, produit dans l'assemblée une immense confusion. Un grand nombre de ses membres va se grouper autour de Mazippa tandis que d'autres se ran-
gent du côté de Pétréiu.. On se jette l'injure et la
menace de part et d'autre. C'est pour tâcher de rétablir l'ordre dans ce chaos que Bellus demande de la
voix et du geste à se faire entendre. Il ne fallait rien
moins que la considération universelle dont jouissait
ce vieux martyr de la liberté, pour commander le
silence au milieu de ce croisement d'invectives, qui
menaçait de se traduire en une sanglante mêlée de
tous ces farouches guerriers.

— Amis et compagnons, s'écrie Bellus d'une voix
puissante qu'on ne lui avait pas encore soupçonnée,
au nom des génies et des dieux immortels qui nous
voient et nous écout. ', je vous conjure de mettre
un terme à ces déplorables dissentions, qui usent
notre énergie que nous devons conserver tout entière
contre nos ennemis com   ins. Je vous prie d'examiner
avec calme les deux propositions qui nous sont faites
par les généraux Pétréius et Mazippa : à savoir si
nous devons reprendre les armes sur-le-champ, ou
si nous devons attendre l'arrivée de la nombreuse
armée que nous promet Masgaba.

—L'assemblée, répond Pétréius, n'a pas à délibérer
sur cette question ainsi posée (murmures). Il s'agit

plutôt de savoir si, lorsqu'un chef militaire, à qui une nation a confié le commandement suprême, veut ou ne veut pas une chose, sa volonté peut être paralysée, son autorité peut être méconnue par ses inférieurs (explosion de murmures).

Mazippa. — Pétréius oublie qu'il parle à des Numides indépendants, à des républicains exilés de leur patrie et non à des Romains façonnés à l'esclavage. (Très bien). Son langage sent trop les faisceaux consulaires ou le sceptre des tyrans. Il ne sait pas, ou il oublie en ce moment, que les Numides montagnards n'entendent ni ne pratiquent la hiérarchie à la façon du régime césarien. Sans doute, pour des sujets de l'empire, tout chef est un dictateur et sa volonté, ses ordres sont une loi à laquelle chacun doit se soumettre alors même que cette loi serait injuste ; car, à Rome l'autorité est considérée comme émanant de Jupiter et partant comme infaillible ; mais il n'en est pas ainsi parmi nous, et c'est pour cela sans doute que les Romains nous appellent barbares. Nos chefs à nous, quelle que soit leur puissance, quel que soit le pouvoir que nous leur déléguons, ne cessent pas d'être nos égaux (très bien !) ; et nous ne reconnaissons pour nos maîtres absolus que les Immortels. Quand il nous plaît de nous donner des chefs, nous n'aliénons jamais notre liberté et nous ne promettons de leur obéir qu'autant que leurs ordres nous paraissent raisonnables et utiles ; c'est-à-dire que notre obéissance n'est ni passive, ni aveugle à la façon des peuples policés. Si Pétréius a compté sur une obéissance passive, il s'est grossièrement trompé en venant parmi nous ; il devait aller sur les bords du Nil dont les eaux fades et le climat lascif, amollissent les âmes et efféminent les cœurs.

Pétréius. — Loin d'être l'ennemi de votre fière indépendance, je lui ai offert, pour la défendre contre Rome, mon épée et les conseils de ma vieille expérience ; mais comme je ne comprends point l'autorité sans une obéissance absolue, je déclare que si votre auguste assemblée veut attendre, pour commencer la guerre, l'arrivée de Masgaba, je me démettrai sur-le-champ du commandement dont elle m'a investi. Je vous demanderai seulement, avant de vous prononcer, de souffrir que je vous rappelle mes anciens services et les liens d'amitié qui m'ont uni à Juba l'Ancien......

Mazippa. — Je n'eusse point rappelé ces temps de deuil pour la Numidie ; mais puisque Pétréius a soulevé le voile ensanglanté qui couvre le règne de ce malheureux prince, je dois rappeler aussi à cette auguste assemblée que Pétréius, qui trouve que le fait de servir dans les rangs des Romains implique le cas de trahison, a servi lui-même, sur notre propre terre, dans le parti de Pompée (sensation profonde), or, je ne sache pas que Pompée fût Numide et que s'il eût été vainqueur de César, il eût proclamé l'indépendance de la Numidie. Je ne crois pas être injuste en disant que Juba l'Ancien, en offrant ses services à Pompée, songeait beaucoup plus à la conservation de sa couronne qu'à notre liberté, et je ne doute pas qu'il se fût conduit comme l'a fait son fils.

— C'est une calomnie ! s'écrie Pétréius.

— Je ne calomnie point, et en disant que la conservation quand même de leur couronne a été et sera toujours l'unique mobile du patriotisme de tous les princes, je ne fais que constater un fait qui est consigné dans l'histoire de tous les peuples ; et cette même histoire m'autorise à affirmer qu'il ne peut y avoir d'alliance sincère entre les rois et la liberté. (Applaudissements.)

— Ainsi selon Mazippa, dit Pétréius, il ne saurait y avoir de bons rois ?

— Par position, tous les rois sont tyrans. (Assentiment général.)

— Je me retire, dit Pétréius.

IV

Réfléchissant au parti qu'il allait prendre, Pétréius s'éloignait de la principale bourgade des Quingentiens sans s'apercevoir qu'il était suivi de loin par un membre de l'assemblée qu'il venait de quitter.

Le vieux guerrier s'étant enfoncé dans l'ombre d'un bois touffu, s'assit sur le tronc d'un arbre mort, et, la tête dans ses mains, il se mit à parler à haute voix.

« La fatalité me poursuit. Aucune entreprise ne m'a
» réussi depuis le jour néfaste où, guidé par ma mau-
» dite étoile, j'eus la malheureuse idée de vouloir lutter
» contre le colosse romain... Si je n'avais été aveuglé
» par le désir de me faire un nom parmi les ennemis
» de l'empire, j'aurais vu dès l'abord que c'était une
» folle entreprise où je devais succomber infaillible-
» ment. Alors, jeune encore, j'eusse pu offrir mon
» épée au parti vainqueur, et cela avec d'autant plus
» de facilité qu'Auguste avait fait appel à tous les an-
» ciens partisans de Pompée, promettant, avec l'oubli
» du passé, une brillante position à tous ceux qui se
» rallieraient à son gouvernement... Maintenant il est
» trop tard... »

14

— Il n'est jamais trop tard, dit en se montrant le mystérieux personnage qui avait suivi Pétréius, de quitter une fausse voie pour entrer dans la bonne...

— Qu'est-ce à dire ! s'écrie le guerrier en mettant l'épée à la main, qui es-tu ?

— Ton sauveur, si tu veux suivre mes conseils. Écoute-moi avec calme ; car ce que je vais te proposer de la part du proconsul Cossus est dans ton intérêt.

— Parle ; que peut vouloir à Pétréius le général romain ?

— « Je viens d'apprendre, par les secrets émissai-
» res que j'ai chez les Quingentiens, m'a dit le pro-
» consul, que l'infatigable Pétréius va convoquer in-
» cessamment, à l'occasion de la mort d'Auguste, les
» chefs des peuplades montagnardes dans l'intention
» de provoquer une nouvelle insurrection contre la
» puissance romaine. Va trouver de ma part ce vail-
» lant capitaine ; tâche de lui parler ou de lui faire
» parler en secret ; dis-lui que je suis au courant de
» tout et que les nouveaux efforts que les Numides
» vont tenter viendront se briser encore et toujours
» contre les épaisses murailles de notre camp, der-
» rière lesquelles veille debout et toujours invincible
» la troisième légion.

» Dis-lui encore que je vois avec peine un guerrier
» tel que lui travailler pour des barbares incapables
» de le comprendre et de le seconder... »

— Quand même ce discours de Cossus serait vrai, qu'en espèrerai-t-il ?

— Rien de blessant pour l'honneur et la réputation de Pétréius.

— A la bonne heure !

— Seulement, vu le vif intérêt que lui inspire la

triste existence que traîne un grand capitaine au milieu de ces sauvages montagnards, le proconsul te fait offrir un commandement important dans la guerre qu'il va faire aux Gétules et aux Musulans.

— Qui m'assure que tu es autorisé à traiter au nom du proconsul ?

— Vois et lis, lui dit l'espion romain, en mettant sous les yeux de Pétréius un parchemin qu'il tira du creux de son bâton.

— C'est bien !... mais silence, voici quelqu'un.

C'étaient Mastabal et Nabazor qui arrivaient au Mont-de-Fer.

V

— Mais, je ne me trompe pas, c'est le général Pétréius ! s'écrie le fils de Nabor.

Et prenant la main du vieux guerrier, il la porte à ses lèvres.

— Qui es-tu, jeune homme ?

— Tu vois Nabazor, si j'ai vite vieilli, puisque à peine quatre hivers m'ont fait méconnaissable aux yeux d'un auguste ami !

— J'ai bien un vague souvenir des traits de ton visage, ô mon fils ; mais si tu ne viens à mon aide...

— J'ai nom Mastabal.

— Mastabal, fils du malheureux Kyphox ? Viens dans mes bras.

Après que le jeune homme eut baigné de ses larmes le sein du vieux guerrier, ils s'assirent sur la pelouse et derrière eux Nabazor et l'espion de Cossus.

Le dialogue suivant — sauf les préliminaires dont le

sujet fut l'historique des événements survenus à Mastabal depuis le jour où il avait été laissé par Pétréius à la cour de Juba — s'engagea entre le vieux guerrier et le fils de Nabor :

— Tu le vois, noble ami, ajoute ce dernier, je m'étais lâchement endormi au sein des plaisirs efféminés de la cour de Juba ; mais la mort de mon père, que je ne cesserai de me reprocher jusqu'à la dernière pulsation de mon cœur, cette mort affreuse, en m'arrachant tout à coup à mon criminel engourdissement m'a fait voir toute la profondeur de l'abîme où j'étais tombé. D'abord la pensée de me punir moi-même par une mort volontaire me traversa l'esprit et me donna le vertige du désespoir ; mais je compris bientôt que terminer mes jours sans avoir rien fait pour apaiser les mânes de mon père, c'était me les rendre éternellement hostiles... Je me prosternai devant l'urne qui renfermait ses cendres chéries ; j'évoquai son âme auguste, la priant, dans les larmes, de me faire connaître par quel moyen je pourrais mériter son pardon.

« Va, me cria une voix intérieure, où l'auteur de tes jours fût allé lui-même de son vivant. »

Et m'étant levé plus calme, je suivis avec Nabazor la direction tracée dans les cieux par les feux d'une étoile.

— Quels sont maintenant tes projets ?

— M'efforcer de marcher sur les traces de mon père, et puisque j'ai le bonheur de rencontrer en ces lieux l'un de ses plus anciens amis, je suis tout disposé à suivre les conseils de sa longue expérience.

— Je ne sais si ta raison, mon fils, est assez mûre pour comprendre ce que je vais te dire ; mais, ce dont je suis bien convaincu, c'est que si le prince ton père vivait encore il te parlerait comme je vais le faire... si toutefois je puis m'exprimer en toute liberté devant la personne qui t'accompagne.

— Tu le peux : le brave Nabazor est un des plus fidèles serviteurs de ma maison.

— Eh bien! écoute-moi, mon cher Mastabal, car je vais te parler comme à mon fils.

Mon noble ami Nabor et moi avons combattu longtemps et de tout notre pouvoir contre Rome, parce que nous étions persuadés que les Romains, en s'emparant de notre pays, nous voulaient réduire en esclavage et ensuite, il faut le dire, parce que nous pensions que les Numides n'avaient rien de bon à gagner au contact de la civilisation romaine, mais qu'ayant, au contraire, tout à perdre, ils se lèveraient en masse à notre voix, se grouperaient autour du drapeau de l'indépendance montagnarde et qu'enfin, dociles à nos ordres, ils marcheraient comme un seul homme à la conquête de leur liberté; mais loin de là, chaque fois que nous fîmes appel aux armes, nous ne pûmes réunir que quelques milliers de pauvres pasteurs mal armés et si peu disciplinés qu'il nous fut impossible de lutter avec avantage contre les troupes aguerries de la troisième légion qui nous battirent et nous battront toujours grâce à leur incomparable discipline et à la supériorité de leurs armes...

— Ne pourrions-nous confectionner des armes romaines et appliquer leur système disciplinaire à notre armée?

— Nous manquons d'artisans pour la fabrication des armes acérées et de machines de siège, et quant à la discipline, telle que la comprennent et la pratiquent les Romains, l'esprit d'insubordination des Numides montagnards en est absolument incapable.

— S'il en était ainsi, il faudrait désespérer de re-conquérir jamais notre liberté.

— Cela est triste à dire, mais c'est malheureuse-ment la vérité.

— Que faire donc?

— Renoncer à une lutte impossible et que sans doute désapprouvent les dieux, et telle serait cer-tainement aussi l'opinion de ton auguste père.

— Je le nie, s'écrie Nabazor avec force.

— Sais-tu bien, lui dit Pétréius en portant la main à son épée, que nul ne me donna jamais impunément un démenti!

— Le général Pétréius peut prendre ma vie s'il croit que je l'ai offensé; mais tant que je respirerai je défendrai la mémoire de celui qui m'honora de son amitié.

— Mais je ne vois pas, mon cher Nabazor, en quoi les paroles du général Pétréius pourraient ter-nir la réputation de mon père.

— Dire qu'il faut renoncer à lutter contre la tyran-nie de Rome; que les Numides sont incapables de s'entendre pour marcher en bon ordre contre les ennemis de notre liberté; que les dieux désapprou-vent la longue résistance des Numides montagnards à se courber lâchement sous le joug des Césars; ajou-ter enfin que le prince Nabor approuverait un pareil langage, lui qui, quelques jours encore avant sa mort, me parlait d'une nouvelle et formidable ligue contre Rome, dont le centre devait être au Mont-de-Fer et dont les ramifications s'étendaient dans toute l'Afrique et même plus loin.

— Tu savais ces choses et tu ne m'en disais rien.

— Le prince ton père ne me les avait confiées que sous le sceau du secret.

— Ainsi tu crois, Nabazor, que si mon père vivait, il ne renoncerait pas à lutter contre Rome ?

— Je le crois fermement.

— C'est bien, et je sens aux frémissements de mon cœur que mon père a parlé par ta bouche.

FIN.

Chateauroux.—Typog. et Stérotyp. A. Nuret et Fils.

www.ingramcontent.com/pod-product-compliance
Lightning Source LLC
Chambersburg PA
CBHW072350030726
47505CB00014B/1444